ハンス・ロスリング＋ファニー・ヘルエスタム　枇谷玲子 訳

私はこうして世界を理解できるようになった

青土社

私はこうして世界を理解できるようになった

目次

私はこうして世界を理解できるようになった

初めに

二〇一六年二月五日にかかってきた一本の電話が、本の執筆を早めることになった。医師から膵臓癌の告知を受けたのだ。

悪い予感はしていた。

その通話は、検査を重ねるにつれ募っていった不安を、確信に変えるだけだった。彼の見通しは絶望的だった。私はあと一年しか生きられない。

金曜の夜中、涙に暮れた。幸い、傍らにはアグネータがいた——わが人生である妻が。アグネータという心の慰めと、彼女との愛の結晶の子どもたち、そして友人の支えによって、突きつけられた現実を受け入れることができた。何も来月、死ぬわけじゃない。重い病にかかろうと、日々は続いていく。少なくとも春と夏は、まだ人生を謳歌することができるのだ。

一日、一日の体調は予測不能だった。そのため、働き方も変えざるをえなくなった。病の宣告を受けた数日後には、すべての講演と映画やテレビ番組の制作作業をキャンセルした。身を切る思いだったが、ほかに選択肢はなかった。しかし私は次の理由から、この急激な変化に耐えられた。それは私のウィッシュリストの一番上にあるもの——息子のオーラ、その妻のアンナと『FACTFULNESS』を書くことだった。私たちはすでに一八年間、啓蒙活動に取り組み、その手助けをするギャップマインダー財団を共同設立していた。

息子夫婦が本のコンセプトとタイトルを思いついたのは、二〇一五年の秋のことだった。ギャップマインダー財団で当時取り組んでいたプロジェクトと並行し、三人で数年のうちに、本を書く予定になっていた。癌がその予定を早めただけのことだ。

『FACTFULNESS』の執筆中に、もう一冊書けるだけの資料が残っていることが判明した。『FACTFULNESS』では私たちが世界の発展について理解するのが、なぜ困難なのかを語るのに対し、この本では、私がどのようにして世界を理解できるようになったかを示すつもりだ。

この本に、数字はほとんど出てこない。代わりに、私を開眼させてくれた人々との出会いが書かれている。彼らのおかげで、私の世界を見る目はすっかり変わったのだ。

ハンス・ロスリング

二〇一七年一月、ウプサラにて

第一章　読み書きができなかった世代の孫が教授職を得るまで

夕方、父はいつもコーヒーの薫りをさせて仕事から帰ってきた。父はウプサラの「リンドヴァルのコーヒー」という焙煎所で働いていた。私がコーヒーを飲みはじめるよりもうんと前に、コーヒーの薫りに愛着を抱くようになったのは、そんな理由からだった。私は通りでしょっちゅう父の帰りを待っていた。父は私に気付くと、自転車からひょいと降り、ハグをしてくれた。私は毎度、父に尋ねた。

「今日は何か見つけた?」

焙煎所に届けられたコーヒー豆は、ベルトコンベアに袋から出される。まずは乾燥や袋詰めの過程で、袋に混入した金属をすべて除去するため、強力な磁石のそばを通らせる。父はその金属を私に持ち帰ってきてくれたのだ。その中には、硬貨もあった。それらを宝物に変えてくれたのは父が話してくれた物語のおかげだ。

「ご覧。これはブラジルの硬貨だ」と父は言った。「世界一のコーヒー生産国の」

父は私を膝に乗せ、世界地図を前に、硬貨一つひとつがどこから来たかについて話をしてくれた。

「広大な暑い国だ。この硬貨が入っていた袋は、サントスからさ」と父は言い、ブラジルの港町を指差した。

そうしてスウェーデン人の食卓にコーヒーをもたらしてくれたすべての労働者たちの話をした。中でもとりわけコーヒーの摘み取り作業は賃金が低いと、まだ幼い私に父は教えてくれた。

また別の晩には、グアテマラからのコインの話をしてくれた。

「グアテマラっていうのは、ヨーロッパから移住した白人らが、コーヒーのプランテーションを営む国さ。その土地にもともと暮らしていた住民が、コーヒー豆を摘み取る安い仕事をさせられているんだ」

私の記憶に特にありありと残っているのは、父が銅の硬貨を持ち帰ってきた日のことだ。真ん中に穴の空いた、英国領東アフリカの五セント硬貨だった。

「コーヒー豆を乾燥させようと、袋から取り出した人が、この硬貨を首から提げていて、途中で紐が切れてしまったに違いない。気づいた時には、すでに硬貨は袋の中。そして今、お前のものになったってわけさ」

今でも私は、父からもらった硬貨を大事に箱にしまっている。東アフリカのケニアからやって来た硬貨を通して、父は私に植民地主義について教えてくれた。八歳にして私は、ケニアのマウマウ団がどのように自由を求めて戦ったのかを聞かされた。

父の話から私は、ラテンアメリカやアフリカでコーヒーを摘み取り、乾燥させ、袋に詰めた人々は、父の仲間なんだという印象を抱いた。世界を理解したいという私の切実な願いは、コーヒーの袋の硬貨と、世界地図の前で父がしてくれた物語により、まぎれもなくはじまったのだ。この願いは徐々に、一生続く関心へとなり、後に私の職業となった。

父が世界中で起きている宗主国に対する反乱のことを、ヨーロッパのナチズムとの闘争について話す

スキー場で、父と

のと変わらぬ調子で説明していたのに、後になってから気付いた。週末、森の長い散策をしているあいだ、父は第二次世界大戦の話を克明に語った。

政治については、父も母も極端な思想の持ち主ではなかった。むしろその対極だった。二人は退屈なぐらい、平凡だった。そして極右と同じぐらい、極左にも反対だった。父は公正と自由のために闘ったすべての人たちに尊敬の念を抱いていた。

私は無宗教で育てられたものの、わが家には確固たる価値観があった。

「大事なのは、神を信じるか信じないかではない——同胞とどう接するかだ」というのがわが家の信条と呼べるのかもしれない。

それに、「教会に行く人もいれば、森で自然を楽しむ人もいる」とも言っていた。

わが家のニスの塗られた茶色の木製の小さなラジオは、食卓の上方の壁掛け収納棚に置かれていた。私たちは夕飯時にいつも国営ラジオを聴いた。若かりし頃の私に影響を与えたのは、ニュースそのものでなく、両親の解説だった。母はよく国内の問題を、父は国外の問題を話題にした。父が非常に激しい反応を示すことはしょっちゅうだった。食事の手を止め、背筋を伸ばし、私と母にシッと言うと、ニュースに耳を澄ませた。その後、皆でそれについて、じっくりと話し合った。

＊＊＊

私の最も古い記憶は、四歳の時、父方の祖母の家の前の排水路に落ちて、助け出された時のものだ。私は棚の脇の排水路の横を歩こうと、庭を出た。排水路は、夜中に降った雨と、工場労働者の居住区からの悪臭漂うドブ水で氾濫しそうになっていた。

そのドブ水に、私は興味を惹きつけられた。さらに近くで見ようと、私は排水路をのぞき込んだ。その瞬間、滑って転んでしまった。呼吸ができない中、再び頭を上に戻そうとすればするほど、失敗した。あたりは闇に変わった。パニックに陥りながら、振り返り、泥の底深く沈みこんだ。一九歳の叔母が助けに来て、もがく私の足をつかみんで、引き上げてくれた。

その後祖母に台所に運ばれて、ほっとしたのを覚えている。祖母は皿を洗うのに湯を沸かしていた。暖炉で温めたお湯を、台所の床に置かれた、たらいに注いだ。祖母は肘で温度を確かめてから、服を脱ぎ終わった私をそのお湯に浸からせた。柔らかなスポンジと石鹸で、頭のてっぺんから足の先まで洗ってくれた。私はたちまちはしゃぎ出し、スポンジで遊んだ。自分は排水路で溺死しかけたのだと理解したのは、それから何年もしてからだった。一九五二年当時、祖母と祖父が暮らしていたエリクスバーグには、地下排水設備は設置されていなかった。

四歳の時に私が父方の祖父母と暮らしていたのは、結核により母が入院していたからだった。母の入院中の日曜、父は用事さえなければ、私と過ごしてくれた。でも父が仕事の時は、祖母のところに私は預けられた。こうして父は毎晩、母のお見舞いに行けたのだ。祖母は七人の子どもを育ててきた。下から二番目と一番下の子どもは当時、二三歳と一九歳。私がやって来て、祖母の八人目の子どもになった時には、まだその二人は実家にいた。

祖父母は田舎の農家で生まれ育ったが、都会で増えていた労働者階級の一員となった。祖父は成人以来ずっとウプサラのエーケビ煉瓦工房で働いていた。気のよい働き者で、愛妻家でもあった。祖父の人生一番の誇りは、週末や仕事後の夜に、息子たちと作った二階建ての木の家だった。勤め先の煉瓦工房の自社ローンで買った雑木林に建てたその家は、郊外の工場労働者の居住区の一角と化した。

家屋の大部分は、その土地に立っていた高い松の木から夏のあいだに切り出した材木で作られていた。その骨の折れる作業を後の人生で祖父は、何度も思い出したに違いない。祖父の財力にしては近代的な家になったが、その労働者地域のほか大半の家と同じく、衛生状態は劣悪だった。住宅の唯一の蛇口は台所の端のシンクの上につけられたものだった。私の小さなおまるや寝室の尿瓶の汚物もすべてそこに捨てていた。辺りの砂利道沿いにうねるように配された排水路には、不潔で体に害をおよぼす汚泥が一杯詰まっていた。祖母は家や庭を常に清潔に掃除していたが、それでも夏になると排水路から決まって異臭がした。その後私は、世界中のスラム地域を渡り歩くようになった時、蓋のされていない排水路の臭いを嗅ぐ度、祖母と過ごした子ども時代の夏を思い出した。

私の両親も祖父母も低所得者とはいえ、困窮してはいなかった。私の子ども時代から現在にかけて、スウェーデンの所得水準も健康も、次第に改善されてきた。福祉国家スウェーデンの発展により、無償化された医療制度で母は新薬を使って、肺結核を治すことができた。感染症による死亡者数は、著しく減少した。代わりに事故が子どもの死因のトップに躍り出た。私が排水路に落ちたように、家のそばの水場に落ちるのが、私と同世代のスウェーデン人の子どもの一番の死因だったのだ。

＊＊＊

一〇代にしてすでに私は、生活環境の変化に対する好奇心から、父方と母方両方の祖父母の人生について、あれこれ質問した。
彼らが経験した現実ほど、私たちの生きる社会を理解する助けとなるものはなかった。

私の父方の祖母、ベアタは新婚だった一九一五年に、祖父のグスタヴとウプサラ郊外の田舎の村で借りた木造家屋に引っ越した時のことを話してくれた。床は木で、部屋は一つと台所にしかなかった。光源は石油ランプ。水は祖父が近くの井戸からくんできた。一二年の時がたち、子どもが五人生まれると、二人は祖父の職場の近くに引っ越した。二軒目の家も、二〇平米と非常に狭かったが、電気も水も通っていた。その家に暮らす三年の間に、六番目の子どもにも恵まれた。夜、子どもたちのうち二人は両親と台所で、ほかの四人は別の狭い部屋で眠った。祖母は家事をするにも、子どもが宿題をするにも、夜中に誰かが病気になった時にも、電気の光があるかないかでいかに大違いか、私に話して聞かせてくれた。

祖父母の初めの二軒の家の庭には二つの穴という、いわば屋外トイレがあった。一九三〇年に祖父お手製の家に引っ越すと、夫妻は地下に屋内トイレを設けた。新しい住まいには部屋が四つもあって、しかも全室、電気が通っていた。しかし一九五二年当時、電気は光源にしか利用されず、祖母は炊事や洗濯に使う水を温めるのに、薪ストーブをまだ使っていた。私が父方の祖父母の家に下宿しはじめた年に、祖父母は初めて家に電話をとりつけた。

祖父は地下に水道の蛇口を、またその下に大きなセメントの流し台を二つ設置した。祖母は川で手洗いしていた大家族のシーツや服を、この流し台で洗えるようになった。場所が屋内に変わろうと、洗濯は手間も時間もやはりかかる作業だった。産業革命により、現代的なものがあれこれ登場するのを目の当たりにした祖母は、ある夢を描くようになった——「魔法の」洗濯機だ。

私の父は祖母の二人目の子どもだった。いや、実際には三人目の。最初の子は、病院で生まれる時に亡くなってしまったのだ。父は六年間の学校生活を終えた一四歳の時、煉瓦工場で徒弟として働き出した。今なら、児童労働と呼ばれていたところだろう。少年たちは年上の労働者らから手荒な扱いを受けたが、若かった父にとって、さらに大所帯になった家計を支えるのは不可欠なことだった。

父にとって真の危機は、劣悪な労働環境でも低い賃金でもなく、一七歳で仕事を辞めたことだった。父は三〇年代の恐慌時に、他大勢の人と同じく、失業を経験した。それは屈辱以外の何物でもなかった。失業中は隣近所の人に靴を作り、生活の足しにした。

一九四〇年四月九日の朝、ドイツがノルウェーとデンマークに侵攻した数時間後、父は徴兵された。翌日、父はライフルを手に、ランズクローナの地に立った。そしてスウェーデンをドイツの侵攻から守るため、塹壕を掘りはじめた。

その後の三年間、父はスウェーデン軍に所属し、デンマーク、ノルウェー、フィンランドの国境を警備した。父は「一度たりとも攻撃されなかった自分は何と幸運だったんだ」と繰り返し言っていた——兵役中、ただの一度も銃声を耳にしなかったのだ。

彼はナチスとその同胞たちを打ち負かすという重責を引き受けた軍や国家に感謝するよう私に念を押した。

「私たちはナチズムと共産主義に反対だ」といつも言っていた。

「私たち」というのには、私も含まれていた。父は決して大仰な物言いをすることはなかったが、ドイツ軍に占領されたヨーロッパの国々が、後に植民地で戦争をはじめたことに嫌悪感をあらわにしていた。

父は学のある人たちに馬鹿にされるのを、常に恐れていた。切符の買い方も分からず、そのためバスに乗りたがらなかった。代金の払い方が分からなかったので、本屋にも行かなかった。御用聞きとして店に勤めていた際、金持ちの連中から食事の誘いを受ける度、固辞した。テーブルマナーにてんで疎かったからだ。

高級スーパーICAで買いものをするのは無理なので、安いコンスームに行った。若い父は、社会民主党者のボーイスカウトである、ヤング・イーグルスになれた。労働者のアイデンティティが守られていたその場所を父は自らの居場所と感じた。

終戦後は、職をいくつか転々とした後、リンドヴァルで焙煎の仕事に就き、その仕事を四〇年近く続けた。夜は地下で木工仕事をした。私たち一家は、壊れたものは捨てずに直した。バケツの取っ手が壊れると父が、木で新しい取っ手をこしらえてくれた。

父はウップランド地方随一のオリエンテーリング好きで、トレーニングに余念のないスポーツマンだった。父が一〇キロメートルレースで八人中、一位になった時、私は二歳だったと父はよく話してくれた。父は興味のあることには何でも参加し、毎度、成功を収めた。それは彼の行動すべてに一貫していたことだった。ちょうど私のうっかり者の友人ハッセが、車にぶつかって、自転車の前輪が派手に曲がった時みたいに。それはハッセの母親の自転車だったので、「あーあ、家に帰ったらハッセの奴、びんたを食らわされるぞ」と近所の子ども皆ではやし立てた。

父はハッセと自転車の両方をすぐに地下に移動させると、前輪を外してへこみを戻し、さらに叩いて完璧に形を整えた。タイヤはパンクしていたので、チューブも交換した。父はペンキも塗り、傷を隠した。一時間半後、ハッセはすっかり元通りになった自転車で、別荘地を走り抜け、家に帰った。

＊＊＊

父が一般的な労働者階級の出であるのに対し、母は社会の最下層の出身だった。みじめな貧乏暮らしから、まともな生活へと夫婦を救い出したのは、祖母のアグネスだった。

老人ホームの老人たちの間では社交的なのは珍しいことではなかったが、ひまわりみたいな祖母は私たちのあこがれだった。母がこれまで嬉しかったことは何かと尋ねると、八八歳の祖母はこう答えた。

「自分の父親が誰か分かったことだよ」

祖母アグネスは一八九一年に、ウップランド地方のとある村の片隅の、ネコの額ほどの小さな家で生まれた。祖母はそれを「土間床の掘っ建て小屋」と呼んでいた。祖母の母親は、祖母を産んだ時は十九歳で、父親が誰か決して明かさなかった。

私の多岐にわたる調査もむなしく、「誰とも知れぬ父」を探し当てたいという祖母の願いは叶わなかったそうだ。私と母は祖母から頼まれた数年後に、祖母の生まれたホルムという小さな村を車で訪ねた。私たちは赤いペンキで塗られた木造家屋と家屋の間の、曲がりくねった狭い道を徒歩で進んだ。

母は男性の一人に歩み寄ると、自分の母はこの村で生まれたのだと告げた。数分後には私たちは、白いガーデン家具に腰掛け、自家製の丸パンとケーキにコーヒーで、もてなしを受けていた。

「そうだ、アグネスは向こうの牧草地の先に昔あった小さな掘っ建て小屋で生まれたんだ」

ところがその男性も、アグネスの父親が誰かは、全く知らないようだった。

コーヒーを飲み終えると、私たちは牧草地を渡り、かつて掘っ建て小屋のあった砂利道を見つめた。

さらに私たちは近くの村にいた遠い親戚の家に案内された。しかし新たな情報をつかめたのは、午後遅くになってからだった。それはテルンフュ教区の牧師、ラーシュ・エーリック・スンディーンのおかげだった。ラーシュが私のはとこだということや、母が以前にここを訪ねていたことも明らかになった。彼はコーヒーと丸パンのお代わりを私たちに勧めると、非常に古い教区登録を調べたと切り出した。スウェーデンのほぼすべての教区教会で、出生や婚姻、死亡についてしっかりとした記録を見つけられる。二〇〇年の非戦が続くスウェーデンでは、書類の保存状態はよいし、さらに今では、それらをインターネットで無料で見ることができる。ルター派の牧師は、皆が新約聖書をきちんと学んでいるか確認するため、家を訪れていたので、どの家に誰が住んでいたか年ごとの記録もあった。

ラーシュ・エーリックは、アグネスが牧草地の隅の掘っ建て小屋で生まれたのに間違いないということを認めた。アグネスが生まれる前年、曾祖母のブリータは近くの農場でメイドとして働いていた。同年、農場主の妻が女の子を産んだ。ところがラーシュ・エーリックの話はそれで終わらなかった。生まれたその娘がアグネスという名前で洗礼を受けていたことも、ラーシュは突き止めていた。半年後、私の祖母にも同じアグネスという名前がつけられた。それは未婚女性が、父親が誰かを暗示する数少ない手立ての一つだった。噂の的になり、あばずれ呼ばわりされかねないので、あからさまには公言できなかった。しかし子どもに、腹違いの子どもと同じ名前をつけると、反感を買いかねないし、近しい人に気付かれるリスクもあった。

大人になってから私は祖母に、おばあちゃんは子どもの時、貧乏だったの？　と尋ねた。すると祖母はすぐさま、きっぱりと答えた。

「いいや、ちっとも！　母さんは毎日、食事を出してくれたし、雨風もしのげたし、夜は清潔で暖かなベッドで寝られた。靴も履かせてもらえたし、学校にも毎日、行けた」

でも祖父母たちは、四年間の学校生活で、どれだけのことを学んだのだろう？　父方の祖父のグスタヴが、ある時、新聞の言葉を読むのに手こずっていたのを覚えている。祖父も祖母も、私に童話を読んで聞かせることもできなかった。それに祖母と祖父で互いに新聞を読み上げ合うこともできなかった。一方、私の両親は小説をたくさん読んでいた。文字を読めるようになるまでには、読み書きが全くできない段階から基本的な読書ができる段階へ、さらに高度な読みができる段階、最終的には他言語で読める段階へという風に、複数のステップを踏まなくてはならない。父方の祖父母は中間レベルまでにしか達していなかった。祖父は時折、私に文字なんて読まない方がいい、と忠告した。目が悪くなるからと。子どもや孫が本をしこたま読んでいるのを見ると、祖父は疎外感を覚えるようだった。祖父は木工作業をしたり、自分にも分かる、自分が好きなことをおしゃべりしたりしてほしいと私たちに望んでいた。私は厄介な養父の下で育った祖母のアグネスが、よりによってアルコール依存症者などとなぜ結婚してしまったのかと尋ねた。

「好きになっちゃったからよ」と祖母は真顔で言った。

祖母はこの村のほかの男連中は卑しくて、無作法だと思っていた。

「この農場に働きに来ていた男たちは、ことあるごとにお尻をぽんと叩いたり、私のことをありとあらゆる醜い名前で呼びながら、最悪な手付きで触れてきた」と祖母は言っていた。

「私は連れ子だから、養父にどうせ言いつけられないだろうと、あいつら高をくくってさ」

ある夏、祖父のヴィッレが教区の側溝工事の作業にやって来た。祖父はストックホルムの郊外で土地を持たない農場作業員の息子として育ち、一時期、軍隊に入っていた。彼は祖母が牛乳缶を運ぶのを手伝いながら、彼女の髪を褒めた。ヴィッレは仕事上がりにいつも体を洗って清潔にし、婚外子である彼女をものみたいに扱うことのない礼節をわきまえた男だった。村にはほかにそんな人は全くいなかった。祖母はそれから一カ月しないうちに妊娠した。ヴィッレはこの時代あった暗黙のルールに従った。それは結婚前にセックスしてもいい。ただしパートナーが妊娠した場合は、結婚しなくてはならないというものだった。ヴィッレは生涯、アルコール依存症になっては、治るを繰り返した。彼は優秀な煉瓦職人で、酒の入っていない時には、きちんと金を稼ぎ、決して妻や子どもに手を上げることはなかった。三人の子どもを産んだアグネスの人生の目標は、子どもたちに自身が送った人生よりもよい一生を送らせてやることだった。その目標を果たす一番の障壁になったのは、肺結核と大腸癌だった。無料の医療のおかげで、祖母のアグネスは肺結核を克服でき、奇跡的に大腸癌も治った。入院中、私の母と未就学児だった母の妹たちの面倒を見てくれたのは、国営の養護施設だった。救世軍の女性たちが、アグネスにミシンの使い方を伝授した。子どもの服を自分で縫えば、長期的に見れば安くつくと、アグネスは夫を説得し、ミシンを買ってもらった。洋裁は彼女に服だけではなく、威厳も与えてくれた。母の子ども時代は不安定で、予測不能だった。一九二七年の秋のある日、彼女はウプサラ内の近隣の広場に新しく作られたきれいな小学校に入学した。その晴れ舞台の日、新しい服を身にまとった母は、祖母に手を引かれ、登校した。ヴァクサーラ広場にたどり着き、校舎を目にした祖母は、足を止めた。学校は木造だった。娘がおとぎ話の世界のお城さながらの学校に行くなどとは、想像の翼をいくら広げても、思いつかないことだった。祖母は私の母の手を握りしめ、目を見てささやいた。

「あんたのために、あんな素敵な学校を建ててくれたってことは、私たちみたいな人間にも価値があるって思ってくれているに違いない」

学校には校舎以外にもいいところはあった――担任のミセス・ブルーンスコーグ先生とか。先生は教養があり、意欲的で、教え方も近代的だった。さらに彼女は名もない小道がまだ残っていたウプサラのスラムの子どもたちのために、国立学校を作るプロジェクトの一員だった。子どもたちは極めて質の高い教育とそれにまさるとも劣らず大切なものを手に入れることができた――それは自分を信じる強い力だった。母の担任は、肺結核の両親を持つ子どももサマーキャンプに行けるように取り計らってもくれた。母は、この素晴らしい夏の出来事について、いくら話しても話し足りないようだった。一番の思い出は、サマーキャンプの会場のそばのモールバッカというところに住んでいたセルマ・ラーゲルレーヴを訪ねたことだった。スウェーデン文学界の巨星が本を読み上げるのを、ほかの子どもたちが床に座って聴いた時のことを、母は忘れることはなかった。

学校に通っていたその時分、母まで肺結核になってしまった。しかし国の医療制度のおかげで療養中、一家は、近くの店で牛乳を無料でもらえる代用コインを与えられた。代用コインで支払うのは、後ろに並んでいるお客さんに、自分は肺結核の家庭の出だと伝えるようなもので、恥だと母は言っていた。母が祖母のアグネスにそのことについて文句を言うと、こんな返事が返ってきた。

「そうね。でも牛乳、すごく美味しかったでしょ?」

ところが一番渇望していたものは、母の指と指の間をすり抜けていった――それは教育だった。母は勉強が好きだった。ところが小学校で六年間を過ごした後、母は勉強を続けさせてくれるよう父親を説得するチャンスすら得られなかった。学校時代、最後の年、母にとって最も屈辱的だったのは、同じクラスのお金持ちの家の子の宿題を手伝うよう言われたことだった。母の助けでその子たちは、母自身は申請すらできなかったさらに上の学校に進めるだけの成績を収めることができた。母は十五歳で、地元の食料品店で御用聞きの仕事をはじめた。

＊＊＊

一族の過去の話のおかげで世界の発展は私に理解可能なものに変わった。祖母の世代以前は、飢餓や極度の貧困の時代だった。祖先の多くは主に貧しさゆえ、一八四六年以降、イリノイ州やミネソタ州、オレゴン州に移民した。極度の貧困状態だった祖母のアグネスや母のブリッタも、様々な要素が絡まり、極めて豊かな生活を送れるようになった。

アルコール依存症だった祖父が仕事を見つけられた理由の一つ目には、スウェーデンが経済的に発展したことが挙げられる。煉瓦職人としての給与は右肩上りで、アルコールに金をつぎ込んでもまだミシンを買う余裕はあった。

二つ目の理由は、学校や医療機関、国が運営する児童養護施設やアルコール依存症者向けの治療施設といった国の財源で運営される社会福祉サービスだった。これらの福祉サービスがなかったら、祖父のアルコール依存症は、悪化の途をたどっていたことだろう。治療中からずっととってあるラブレターは、祖父の愛と深い謝罪の念に満ちていた。祖母が終始不安定だった生活に耐えられたのは、このラブレターのおかげだろう。

三つ目の理由は、排除された家族を様々な点で救い、助けてくれた市民社会にあった。救世軍の「スラムの姉妹」による洋裁クラスから、サマーキャンプ中、ボランティアの大学生が母にさせてくれた文化的な体験まで。私の経歴を見れば分かるように、祖母と母を悲劇から救い出し、私を福祉国家の最下層に引き止めてくれたのは、市場と政府と市民社会の努力の合わせ技だった。

ところが経済に比べ、ゆっくりと変化する文化規範もある。セクシャリティに関する話題は、スウェーデンでは驚く程長い間、完全なタブーとされてきた。私は何より、避妊具を手に入れられることと、今日「セクシュアル・リプロダクティブ・ヘルス／ライツ（SRHR：性と生殖に関する健康と権利）」などという仰々しい名で呼ばれるものを主な活動の目的としている。私の祖母と母は、性生活を楽しみ、子どもをいつもうけるか決める権利を阻害されていた。その背景にあったのは、政治的決定と文化規範だった。

祖母のアグネスは、子どもを三人産み、肺結核と癌を克服した後、もう子どもは産まないと決めた。祖母が責任を持って育てられるのはせいぜい三人までだった。祖母は、コンドームの使い方について説明をする男性の話を耳にしていた。一九一〇年から一九三八年までのスウェーデンの法律では、コンドームを配ったり、コンドームについて啓蒙したりすることは禁止されていた。ところが二〇年代の半ばのある日、祖母とその女友だちは、ある勇敢な男がウプサラの広場にコンドームについて話をしにやって来ると知った。そこで勇気を振り絞り、広場まで話を聞きに行った。スウェーデンのすべての民主主義政党にとって耳の痛い話だが、表現の自由をあえて守ろうと——言い換えるならコンドームについて啓蒙しようとしたのは、左寄りの政党の党首だけだった。彼は木箱の上に立ち、カップルが自分たちでいつ子どもを持つか、そもそも子どもを持つか否か決定することについての率直な考えを説いた。聴衆に見せようと上着の内ポケットからコンドームを取り出した瞬間、彼を警察が逮捕した。

母が十四歳だった一九三五年、彼女の親友が妊娠した。親友は、母と同じ年で、向かいの簡素なアパートの三階に住んでいた。妊娠により、彼女が父親から長いこと性的虐待を受けていたことが明らかになり、アパート中が騒ぎになった。父親の事情聴取の数日後、スウェーデン教会の牧師が一家の下を訪れた。牧師は父親が娘に手をつけたのは、妻の務めを果たさなかった母親の責任だと言った。

そんな過酷な現実の中、母は育ったのだった。一八歳の時、母は父に恋をした。二人の避妊具についての知識は乏しく、母は妊娠してしまった。当時、母は夜間学校に通う夢を叶えようと、御用聞きとして朝から晩まで働いていた。両親の経済状況は芳しくなかった。母はまだ子どもを持ちたくなかった。堕胎の可能性を探っていた彼女は、闇で堕胎をしてくれることで有名な医師の名を突き止めた。その医師は金のない人たちの堕胎費をまけてくれることでも知られていた。

母は日暮れ時に医師を訪ねた。彼女は屈辱的なことに、服を脱いで、裸で部屋を歩き回るよう命じられた。その後、医師から堕胎をしてやるから、体で礼をするよう求められた母はその場を立ち去った。ほかの選択肢は、職場のある同僚に安い費用で堕胎を頼むことだった。ある晩、その女の同僚は部屋にやって来ると、母の子宮に編み棒を突き刺して、堕胎を決行した。母はその夜、お腹で亡くなった胎児を一人で産み、指示された通り、一間のアパートの端の暖炉で、遺骸を焼いた。幸運にも当時よくあったように、致死量に至りかねない出血を起こすことも、後で感染病にかかることもなかった。

避妊具の自由化のきっかけを作ったのは、オッタルの愛称で知られるエリーセ・オッテセン・イェンセンが指揮したRFSU（スウェーデン性教育国立協会）だった。立法府がコンドームの啓蒙、普及活動を禁止したのは、主に彼女たちの存在を警戒してのことだろう。RFSUは今日ではスウェーデン最大のコンドーム供給団体だ。母と祖母は、人生の転機をもたらしてくれたオッタルへの感謝の念を常に抱いていた。

＊＊＊

私は小学校に入った年、父に連れられ、あるホールでABF（労働者教育連盟）による数百人規模の夜間講義に参加した。講義は遠い異国まで自らの経験を語りに来た、様々な分野のパイオニアによるものだった。スライド映写機がまだ登場していなかった当時の最新技術、幻燈機（ラテルナ・マギカ）により、スクリーンに白黒写真が映し出された。七歳の私にとって、それは——父親に連れられ、大人向けのイベントに行き、遠い植民地諸国の人々の暮らしの話に魅きつけられたその夜は——まるで魔法（マギカ）だった。講義の種類は様々だった。

オランダに植民地統治されていたインドネシアに三〇年代に赴いたスウェーデン人の森林開拓者エリック・ルンドクヴィストの講義は特に人気だった。彼はインドネシア人女性と結婚した後、彼が生活、労働した社会と自然の生態系、両方の知識を備えていることで有名な作家になった。私の両親は彼の著作を愛読していた。彼は当時のスウェーデンで、反人種差別の旗手として頭角を現しはじめていた。ルンドクヴィスと極めて対照的だったのは、スティン・ベルイマンだった。ベルイマンは鳥や自然に通じた生物学者だった。父に連れていってもらった夜間講演で、彼がしていたのは鳥の話だけではなかった。自身が暮らし、鳥の観察をしたニューギニア島のある村で撮った、白黒のサイレント・フィルムも観せてくれた。頂上に立派な斧をくくりつけた、四メートルもの高さのつるつるした棒を村の人たちが登る様子が映し出されていた。棒には石鹸が塗りたくられていた。映画には、てっぺんの斧を手に入れようと、そのつるつるした棒を登るという無意味な試みが収められていた。映画の途中で父は立ち上がると、私の手をとり、言った。

「行くぞ」

会場を出る時、私は父が青ざめているのに気付いた。こんな顔を見たのは、それまで数回怒った時だけだった。父は私にこうささやいた。

「スティン・ベルイマンは他人への敬意を欠いた、格好だけの男だ。奴は斧を手に入れたい人たちの気持ちを弄んでいる。森で暮らす彼らにとっては当然、斧のあるなしは生死を分ける。ああいうやり方は、我慢ならん」

ABF（労働者教育連盟）である晩、私はクラスメートのイングマルと出くわした。イングマルはスウェーデンのカベナント教会［スウェーデン系のキリスト教の教派］の牧師の父親と、講義を聴きにきていた。イングマルの父親は、フランス領コンゴで宣教師をしていたことがあり、その時の写真を私たち三年生のクラスを訪れた際、見せてくれた。スウェーデンとはかけ離れた国や当時植民地だった国についての講演が、今でも記憶に残っている。牧師であるにも拘わらず、イングマルの父親は当時コンゴ人と呼ばれていた原住民のための学校や医療機関を建てることばかり話していた。三年生の時、イングマルと家族は、三度目のコンゴ滞在のため、スウェーデンの地を離れた。当時、子どもだった私にとっては、身近な人がアフリカに旅立ち、そこで暮らすのは特別なことだった。イングマルが旅立った後、私はクラスメート皆からの手紙を出しに郵便局に行くように先生から言いつけられた。初めてエアメールを送った時の高揚感が、今でも胸に残っている。宣教師の子息向けの寄宿学校の住所は、ひどく奇妙だった。私が初めて覚えたアフリカの町の名前は、コンゴ共和国一重要な港町、ポワント＝ノワールだった。

地理は学校で随分教わったけれど、地球の向こう側の人たちがどんな暮らしを送っているのか、驚くほどわずかしか習わなかったような気がする。私たちは基本的に西洋諸国対（「原住民」が生きる）非西洋諸国という構図でとらえた世界像を植え付けられる。あたかも世界の大半の住民が、未開の文化の原住民であるかのように。

私はたしか五年生ぐらいの時の先生が、インド人がいかに敬虔なヒンドゥー教徒で宿命論を信じているか話していたのを覚えている。成功と成長のためには、キリスト教に改宗することが肝心だと私たちは教えられた。スウェーデン人が石にルーン文字を掘るずっと前に、インド人が独自の文字と文学を持った古い文明を発展させてきたとは、全く知らなかった。ソビエト連邦や日本、ラテンアメリカといった国々が、もはや今では西洋諸国の一員と呼ばれるのであれば、それはどうしてなのか説明されることは決してなかった。植民地諸国がどのようにして独立したかは、先生から学校でというより、むしろ父から家で教えられた。

私の世界像は、家で父や母から、またはラジオや人との出会いを通し、構築されていったものであり、学校で学んだものではなかった。

母親が肺結核から回復すると、スウェーデン経済と私の父親の給与は、両親が想像しなかったほど急激に上がった。私が五歳の時に、私たちは果樹の茂る庭付きの家に引っ越した。両親の夢が叶ったのだ。労働者階級の人たちも住居を構えようという持ち家ブームの盛り上がりと、政府のローンと貯蓄のおかげで、両親は家を買うことができた。両親は銀行の個人ローンを利用した上、未婚の伯父、マッティンからほぼ無利子で金を借りられたのだ。それは近代的な家だった。セントラル・ヒーティングにお湯に冷水。ホーローのバスタブ付きの風呂。電気ストーブに冷蔵庫、洗濯機。

同じ通りに図書館もあった。母は頻繁に私を図書館に連れていってくれた。そこで私たち親子は、山程本を借り、それを母が読み聞かせてくれた。周りの家に同世代の子どもが住んでいて、親しい友人もできた。父は私にベルシュフォシェーン発電所のものすごい電力線を見せると、水力発電によりどのようにして洗濯機の電気が生み出されているのか説明してくれた。

私の父は、郊外の伐採地に置いてあった大量の木材をよく拾ってきた。父の勤めていた会社の社長が、週末、家に木材を運ぶため、会社の車を使わせてくれた。それらの木材は水を温め、冬場に家を温める薪に使われた。両親は庭でじゃがいもと野菜とりんごと苺を育てていた。

母は私たちの服の大半を手作りしてくれた。既成の服は高価だったのだ。母が自分で縫わないのは、下着だけだった。私たちは下着を「Fix」というメーカーで買った。その輸入品の下着がスウェーデン市場に登場した年、母が生け垣越しに、お隣さんと、外国産の下着を子どもたちに履かせて、本当に健康に害はないのか話していたのを覚えている。消費財のグローバル化のかすかな兆候――この場合、ポルトガルの下着に、たちまち嫌疑の目が向けられたのだった。

貯金の甲斐あって、新しい家で暮らしはじめて数年後には、休みに旅行へ行けるようになった。両親は赤いモペットと青のタンデム自転車を買い、母はテントを作った。一年目、私たちはウプサラを巡るばかりで、家から一〇キロメートル以上離れることは決してなかった。旅行のしめに、生涯、未婚だった祖母の妹の農家を訪ねた。私たちは暖かく迎え入れられ、大きな馬の背中に乗せてもらえた。ところがこの出会いは、カルチャー・ショックで終わった。

アグネスの一番上の兄、ペートルスに引かれ、馬に乗る私の写真を父が撮影してくれた。一枚の写真はとりわけ素晴らしかった。大きなブーツとオーバーオール姿の年寄り農夫と、背中に男の子を乗せた力強い馬の写真だ。父は彼らのホスピタリティを讃えようと、写真を焼き増しして、ペートルスに送った。ところがその写真は年寄りの農夫への侮辱と受け取られてしまった。ブーツにオーバーオールなんて格好を、写真に撮られたのが許せなかったようだ。写真に撮っていいのは、彼の唯一の正装である黒いスーツの時だけだった。同じ村の親族が、作業着姿の彼の写真を撮ったなら、それは田舎者の彼をからかうために違いなかった。この誤解による諍いを両親は解決できたものの、それまでに二年の時を要した。異なる文化を尊重せよという訓戒は、ペートルスが実際には賢くて親切な人だったため、より一層強固になった。

馬

次の休暇中、私たちはモペットでコペンハーゲンに行った。一九六〇年に、弟のマッツが生まれ、その三年後、私たち家族はグレーのビートルを買い、一家全員でノルウェーまで旅できるようになった。

一九七二年に、海岸近くで土地を買うと、父がサマーハウスを建てた。さらに祖母の遺産で、小さな船外ボートを買い、祖母のベアタの名前をつけた。

一〇年以上、専業主婦だった母は、ある日、近くのガムラ・ウプサラの図書館で、パートタイムの職を得た。パートタイムで働きながら母は、夜間学校に行き、高校レベルのスウェーデン語、英語、社会科を身につけた。しかし教師やジャーナリストになる程の教育を受ける夢までは叶わなかった。

このように私の親族の人生は、様々な人生の局面における、非常に急速でポジティブな進歩を体現していた。その進歩とは、母方の祖母が小学校に四年しか行けなかったのに、そのわずか三世代後の私が教授の職を得られたことだ。さらにドラマチックなことに、読み書きがほとんどできなかった曾祖母と私は四世代離れている。私たちには、今日の世界の様々な教育レベルが映し出されている。

四つの異なるレベルが容易に読み取れるのだ。健康という分野においては、感染による病気という重荷から、健康で長生きな人生へと変化してきた。数世代の間で、土間床の小屋から広い近代的な家へと、物質的な豊かさも変化する。これらの変化は、どれも急激に起きるわけではない。一歩一歩進んでいくしかないのだ。

第二章　世界を発見する

世界に興味津々の私は、お金を貯め、一人旅をするようになった。一六歳の時には、自転車で英国を横断する旅に出た。初めて訪れた町には、二〇近い名前が彫られた石碑があった。第一次世界大戦で命を落としたこの村出身の人々の名前だ。保存状態のよいその灰色の石の裏側に回ると、第二次世界大戦で亡くなった人たちのこれまた名前がまた一列、彫られていた。

一九三一年に陸軍により五人の民間人が銃撃されたスウェーデン、オーダーレン丘の銃撃の慰霊地に、両親は私を連れていった。私が最初に訪れた時に、この村は特別激しい戦争被害を受けたに違いないというのが、私の心に自然と生まれた感情だった。その後の六週間、自転車で英国とウェールズの南海岸を行き、ロンドンに戻る際、私はほぼどの町でも、同じような石碑を見かけた。出会った同世代の人たちが、彼らの両親が戦争で死傷したと話していたのを今でも覚えている。

振り返ってみると、世界大戦がいかに残虐で、広範に渡ったのかや、ヨーロッパの様々な国がどれほどの被害を受けたか父が私に伝えようとしていたのだと分かる。スウェーデンで育った私たちは、ヨーロッパの残虐な現代史を、大抵、なかなか理解できない。

一九六六年の夏、私はパリからリヴィエラ、さらに南のローマ、そこからイタリア半島のかかと側を行き、ギリシャへとヒッチハイクした。ギリシャの農村部は、私がこれまで目にしたあらゆるものと違っていた。黒ずくめの服を着て、頭にほっかむりをかぶり、背中に大きな荷物を背負い、道を進んだ。たくさんの家族が、ひどく簡素な住まいで暮らしていた。

マケドニア、モンテネグロ、クロアチアにスロベニア、オーストリア、ドイツを通り祖国に戻るにつれ、生活水準が徐々に上がっていった。このことから、よい教訓を得られた。ベルリンの壁ができて五年目を迎えたばかりの頃、私はベルリンを通った。検問所のチェックポイント・チャーリーを通過した後、私は東ベルリンを散策した。これは思想が左に寄りがちだった私にとって、よい薬になった。東ドイツへの初めての短期訪問で、共産主義を嫌わずにはいられなくなったのだ。

一九六七年に私はアグネータと人生をともに歩むことにした。その夏、私たちは南方へ旅に出た。まず公共輸送機関で、ストックホルムの南の地下鉄駅まで行った。そこからはヒッチハイクするつもりだった。そしてエリクソン社の本社オフィスの目の前で、私たちは初めての喧嘩をした。そこからほんの百メートルのところにあった南に向かうための高速道路の入り口まで、私はヒッチハイクすれつもりでいた。アグネータは空高く登る太陽を指差し、

「もうお昼だから、先にランチにしましょう」と言った。

私たちは互いをいぶかしい目で見つめると、言った。

「ヒッチハイクしながら、道端で少し何かを食べればいいさ」

「車は一分間に何百台も通っているじゃないの。夏はまだはじまったばかりよ。公園を見渡せる日陰のベンチがあるわ。あなたのカバンの中のお弁当を、今から食べましょう」と彼女は言った。

私には食事を抜く悪い習慣があった。しかしアグネータは私たちにとって初となるその休暇で、その

習慣を変えるべきだとはっきり主張した。私たちは公園でロマンチックなランチをした後、ヒッチハイクした車でスウェーデン南部まで長々乗せてもらい、夜中、居心地のよいホステルにチェックインした。一九歳の若いカップルは一晩目、「ファミリー・ルーム」を選択した。つまり、彼女と二人きりということだ。私がシャワーから戻ると、アグネータがベッドに横になっていた。

「洗面所の端のポーチに歯ブラシを入れてあるの」と彼女は言った。

私はすぐに歯ブラシと歯磨き粉を見つけた。歯磨き粉はおかしな味がしたが、ベッドの上で微笑む愛しのアグネータから目をそらすことができなかった。彼女は私に優しく微笑みかけると、ふふっと吹き出した。私がその笑いにとまどっているうちに、さらに大声で笑いはじめた。一九歳のロマンチストにとって、腰に小さなタオルを一枚巻いただけのあられもない格好を笑われるのは、恐怖以外の何ものでもなかった。彼女が笑っている間に、目の前が白い泡に包まれた。泡は私の口から溢れたものだった。アグネータはベッドから下りて、私が歯磨き粉でなくシャンプーで歯を磨いてしまったのだと教えてくれた。

旅は続いた。まずフェリーでポーランドへ渡った後、東欧を通り、イスタンブールへ行き、そこから帰路についた。

ヨーロッパの東も西もこの目で見届け、世界を理解しようという大学入学時の私の野望は、ヨーロッパ外の地域にまで広がっていた。それは大きな変化だった。冷戦中に子ども時代を送った私にとって、未来とは、東側と西側の核戦争を回避できるかどうかとイコールだった。ソビエトの占領と、一九六八年のチェコスロバキアのプラハの春の鎮圧は、大きな後退だった。ところが状況には別の見方をすれば、希望が持てそうだった。共産主義は内側から崩壊しかけていた。

私の世代は、世界全体の進歩の必要性を強く意識するようになっていた。三年生の頃、クラスメートの父親である宣教師が言っていた、基礎分野――教育と医療と道路と仕事――における進歩を。私の家族や親戚が体験したような変化は、スウェーデンではごく最近起こったもので、世界にはまだ波及していなかった。キューバやベトナム、中国などが急激に変貌を遂げ、社会の目覚ましい進歩の兆しが見られるのに対し、西欧社会は、そのような変化をもたらすことに無関心な体制を支持したことに私は驚かされた。このことは困惑を、もたらした。私は一九六八年の極左の波に決して乗らなかった。私は根っからの世俗的な社会民主主義者であり、アンチ・コミュニストだった。貧困国の多くの左翼政権は、西側諸国を支持する国々には見られないような善行をしているように思えた。

私が大学入学した当時、世界を最も脅かしていたのは、アメリカがベトナムで起こした戦争だった。アメリカが支持していた体制に、光など見出せなかった。ウプサラの聖堂学校の高等部で、アメリカのベトナム侵攻に反対していたのは、私だけだった。大学生活を送るうちに、周りの生徒の政治への関心は高まっていったのに対し、私はその逆だった。革命をロマンと捉えることも、武器を用いた紛争を賛美することも私は決してよしとしなかった。

政治に関心を持つと、革命による変化をつい過大評価しがちだ。変化というのは、そうそう起きるものではない。

進歩の土台が整うだけのことだ。この考えを私に芽生えさせたのはアメリカで研究者をしていたモザンビーク出身のある人物だった。私は一九六七年の秋、一年生の時に、その人とスウェーデンで出会った。

＊＊＊

一九六七年の暗い一一月の晩、私はウプサラの社会民主主義学生組合の前に立っていた。心は波立っていた。五〇年代のスウェーデンでは、父親が工場で働く労働者階級の家の出の子は多かったものの、そのような家庭から大学に行くのは私が初めてであり、それは特別なことだった。一年生にして私は、社会民主主義者の学生組合に入ってほしいというわが家に漂っていた暗黙の期待を満たしていた。小さな学生団体が、たちまち私を国際性に富んだ秘書に変えたのだ。

私の最初の任務は、自分たち学生団体と、エドゥアルド・モンドラーネという名の男性の、夜間ミーティングの手配をすることだった。生まれも育ちもモザンビークの彼は、その国からアメリカに行った初の黒人学生だった。才能のある学生にチャンスを与えるアメリカで、彼は一段一段、階段を上り、シラキュース大学で助教授になった。ところがエドゥアルド・モンドラーネは、学者としてのキャリアを手放し、アフリカに戻り、そこで独立直後のタンザニアに拠点を持つのモザンビーク解放戦線（FRELIMO）の書記長になった。一九六四年にモザンビークの国境の先のポルトガルの植民地政府にゲリラ闘争を仕掛けた。

この時、彼は独立闘争への支援を求め、スウェーデンにやって来ていたが、彼の話を聞きに集まった学生が、たったの八人だったことを私は恥じていた。タクシーを待っていた私は、アフリカ人版チェ・ゲバラが来るものと期待した。ところが車から出てきたのは、迷彩服にカンゴールのベレー帽を被った髭面の男などではなく、グレーのスーツにぴかぴかの靴といういでたちの礼儀正しい紳士だった。あまり学生が集まっていなくてすみません、と私が言うと、彼は大丈夫と私をなだめ、部屋に入るやいなや、角のコーヒーテーブルの前のソファに座ってはどうかと提案してくれた。

登場の時以上に私を驚かせたのは、話の内容の方だった。誇張でも何でもなく、その後の二時間の彼の明確な理論が、私の道を決めた。彼が言っていたのは、大枠ではこんなところだった。

「私たち、黒人のモザンビーク人は、白人にもポルトガル語にもポルトガル文化にも何ら反感は持っていない。私たちはひたすら自国の独立のため、リスボンの植民地のファシスト政権と闘うまでだ。戦争は恐ろしいものだが、自分たちが自由を勝ち得るためには、闘いは避けられない。この闘争で自国の自由だけでなく、ポルトガルのファシズムからの解放をもたらせると信じている」

これに続く言葉に、さらに驚かされた。

「独立までは簡単だろう。ポルトガルの兵士らは、ファシズムと植民地主義が自らの命をかなぐり捨ててまで守る価値のあるものと思わないだろう。つまりこの戦争に勝利するのは、私たちってことだ。私たちモザンビーク人にとっての課題は、戦争で勝利を収めることではない。独立後の国での人々の暮らしをよくすることだ。国民の期待は高まるだろうが、それに応えられるだけの十分な資本を私たちは持たない」

その当時、独立したアフリカの国々が直面していた困難な状況を念頭に置いた発言だろう。彼は識字率が低く、高い教育を受けた人が一握りしかいないモザンビークは、他国以上に大きな困難に晒されるだろうと言って、話を終えた。戦争の主導者が、勝利後の課題について話すのを聞いた私は、いたく感銘を受けていた。

電車に乗る前、彼は一人一人に、別れの言葉を贈っていた。

「何を勉強しているんだい？　卒業試験はいつ受けるのかね？」

大学で統計学を学び出したばかりの十九歳だった私の頭にはまだ卒業試験のことなどなかった。答える時、半ばどもっていたのではないかと思う。

「来学期から医学を学びはじめるので、卒業試験を受けるのは、一九七五年の予定です」

「素晴らしい。その頃には、私たちも独立を果たしていることだろう。医師になったら、私たちの国に来ると約束してくれ。君の力が必要になることだろう」とエドゥアルド・モンドラーネは言うと、笑った。

「はい、約束します」

モンドラーネが私の目を見つめ、真剣に握手してくるもので、気付くと私はこう答えていた。

その二年後の一九六九年、二月三日、エドゥアルド・モンドラーネはタンザニアのダルエスサラームに送られてきた本に仕掛けられていた爆弾で亡くなった。死を知った私は、彼との約束を思い出した。しかし彼が亡くなったことで、モザンビークが独立戦争に勝つチャンスは減ったように思えた。

独立のために戦争をはじめなくてはならないのが、いかに悲劇的なことか、また戦争はその国を植民地化した人に対してでなく、植民地主義に対して行うものであるという彼の説明を耳にした日から、私の心にそれが深く刻み込まれていた。後に同じ言葉を私は、ネルソン・マンデラから聞くことになるのだが。私が医師として働くため、モザンビークに赴くのは、その一〇年後のことだ。戦争に勝利し独立するのは、識字率が低く、病気が蔓延し、極度の貧困状態にある国を発展させる苦労に比べれば、大したことはないというモンドラーネの言葉の真意を、私が死ぬまでに真に理解できるかは定かでない。

＊＊＊

医学部での学生生活がはじまってすぐに、私は学生組合の国際委員会の委員に選ばれた。ある日、秘書に廊下に出され、耳元でこうぼそりとつぶやかれた。

「あんな質問、二度とするんじゃないよ」

隣の大部屋での会議中に、私は貸借対照表の使途不明金について質問したのだった。収支が大幅に合わなかったが、断り書きもされていなかった。

秘書は堕胎をするため、ポーランドに行く必要があった女生徒への短期ローンに、極秘で予算を割いたのだ、と説明した。秋の間にお金を必要とする人が通常より多かった上、大半の人たちがまだ返済できていなかったので、昨年の基金の資金は減っていた。私はカトリック教徒の多いポーランドに堕胎に行く人がいるという噂を耳にしたことがあった。同じ質問は二度としないし、その秘書から聞いたことは、もちろん誰にも言わないと誓った。

スウェーデンで堕胎が合法化されたのは、一九七五年。インドの三年遅れである点は注目に値する。インドで勉強すれば、このことについて色々と学べるだろう。私とアグネータの関心は、イデオロギーから、好奇心と探究心へと移っていて、それゆえ私たちはアジアへの大がかりな旅行の計画を立てはじめた。

アジアに行くために医師の勉強を半年休む計画を両親に明かすと、賛成してはもらえなかった。せっかく立派な学部に入れたのに、休んでしまうのはもったいないというのが、実際の理由だろう。しかし旅で危ない目にあったらいけないからというもっともらしい理由をつけていた。しばらくすると、口出しする余地はないと理解した二人は、同意してくれた。そして母はこう言って議論を終えた。

「私たちにとって、教育を受けられるというのは、夢みたいな話だった。もうお前が何を考えているか理解できない。大学教育を受けて、私たちの手の届かないところに行ってしまったんだね」

一九七一年のバングラデシュの独立は、私たちに直接的な影響を及ぼした。アグネータと私はフォルクスワーゲンのバスで遠いインドまでドライブするという、かなり無謀な計画を立てていたが、戦争によりパキスタンとインドの国境が閉ざされてしまい、計画は変更になった。同年の終わりに、アグネータは看護科を卒業し、働き出した。私は医学部四年目を終え、臨時医師として働き出せるようになった。私たちは必要額を稼ぎ切った二月の中旬に、インドへ向かった。当時はまだ「バックパッカー」という言葉は存在しなかったが、スリランカ行きの飛行機に乗る時、私たちがカウンターで預けたのは、ぱんぱんのリュックサック二つのみだった。

旅程には小さな海岸沿いの立派なホテルでの二週間の楽しい滞在も含まれていた。復路の航空券は使わなかった。代わりに私たちは島を周遊し、スリランカ北部からインドまでの通常ボートに乗った。インドのラーメスワラムに上陸した私たちは、短い階段を下り、手漕ぎボートに飛び乗ると、海岸まで乗せてもらった。テントにあった関税と移民局は、ウールの膝までのレッグ・ウォーマーと膝丈のチノパンを穿いた、裸足の兵士の助けを借り、私たちを監視していた。兵士らは感動的なぐらい、レトロなライフル銃を装備していた。天然痘のワクチンを打っているかを確認するために、黄色いWHOのカードを確かめたり、マラリアを国に入れないための血液検査したりと、入管審査は極めて厳重だった。インドの海岸沿いは、ちり一つ入り込めないような仕組みがかなりうまく機能していた。

スリランカで過ごした月、私たちはこの国の歴史の厚みに、言葉を失った。シンハラ文字が二〇〇〇年以上にわたり使われてきたという事実は、私たちの理解の範疇を完全に超えていた。はるか昔に驚嘆するような工学技術を備えていたと分かったことや、シンハラ文明がこんなにも進んでいたと知らなかったことから、私たちは数千年前に作られた灌漑用貯水池に畏怖を覚えた。

インドにやって来て、私たちはさらに己を恥じた。古い寺院を訪れたばかりの数日で、様々な言葉や文字が、数千年以上前から存在していたことが分かったのだ。

ギリシャに到着した時とは、まるで違っていた。ギリシャでもランドマークや歴史の偉大さを思い知らされたが、スリランカとインドで己を恥じたのは、知性の面だった。こちらの方がこたえた。

＊＊＊

私たちはアジアに行った際、バンガロールのセント・ジョン医科大学のゲスト学生になれるよう、手はずを整えていた。この学生時代に、私のインドへの見方は一変した。コースは素晴らしかったが、私の考えを一変させたのはその内容ではなく、初日に判明した残酷な事実だった。インドの医学部の四年生に私は知識量で及ばなかったのだ。私がしてきたのは、単なる詰め込み式の勉強に過ぎなかったのだ。私はスウェーデンでトップではなかったが、上位層には入っていた。スウェーデンでトップクラスだったなら、インドの学生に混じれば、トップかその辺りに入れるだろうと正直、甘く見ていたのだ。インドで私は自分が最下層の生徒であることを、すぐに悟った。

インドでの医学生生活一日目に、私はほかの学生たちとグループで、前日医学部で撮ったレントゲン写真を確認することになった。一枚目はいわゆる血管造影写真で、患者の尿に血が混じっていたことから検査に及んだ腎臓が映し出されていた。インドの病院で血液造影写真を撮れることにショックを受けたのを覚えている。それは血管のX線検査だった。足の動脈から挿入したプラスチックの長いカテーテルの先端が大動脈を通って、腎動脈までたどり着くと、放射線科医が腎臓のすべての血管を可視化するため、造影剤を投与する検査だ。一九五三年までは非常に危険な手順がとられていたが、その年スウェーデンのカロリンスカ研究所の研究者、スヴェン・イーヴァル・セルディンガーがプラスチックの長いカテーテルを発明したことで、検査が簡易化された。スウェーデンの医学教育は、現代的な検査技術を大いに自負し、自分たちの技術が世界中で使われていると言っていた。ところがそれでもおごり高ぶった私は、一九七二年のインドの大学病院でこの技術が使われているとは思ってみなかったのだ。

私は目の前の画面に写し出される腎臓の美しい血管の枝を見つめた。レントゲン写真の質は、スウェーデンの大学病院で私が見たのと同じだった。私がインドの大学病院の驚く程高い医療レベルについて思いをはせながら、ふと腎臓の上部の血管が別の形になっていることに気がついた。それらの血管は細く、ボールを彷彿とさせる構造をしていた。腎臓癌に違いなかった。インドの医師はこう尋ねた。

「患者の尿に血が混じっているのは、なぜだと思う?」

私はインドの学生たちに、自分が回答のチャンスを譲ったのは、謙虚さから来るものと思っていた。

しかし後に、それは慢心の現れと気がついた。

「腎臓の上部を見れば分かるように、尿に血が混じっているのは、腎臓癌のせいに違いありません。今回は早期に発見できた上、比較的小さな癌なので、この患者は幸運ですね。病院で検査した時には、腹部を押しても腫瘍は確認できなかったですし、本人も痛くないと言っていました」と一人目のインド人学生が言った。

先生は癌を早期に発見できた理由は何だと思うか尋ねた。この課で患者に会ったことのある別の学生が、検査の代わりに、民間薬を飲むよう勧められたことで、患者が血尿に気付き、自ら病院に診せに来たからだと言った。学生は、患者が電話工場の電気技師で、現代医学を信用していたからだろうと言った。先生がさらに腎臓癌の初期段階に、ほかにどんな症状が見られるか尋ねると、学生が一人ずつ、質問に答えた。この質問はレントゲンの勉強会中にされたもので、私は医師の質問に答えるわりに、どうしたらこのようなことが可能か理解しようとした。彼らは私より、はるかに優秀だった。

勉強会の後、廊下に出た私は、ほかの学生のうち数人に、彼らがどんな特別な教育を受けてきたのか尋ねた。私は自分はスウェーデンではまだ大学四回生なのだと説明した。

「え？　僕らも四年生だけど、何でそんなこと聞くの？」と学生たちは言った。

セッション中取り上げられた腎臓癌にどんな症状が見られるかや、そのほかの病気についての、彼らの理解の深さに感銘を受けたと私は答えると、さらに尋ねた。

「どの教科書を使っているんだい？」

「大半の学生はハリソンを使っているよ」と学生の一人が答えた。

ハリソンとは、内科学で最大の教科書の略称だ。最大とは言っても、A四版、一二〇ページで、文章の割合もそう多くなかった。向学心に溢れていた私は、一九七一年にその本を買った。向学心うんぬんと言ったが、実はその本は今、私の背後の棚に、手つかずのまま置いてある。スウェーデンで試験に合格するために使った本は、それよりも小さい医学概説で、ページ数は半分で文字も大きかった。スウェーデンとインドの学生の比較をさらに続けよう。インドの学生はスウェーデンの学生が短い概説を読むのよりも多くの回数、その偉大な本を読むのだろう。

私が気付いたインドの学生とスウェーデンの学生の他の大きな違いは、パーティーの質だ。インドの学生のパーティーは、死ぬほど退屈だった。部屋の端と端に男女が離れて並んだそのパーティーで、一番エキサイティングだったのは、クイズぐらいなものだった。一九六八年以降、スウェーデンの医学コースで私たち学生が行っていたパーティーは、素晴らしいものだった。私たちはパーティーを計画し、楽しみ、そして何よりそこから回復するのに、学生生活の大半を当然、犠牲にしていた。しかしパーティーについて、こう私が書いたのは、インドの学生が私よりもよくできたという重要な体験とのバランスをとるため、それだけの理由からだ。西洋諸国が一番で、ほかの国々は追いつけないという、子どもの頃から培われた世界観が揺らいだのは、それが初めてだった。西洋諸国が永久に台頭し続けるわけではないと、私が考えるようになったのは恐らく、その時だったのかもしれない。そしてほかの多くの人たちも、同種の経験をしているのではないか。人の世界観を変えるのは、実際に出会い、関わる人たちなのだ。

私たちはインドに行ったら、貧困を目の当たりにすることになるだろうと覚悟していたが、実際にそうなった。しかし私たちはインドの感動的な古い文明についても、現代の学問の世界にどれだけ才能溢れる若いインド人がいるかも知らない。研究結果と専門家による分析と確かなデータは、インドが近代的な国に追いつこうとしているという状況を確信させるが、西洋社会の古い価値観を持った人たちが、これを理解するには個人的な体験が必要に思える。一九七二年、バンガロールでのレントゲンの授業の際、私はアジアがヨーロッパや北アメリカに追いつく日がいつか訪れるだろうと悟った。それ以降に起きた出来事は、四四年前の私のその予想が正しいことを、証明するばかりだった。

旅はこのバンガロールから先へと続いていく。インドの鉄道会社は私たち学生に、三等車の切符の料金を割り引いてくれた。長い列車の旅は、インドの多様性が色濃く表れた会話で溢れていた。ネパールに到着すると、私たちはバスに乗り換え、首都のカトマンズからヒマラヤの広い谷に続く長い小道を四日間歩き続けた。

政府から散策許可を得ていた私たちは、心ばかりの謝礼のみで、道中、寝床とレンズマメと米を提供してくれる家族を紹介された。親切で誇り高いその一家は、高台のとうもろこし農園だけでは、食いつなげないようだった。社会は非常にうまく機能しているように見えたが、生活は過酷だった。学校の数は少なく、病院に至っては全くもって存在せず、子どもの致死率は二五%、女性は一人平均六人も子どもを産んでいた。しかも少女の大半は、成人前に嫁がされる。やがて雪に覆われた山頂が見えてきた。私はちょっぴり不安を感じつつも、危険な吊り橋を渡り、最後には険しい斜面を登った。私たちがくたくたになり、仏教の祈祷所のそばにへたり込んでいると、小さな女の子が通りかかった。その子は両手を頬に当て、ねんねのジェスチャーをすると、私たちをお父さん、お母さんの待つ家へ案内してくれた。

アジアの吊り橋

私たちはわらぶき屋根の家の二階の寝室をあてがわれた。

その夜は満月で、村の人々は楽器を奏で、歌っていた。しかしホスト・ファミリーはそんなことをしている場合ではなかった。まだ一歳にも満たない、小さな赤ん坊を風呂に入れなくてはならなかったのだ。夫妻は赤ん坊を暖かなお湯を張ったたらいで洗い、体にバターを塗り、おかゆを与えていた。すべて夫婦二人で行っていた。数メートル先で私たちが横になって、ぼうっとそれを見つめていることなど、気にも留めずに。アグネータは日記を手にとると、彼らの行動を詳細に書き連ねた。メモは数ページもの長さになった。空気は澄んでいて、山から村へ水が流れ落ちる小川からパイプ・オルガンを激しく演奏するかのような音が、谷に響き渡っていた。

翌日、おばあさんが畑を見せてくれた。私たちは写真を撮って、彼らがどうやって生活しているのか、実感として理解した。

私たちはまたいつか戻ってこられたらと、別れ際に夫妻の名前をメモしておいた。そして四二年後の二〇一四年、私たちはその地を再び訪れた。農道は一つ残らず車道に変わっていた。交通道路課の安全ベストを着た人たちが、排水路をきれいに保ち、道を堅固にするため、スコップで砂を道の脇によけていた。輸出用の製品を作るため、魚の養殖もスタートしていた。学校の規模は拡大し、子どもの死亡率も下がり、子ども二人の家庭が一般的になっていた。

すぐ近くまで来て、ホスト・ファミリーの家だと分かった。同じ家だったが、外装が現代風に変わっていた。わらぶき屋根だったのが、同じ谷の他の家のように鉄の屋根に変わっていた。赤ん坊だった彼が、今は大人になり、家族と暮らしていた。奥さんも、彼の母親と同じく、もてなしの精神に溢れた人だった。母親は二〇年前に亡くなり、高齢になった父親はインドに暮らしているそうだ。私たちは初めてそこを訪れた時の古い写真を、近くに暮らしていたご近所さんや親戚に見せた。

食事をごちそうになった際、今では子どもたちがワクチンを接種し、学校に通えるようになった、と彼とその家族から聞かされた。家族計画が浸透し、ヘルスセンターでアフターピルをもらえるようになったとも。子どもの死亡率は、四%にまで減少していた。だが少女の多くは都会に行き娼婦になっているという事実も、その時の旅で知った。

その夜、雨が降っていた。雨は鉄の屋根を流れ落ち、かびの臭いが残ることはなかった。

私は村人を試すために尋ねた。

「わらぶき屋根の方が、素敵じゃないですか？　そんなに鉄がいいですか？」

村人の一人が、一歩踏み出し、私のそばに立ち、答えた。

「あのね、鉄の屋根は、二〇年間も修理が不要なんだ。二〇年も！　わらぶき屋根だったら、二年に一回敷き直さなくてはならない。そのために草を刈り、集め、干さなくてはならないんだ」

「あの湿った酸っぱい臭いは、もうたくさん」と女性たちが口々に言っていた。

私は立ち尽くし、鉄の屋根を見つめた。わらぶき屋根や美しいマンゴーの木、一四歳で嫁ぐ少女といった過去から、一部、または完全に都市化した社会での満ち足りた暮らしへと変化するまでには、売春、スラム、搾取、人権侵害など目も当てられないような醜いフェーズを経る場合が多い。しかし同時にそのフェーズには、それらを打破する、経済成長、就学率の上昇、健康状態の改善、一家族の人数の減少、個人の権利の拡大などの力も潜んでいる。この社会の中間層をよく見ると、そのような醜悪な面がすぐ

野外の様子（昔）

屋内の様子（昔）

野外の様子（今）

屋内の様子（今）

に目につくだろう。
ネパールの村で私が話した人々は、いまだ過渡期にいることを自覚していた。

「今が変化の時だ」と彼らは言っていた。

二〇〇六年まで一〇年間にわたり繰り広げられた内戦後、この国は目覚ましい変化を遂げた。国連児童基金(ユニセフ)や支援団体からの支援もあった。当時、差し迫っていた問題は、仕事不足だった。

一九七二年の春、村を発つ前の夜に若夫婦が子どもを風呂に入れ、食事を与える様子について当時書いた日記を、アグネータが読み上げた。皆、感動していた。息子さんが泣き、私たちの目にも、涙がにじんだ。母親の写真を渡すと、大切なものを挟んでおくためのバインダーにしまった。ほかに母親の写真を持っていなかったのだ。三日間という短い期間で誰かと友だちになりたかったら、二日は一緒に過ごし、四二年後に再び集うとよい。

七〇年代の旅行中、ネパールの山村から、インド、ミャンマー、タイ、マレーシア、シンガポールを通って、南東に進んだ。

旅の終わりに、インドネシアに一カ月滞在した。アジアではトータルで半年間、素晴らしい時を過ごせた。私たちは実に多くのことを学んだ。さらに重要な出来事があった——家に戻った私たちが一番にしたのは、結婚だった。貯金はすべて旅行で使い果たしてしまっていたし、もう何年も一緒にいたので、結婚式をするのも今更な気がした。

市役所に行き、届けを出すと、結婚立会人に詩を読んでもらえた。それを聞いて私たち二人は喜びの涙を流した。その後、公園で桃を分けて食べたあと、自転車で私の両親の家へ行き、結婚を報告した。

父は格式ばった結婚式に参加する必要がないのをひどく喜んでいた。一方、母は式を頑として開かせなかった私を決して許そうとしなかった。アグネスの両親は南スウェーデンに住んでいたので、結婚の報告は、はがきでした。義両親は電話で祝福してくれた。

＊＊＊

一九七四年の四月二五日、ポルトガルでファシズムが打倒された。その日に私たち夫婦が産科から第一子とともに家に戻った。

私たちの住まいは病院の真隣だった。午前中、乳母車にアンナを乗せ、春のまぶしい日差しが降り注ぐ中、市民公園を通り、家に帰るところだった。シラーが咲き誇り、安産で生まれた娘の機嫌もよさそうだった。娘が気持ちよさそうに寝ているのを見て、嬉しい気持ちになった。

その日の午後、育児の合間にニュースを聞き、ポルトガルの無血革命が成功したことを知った。アグネータと私はその後、「今日の経済」というニュースをラジオで聴き、その出来事が予期されていたのだと気付いた。エドゥアルド・モンドラーネが自信を持って予言していた時が、ついに訪れたのだ。

これで私たち幸福な若い家族が、間もなく独立するモザンビークに働きに行けるだろう。医学部最後の一年半の間に、私の世界への情熱は、現実的なものへと変質していた。私とアグネータは、アフリカの最貧国の一つである国で、数年働くべきだと心に決めていた。アグネータは看護師よりも職に就きやすい助産師の課程に申請した。私たちはアフリカに一家で暮らす具体的な計画を立てはじめていた。

アンナが生まれたことで、私が育児休暇を取得するかどうかの選択を迫られることとなった。妊娠中、一九七四年の一〇月から私がアンナを育てることで夫婦の意見は一致していた。親としての役目を二人で担うことが、アグネータにとっては肝心なことだった。そうしないと、大学教育を全うすることができないからだ。私は診療所の所長と面会の手はずを整えた。そうして待ちに待った面会の日をようやく迎えられた。私は所長に歩み寄ると、妻は教育を全うしなくてはならない、だから私が一〇月から二月まで休みをとる必要があるのだと説明した。

「休みだって？　だが君は代理だろう。代理の代理は雇えないよ」と所長は言った。

「ええ、ですが……では、私たちに休みをとるという選択肢はないってことですか？」

「それなら二月に戻ってきた時、仕事があるか確かめてみればいい。このまま残るんだったら、続けてもらえるが」と彼は答えた。

「ですが来年、父親について育児休暇の法律が改正されるんじゃありませんか」と私は食い下がった。

「法律が実際にどの程度、効力を発揮するかは、分かりやしないさ」と所長は言い放った。

私は気を落ち着け、その日の夕食中、アグネータに話はしないでおいた。だが夕飯後、ソファに座った私は、診療所の上司との話を伝えた。

「よく言ったね」とアグネータは褒めてくれた。

「ああ。だが、休みをとったら、仕事を続けられるか分からないって」と私は言った。

「でも代理の仕事なら、簡単に見つかるでしょう」

「ああ、だが秋までは続けた方がよさそうだ」

彼女はただただ私を見つめていた。私は続けた。

「秋に君が家にいてくれれば、私は代理の仕事を続けられるし、研修医になるのに有利になる」

「でも私だって大学を卒業しなくちゃいけないのよ」とアグネータが言った。

「来年まで待てないのか？」

その言葉を聞いたアグネータは立ち上がり、私たちのガードローブの中に消えてしまった。何かとりにいったのだろうと私は思った。しばらくすると彼女は私たちの小さな旅行カバンを手に持って、玄関に現れた。

「はい、どうぞ」

アグネータは穏やかながらきっぱりとした口調で言った。彼女はどんな時も決して大声を上げない。

「それは何だい？」

私は困惑して尋ねた。

「あなたのシャツとパンツと靴下よ。私の人生から出ていってちょうだい。二度と戻ってこないで。あなたが育児休暇をとるって二人で決めたじゃない。私、学校にもう伝えたのに」と彼女は言った。

次の日、私は診療所の上司の下へ行き、九月一杯で辞めたいと伝えた。そうして私は、アンナと自宅で過ごした。妻はカバンを玄関に置き、私の人生から出ていってと言ったのだった。不甲斐ないことに、私はそこまで言われるまで、第一子の育児休暇をとらなくてはならないと自覚できなかったのだ。

アンナが生まれた翌年、スウェーデンの反アパルトヘイト（反人種隔離）運動が、モザンビークの保健省や他からの要請で、雇用団体を作った。それはARO（アフリカ集団雇用団体）と名付けられ、私はその基盤作りに尽力した。無血革命が、ポルトガルの植民地戦争を食い止め、独立したモザンビークに一九七八年の夏に私たちが赴ける状況になるまでに、四年かかった。

喜ばしいことに、その間に私たちに子どもがもう一人生まれた。オーラは私たちがフディクスヴァルに暮らしていた一九七五年に生まれた。アグネータが助産師、私が研修医として小さなスウェーデンの病院で働くのは、モザンビークの仕事の準備にうってつけだと私たちは考えた。

ほかにも様々な準備を行った。一年間はオンゲルマンラン地方のサンドウー学校での災害支援教育と呼ばれるものを受けた。等筆すべきは、私たちがそこでポルトガル語を習ったことだった。ウプサラで行った、貧しい国でのヘルスケアについての一〇週間の長期講座も、また同じくらい重要だった。ようやく私たちがサインしたAROの二週間セミナーの契約書が、モザンビークに送られた。私たちは承認された。一九七八年八月出発の航空券を家族全員分送ってもらった。私はモザンビーク公衆衛生局により直接雇われることになった。これで内科学の特別教育を受けられるのだ。医師としての経験は三年弱しかなかった。アグネータの助産師としての経験も同じだった。準備万端だった私たちは、しかし一九七八年の三月の夜遅くシャワーを浴びていた際、気付いたある残酷な事実により道が閉ざされそうになるのだった。

＊＊＊

「気の毒だが、ハンス、君は癌だよ」

医長で内科部長のラッセ・ヴィックストロムから、五月、フディクスヴァルの事務所で正面切ってそう宣告された。彼は私に電話をよこすと、自分の部屋に来るよう言った。やって来た私を彼は座らせた。癌と告げながら彼は、私を真剣な眼差しで見つめた。

病理学者である彼が手に持っていた紙は黄色だった。緑色のゴム製のデスクマットの下から、彼はその黄色い紙を出してきたのだった。ラッセ・ヴィックストロムが、私の反応を見てから次のステップが何か説明しようと待つ中、私はぼんやりと緑のマットは机の薄い色とミスマッチだと考えていた。

シャワー中、私が変調に気付いたのは、そのほんの数日前のことだった。体を洗っていると、手と思考がふと止まった。私の指の先は、右の睾丸の上部に再び触れていた。そう、肌でなく、睾丸の上部に小さなしこりがあったのだ。左の睾丸を右の睾丸と比べてみると、全くでこぼこはなかった。それは予想だにしなかった恐ろしい発見だった。しこりは精巣癌で間違いなさそうだった。

その夜、私は子どもたち――四歳のアンナと二歳のオーラと、自宅で過ごしていた。アグネータは二週間のポルトガル語講座で家を空けていた。二人ともスウェーデンでの仕事を休職するあいだ、代理の人が雇われることとなった。私たちはある人に二年間、アパートを貸す契約も結んだ。モザンビーク行きの八月の航空券は予約済みだ。時は五月。私は数年のうちに命を失いかねない病にかかったようだった。

幸い、発見したのは、子どもが寝静まった後だった。記憶があやふやで、その夜をどんな風に過ごしたか正確に語るのは無理だ。次に浮かぶ記憶は、上司の外科医のラッセ・ヴィックストロムが翌朝、回診の後に検査をしてくれたことだった。

「モザンビークに行くのだから、完全に不安のないようにしておきたいんだ。中をちゃんと調べるために、切開するよ」と言われた。

彼は看護師に電話をして、二日後に手術を受けられるよう手配してくれた。私は念の為、アグネータに講座の退会届けはまだ出さないでいいと言っておいた。手術の前日、私はいつものように子どもを保育所まで送った。手術後、目を開けると、ラッセが深刻な表情で、私をのぞき込み、立っていた。

「聞こえるかい、ハンス?」

私はうなずいた。

「腫瘍だけを切除することはできなかった。睾丸の大半に腫瘍ができていて、右の睾丸をすべてとらなくてはならなかったんだ。とった睾丸を検体に出して、結果が出たら、すぐに電話するよ」

手術後、歩くと痛みがあったが、そこから先は、いつものように日々が過ぎた。アグネータはポルトガル語の勉強を続けた。

そして、その後知らせを受け、椅子に座った。

「よく聞くんだ。放射線治療が効きやすい種類の精巣癌、精上皮腫だ。たとえ転移していても、治癒の見込みは十分にある。さらなる検査をしてくれるよう、ウプサラ大学病院に話をしておいた。来週には放射線治療がはじまるぞ。これから三カ月、疾病休暇がとれるよう、診断書を出しておくよ。モザンビーク行きは諦めなさい」

ラッセ・ヴィックストロムは紳士だった。病院にすでに電話をして、次の道筋をつけてくれていた。私は外科の受付から医療科の受付までの一三〇メートルを自力で歩いていくと、その時、急患のいなか

フディクスヴァルに行く前、車に荷物を詰めておいた

った同僚のペールを訪れた。彼は何があったんだと尋ね、事態を飲み込むと、こっそり、午後の仕事の助け舟を出してくれた——本当なら予約で一杯だったのだが、私の患者を同僚たちが手分けして引き受けてくれたのだ。それで私は子どもを保育所に迎えに行けた。

食事の仕度をしている間、泣くことはなかった。床の上に寝そべって、ブロックで遊ぶ時も。私は今に集中し、いつものように子どもたちのために本を読み、歌を歌ってやった。悲しみが溢れ出したのは、アグネータが家に帰ってきてからだった。アグネータは子どもの面倒を引き受けてくれ、疲れているだろうから、一人になった方がいいと言ってくれた。子どもたちはまだ小さく、お父さんが早く帰ってきて遊べる上、お母さんまで早く帰ってきた、と喜ぶばかりで、何事かを理解していなかった。子どもたちにとっては、よい日だった。

私たちもこのことが何を意味するか、理解できていなかった。死は免れないということか？

二九歳で、子どもが二人いて、癌。アグネータと抱き合い、泣いた。私は子どもの成長を見届けられないのだろうか？　生き永らえることができるのか？　私の中には真っ黒な混沌とした何かと、激しい感情が渦巻いていた。こんな風に人生がひっくり返った時、人には目指す先が必要だ。明日、どうなるのだろう？　アグネータが私の羅針盤になってくれた。アグネータが何もかもの計画をし、何日、いや、何週間、いや、何カ月も、私を支えてくれた。それから数カ月、彼女は一時間、労働時間を短くしてくれた。アグネータはフディクスヴァルの自宅の代わりに、ウプサラ郊外の農家の叔母のエダの家に私たち一家が全員、身を寄せられるよう話をつけてくれた。また子どもたちにはアフリカに行くのはやめて、エダ叔母さんのところで暮らすの、いつもクリスマスをお祝いするみたいにね、と説明してくれた。私たちは車に荷物を積んだ。私は子どもと一緒におもちゃを積む役目を任された。アグネータは免許とりたてで、車の運転は好きではなかったのだが、私たちをドライブに連れていってくれた。

その日は日曜だった。ウプサラに向かいながら、城や大聖堂を見た私は感動していた。アグネータが車を止めると、私は気を落ち着けようと外の空気を吸いにいった。

翌週、検査と放射線治療がはじまった。地獄だった。リンパに癌の転移が見つかり、肝臓の検査では数値が異常だという結果が出た。リンパの異常は、放射線治療でどうにかできそうだったが、肝転移は一年以内の死を暗示するものだった。人生の時計が止まる。私の人生から、モザンビークという文字は消えた。生きるか死ぬかが、私のすべてに変わった。

アグネータが子どもの世話を引き受け、慰めてくれた数日間、私は泣いてばかりいた。病気のせいで私は周囲にネガティブな感情を抱くようになっていた。私が悲しみを背負い、みじめな気持ちでいるのに、ほかの人は幸せな人生を送っている。私は庭のハンモックにだらりと寝そべり、『メグレ警視』などの本を読みふけった。私の母は取り乱していた。悲しみのあまり、私を支える余裕はなかった。

アグネータの叔母エダと彼女の夫ペアは、私が病気でないかのように扱ってくれて、そのことに救われた。彼らは私に元気かは聞かず、ただ黙々と手伝ってくれた。スグトゥナ港の港長だったペアは、私たちに小さなヨットを用意してくれていた。家は広く、上の階に私たち一家が暮らせるだけのスペースがあった。この農家からなら、ウプサラの腫瘍専門医の治療に通いやすかった。私の目標は、できるだけ長く生きることだった。少なくとも子どもたちの学校入学を見届けるまでは。

数日後、私はエダの家の二階のベッドに座って、外のりんごの木を眺めていた。その時、私はふと思い出した。一〇年前、ほかの医師から、肝機能検査値が高いので、酒を控えるよう言われていたことを。私は酒は一滴も呑まなかったので、奇妙な話だった。その時きちんと調べておくべきだったのに、そのままにしてしまったのだ。

私が働いていた感染病棟の受付に、カルテが残っているはずだ。私は非常に優秀な受付係を知っていた。私はものの一分もしないうちに、自分が何をするべきか悟った。その記録を見つけ、古い研究室のサンプルが何を示すのかを知ることだ。

私は物事を調べもしないで諦めることを決してしない男だ。そのため多くの人にとって、私は一緒にいると厄介な男だった。ヨーロッパでヒッチハイクしていた時には、すでにその片鱗が現れていた。私はマルセイユのホステルの外に座っていた。そこにいたすべてのヒッチハイカーの中で、私が一番年下のようだった。運転者国立協会のヨーロッパ地図を手に持ち歩き回っていた私は、ほかの人たちから「青い本を持つ少年」と呼ばれた。本の半分にはヨーロッパの町についての事実が載っていた。私は巷の言説をこの本で確認し、こんなセリフを吐いた。

「いいや、君は間違っている。プラハは君が言うよりずっと古い町さ」

人生を捧げてきた研究と教務はすべて、それらが実際にどう現実の社会とつながっているかを調べることをベースとしていた。

私は病院に車で行き、地下の記録保管所で手書き文書記録を見つける許可を看護師から得、注意事項を聞いた。全部で一時間を要した。私たちはそれを記録保管所の小さなテーブルの上に置いた。地下室の窓から私たちの方に光が差した。

そうだ、私の余命は十年前と変わっていないじゃないか。きっと癌のせいじゃない。

その時の私はあれこれ感じず、ただただ望みはあると心に祈った。私はまだ闇の中にいた。今必要なのは、現状を把握することだった。一週間後、私は肝臓癌でなく、慢性肝炎の診断を受けた――光が見えてきた。

二週間後にはリンパ節の検査もして、リンパに転移していなさそうだと分かった。二クール目には、放射線治療が中断された。信じられなかった――人生をまたやり直せるってことか？　本当に転移はしていなかったのか？　私たちはフディクスヴァルのアパートに移り住んだ。検査は週に一度から、やがて月に一度に減った。その後しばらくしても、癌は再発しなかった。

仕事復帰はびっくりする程、大変だった。大半の人は、私が病気だったことすら、知らなかった。エレベーターで会った同僚に、こう呼び止められた。

「戻ってきたのかい！　アフリカはどうだった？」

皆に話さなくてはならないのも、話さないようにするのも、どちらも困難だった。

人生のダイスが再び振られた。モザンビークに行きたいという思いが再び膨らんできた。あれから一年が経過していた。問題は放射線治療後の私の体力がもつかと、新たな診断が下りた肝疾患が、私がアフリカに行って働くことにどう影響するかだった。

アグネータと私は夜、その問題について腹を割って深く議論した。行くべきか、やめるべきか？　自分たちの人生をどう生きるべきか？　私は行きたいと思った。そのために自分は生かされたのだと感じていた。アジアを旅し、教育やＡＲＯの活動をよくすることに、ともに人生を捧げてきた。

あと数年しか生きられないのであれば、残りの時間をやりたいことに費やすのが一番ではないだろうか？　それともここに留まり、子どもたちとの時間を大切に過ごすべきだろうか？

周囲の人たちからは止められた。しかし私たちの意思は固かった。自分たちで答えはもう分かっていた。行くのだと。

ただ問題は、保険だった。腫瘍医は、保険に入るために必要な証明書にサインしてくれなかった。

そこで私は以前、仕事で協力したことがあった、感染病棟の課長、フォルケ・ノルドブリングに手紙で状況を伝え、助けを借りることにした。

彼の事務所に足を踏み入れた時、私は彼の下す判断が、自分の残りの職業生活の要になると認識していた。しかし私はフォルケ・ノルドリングをとても信頼していて、判断を下すのが彼で、よかったと感じていた。

「椅子に座って。診察はしないよ。話をするだけだ。カルテにはもう目を通してある」と彼は言うと、目の前の書類の山に右手を置いた。

彼は私にモザンビークでどんな種類の仕事をするのか、またその仕事や食事、水、マラリア、蚊などから感染症の危険はないかと尋ねた。質問は続き、私はそれらすべてに、はい、と答えた。病気になった時、対応してくれるよい医療機関はあるか？　治療してくれる医師はいるのか？　出入りできる研所はあるのか？　これらの質問には、いいえ、と答えた。彼は静かにうなずくと、私に話を続けさせてくれた。

自分の声を聞きながら、許可など下りっこないと考えていた。

彼はそんな過酷なところへ、なぜわざわざ行って働きたいんだと、続けて尋ねた。私は独立直後のモザンビークが、どれほどの医師不足に見舞われているか説明した。長年、私がどんな準備を重ねてきたかや、妻も助産師として働くつもりだということも。先生は黙って私を見た。

「引き留める理由が見当たらないよ。必要な書類にすべてサインしよう」

それから何十年後かのある日、ベトナムで行われた抗生物質についての会議で、私は再びフォルケ医師に会った。重要な決断を下してしてくれたことにお礼を言おうと歩み寄ると、彼は叫んだ。

「おお、まだ生きていたのか」

私は面食らいつつも、こう切り返した。

「もちろんですよ。放射線治療の後、私が健康だと保証してもらったお礼を言いたかったんです。おかげで私はモザンビークで働き、その経験を生かし、今のような国際活動ができているのですから」

「ああ、ハンス。私は君が健康だと保証した。でも内心は、ひどく迷っていたんだ。君が進行性の癌によって、間もなく亡くなるだろうと踏んでいた。だが君の目を見ていたら、本当に向こうに行って、夫婦で準備してきた仕事をしたいのが伝わってきた。そこで私は考えたんだよ。あと数年しか生きられないのなら、一番したいことをしていけない理由がどこにあろうと？　そこで私は君がモザンビークに行けるという、虚偽の証明を出したんだ」

フォルケ・ノルドブリングはあえて責任を引き受けてくれたのだった。

一九七九年一〇月二三日、私はアグネータとアンナとオーラとともに、モザンビークの首都、マプート行きの飛行機に乗り込んだ。

第三章　ナカラへ

その慎ましい飛行場に私たちが降り立った時、マプートは午後だった。ヤシの木が立っている。興奮した子どもたちと飛行機から降りた時には、暖かな空気が吹きつけ、コンクリートに太陽の光が反射していた。旅行中、私たちが『ロランガ、マサリン、ダルタニアン』を読んでやると、子どもたちは眠りに落ちた。そして今はすっかり目が覚め、私の母が縫ってくれたショルダーバッグを肩にかけている。到着ロビーでは、子どもたちはパスポートを自分たちの手で持ちたがった。

「私たちが運ぶのは乗客だけではありません。絆をも運ぶのです」飛行機にポルトガル語でプリントされたその文章は、まるで海外技術協力隊員のキャッチフレーズみたいだ。モザンビークへ出稼ぎに行く大勢の人たち。私たちは自分たちのことを仰々しく「絆で結ばれた労働者」と呼んだ。

子どもたちが幸福を分けてくれなかったら、私の胸はきっと感傷的な思いに侵食されていたことだろう。一二年前、私はモザンビークの独立運動の初代指導者と、いつか彼の国に医師として働きにいくと約束していた。一年前は精巣癌でその約束を果たせなかった。しかし子どもたちは感慨に浸る暇など、与えてくれなかった。

入国審査官は私たちの旅券、続いて保健省が発行した二年契約書に目を落とすと、暖かな笑顔で迎え入れてくれた。アグネータと私は、助産師と医師として働くことになると分かっていたが、配属されるのがこの国のどの地方かは全く見当がついていなかった。私たちは自分たちを一番必要としてくれるところに、行かせてもらおうと夫婦で決めていた。

「一体どこに配属されるのだろう?」カバンを取りに行く時、私たちはずっとこのことを考えていた。

スウェーデンの機関から配属された現地コーディネーターのニンニ・ウールスと空港で落ち合った。彼女は到着後の計画を完璧に立ててくれていた。まずはマプートで唯一やっているアイスクリーム屋に、連れていってくれた。子どもたちにとってアフリカで初の経験は、パラソルの下でアイスを食べることだった。そしてその間に私とアグネータにいろいろな質問をした。それから数日、私たち一家は、アンナとオーラと同年代の子のいるノルウェー人夫妻の庭付きの家に泊まらせてもらえた。

翌日にはもう私たちは、配属地について話し合うため、保健省を訪れていた。保健省は外国からやって来た当人と家族一人一人と直接面会し、希望を聞くまで、配属先を勝手に決めてしまうことは決してなかった。

「ここの保健省は官僚的な振る舞いはしない」とニンニが言っていた。私たちは人間味溢れる人事部長に出迎えられた。彼女はほかの大勢の職員と同じ部屋で働いていた。立派な札を掲げた茶色いドアの機能性の高い部屋だ。

その女性は、私たちの書類を詳細まで読み込んでいるようだった。顔を合わすなり、癌治療を受けた後なのに、仕事ができるほど体力が本当に回復しているのか聞いてきたのだ。さらに子どもたちはモザンビークに来るのを嫌がっていなかったのかも何度も確かめた。スウェーデン人の友人が住んでいるベイラの町に、私たちが住みたがっているとメモにとっていた。友人がいることとほぼ同じだけ重要だったのは、第二の町、ベイラに素晴らしいビーチがあることだった。程度は分からないが、過酷な仕事が待っているだろうと覚悟していた。でも私たちにとって最も重要なのは、家族全員にとって最適な場所を見つけることだった。

数日後、さらに上の上司に会うことになり、事務所を再び訪れた。上役はすぐに本題に入った。残念ながら、今はベイラ周辺では医師の足りない医療機関はないとのことだ。代わりに北のナンプラ地方にあるナカラというこの国の第四の町かつ最も重要な港町で、一日も早く働いてくれと言われた。その町と周囲の地域は、深刻な医師不足、助産師不足らしかった。後に分かったことだが、保健省はなから私たちをナカラに派遣する計画だったが、私たちがその重責に耐えられるかを見極めるため、個人面談した上で判断を下したようだった。私は当時まだ医師として新米と見なされていた。

私は、この国で数少ない新卒のモザンビーク人医師だった、アナ・エディーテという現地の医師と一緒に働くこととなった。なので夜は二日に一回しか当直せずに済むようだ。それは大きな利点に思えた。住まいについて尋ねた私たちは、地元の役所の助けを得られると知らされた。ビーチはあるのかと最後に聞くと、人事部長は大笑いした。彼はテーブルにもたれかかると、言った。

「君らを決してがっかりさせないよ。ベイラを超えるとびきりのビーチが待ってるぞ」

彼の言葉は正しかった。ビーチはそれから二年、私たちの喜び溢れる避難所になった。その建物を後にする前、私たちは私たちの「ギア・デ・マルチャ」を渡された。「ギア・デ・マルチャ」とは、ナカラの役所に提出しなくてはならない書類の名前だ。軍事用語には植民地時代からの名残だけでなく、最近独立したモザンビークとその隣の南アフリカのアパルトヘイト政権とイアン・スミスの下、少数の白人により支配されるローデシア間の緊張した関係も表している。これら近隣諸国で、戦争や武装紛争が起きていた。

書類を受け取った私たちは、ナカラでたった一週間働いた後に移動させられた若いイタリア人医師の後釜を任せられると知らされた。不安になったが、その医師が単に〝ナイーブでロマンチック〟なアフリカ像を思い浮かべていたからに違いないと思うことにした。彼は彼の思い描く〝本当の〟アフリカで生き、働きたかったのだろう。ナカラの人たちが、それは本当のアフリカではないという言い方にうんざりしているのが伝わってきた。

それから一年後、私はその若いイタリア人医師と出会った。派遣されたばかりの頃は彼もちょっとしたことですぐに悩んでしまったらしい。でも彼が突然移動願いを出したのは、医師一人当たりの仕事量が多すぎることにショックを受けたのが大きかったようだ。

私が派遣されたのはイェブレ（およそ八万五千人）よりも人口が多い町で、住民数が三〇万人以上の比較的人口密度の高い地域だったが、地域内にベッド数五〇の病院は一つしかなかった。数カ月後、私はその広大な地域で唯一の医師になっていた。通り沿いにはカシューナッツの木とヤシの木が立っていた。木々の間には貧民街の通りが続いていた。

高地からは海を見渡せた。やがて右手にこの町のセメント工場のセメントを使って建てた大邸宅や、三、四階建ての家の集まる高級住宅街という、いわゆるコンクリート・ジャングルが現れた。丘をさらに下ると、湾が急に開けた。そこにはサッカー場と病院があった。左手は森に覆われた山だ。

薬局と郵便局のあるその村は、一五年前には存在しなかったので、医療機関も古い家もほとんどなか

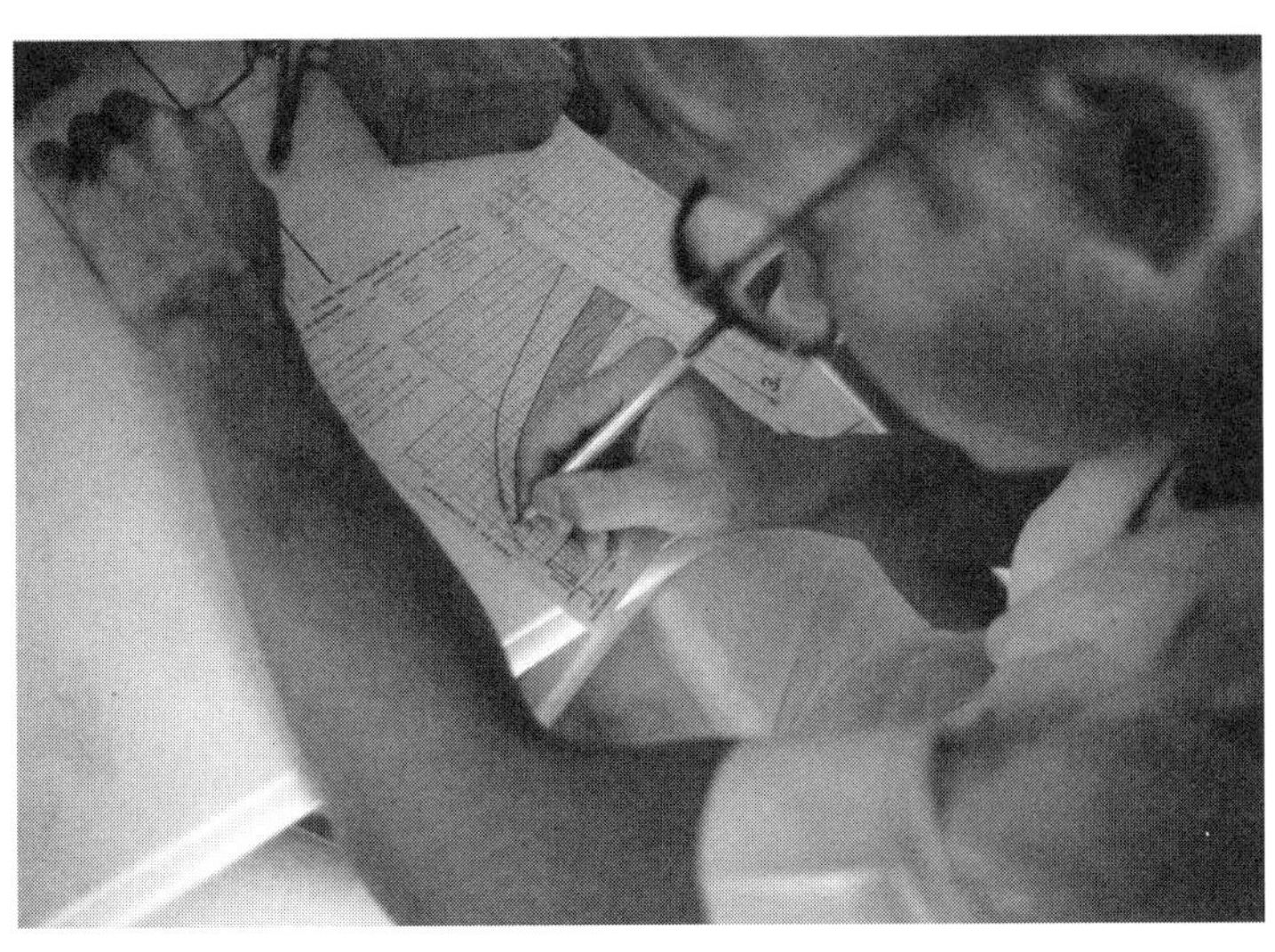

折れ線グラフ

った。村で生まれ育った大人は一人もいなかった。私たちはリノベーションのほとんどいらなそうな、一階建てのセメントの心地よい家をあてがわれた。別にペンキを塗らなくていいし、そもそもこの中央集権主義的な社会では、色を選ぶことも許されなかった。でも一軒だけ、内装が水色の家があった。それがわが家だった。

私たちの居住区は、独立の前年、ポルトガル系の人たち向けに作られたものだった。家から病院までの道すがら、工具店やココナッツ・スタンドや、ろくに品物もないペンキ屋を延々と通り過ぎた。

同僚のアナは、毎朝八時一〇分前に車が私を迎えに来て、職場まで送るからと、ひどくきっぱり言った。初日から車の迎えが一時間遅れたため、私が歩いていけると言うと、病院の職員たちからの反対にあった。でも私はどうしても歩いていきたいと言って、翌朝家を歩いて出た時、気分は高揚していた。職場に行く途中には、見るものがたくさんあった。

門のところで、通りがかった人たちに早速、挨拶された。一つ目の角を曲がる時にはもう私は、世代を問わず歩行者の大半が、私を見ると足を止めるのを感じた。人の行き来が激しかった。人々はこちらをじっと見つめ横を通り過ぎる時、礼儀正しく挨拶した。それが病院までずっと続き、家に戻った後の夜も繰り返された。注目を浴びて調子が狂ったが、しばらくすれば収まるだろうと思った。しかし数日たっても続いたので、何があったんだろうと助産師のローサに尋ねた。赴任して数日目だったが、すでに彼女は職員の中で一番の友人となっていた。彼女はほかの職員より年上で、自信も経験もあった。私の質問に彼女は笑った。

「白人が歩いているからですよ。車で迎えに行くから待ってるよう、アナに言われませんでした?」

それは大げさに言っているだけで、私が職場に徒歩で行くのをどうせ皆、見慣れるだろうと私は考えた。

一週目、私は歩き続けた。休日に入る前に、スウェーデンから巨大な木箱が来たことで、新しいアイデアが浮かんだ。私たちはその木箱をスウェーデンをたつ大分前に、船便で送っていて、ニンニがそれをナカラに転送してくれたのだ。その箱には、持ってくるよう勧められた実用品が一杯詰められていた。箱を開けた時、わが家はまるでクリスマス・イブのようになった。私たちは日曜、日がな一日、それらの宝物を箱から出していた。子どもたちはレゴを再び手に入れ、大喜び。アグネータは服を箱から出し、私はできる限りばらばらに分解しておいた二台の自転車を組み立てた。私たちはもらった給料で車を買わず、自転車に乗るようにすれば、金持ちだと思われずに済むので、近所の人たちにより受け入れられやすくなると知っていた。モザンビーク人の中にも、車を持っている人たちもいたが、ごく少数だった。

大量の荷物と

スウェーデンにいた頃も、私たち家族は自転車に乗っていた。車はあったが、主に自転車を使っていた。だから私は組み立てた自転車を庭で試して、うまく走れた時、強い郷愁を覚えた。新しい家で、最初の週末を過ごした幸福な私たち家族は、ベッドに入った。

月曜の朝、私は仕事に遅れてしまいそうだった。でも今の私には自転車があり、職場に早く行けるようになった。家の門を全速力でくぐると、私はほっとした。でも後ろから聞こえた大きな音が、マフラーがぼろぼろになったトラックのエンジン音でなく、笑い声だと分かるまでに数秒かかった。私は振返って、見つめなくてはならなかった。以前、通りで私に礼儀正しく挨拶してきた人たちは、今では大きな口を開けて笑い、私を指差している。私が職場へ向かって走っていると、後ろの人たちがずっと前にいる人たちに向かって叫んでいた。大人の女性が体を痙攣させ、地面に倒れこみ、笑っているのが見えた。

これは私がメインストリートに出た時にも続いていた。こういう時、私はとても恥ずかしくなる。何がおかしいのか分からないからだ。ズボンのチャックはちゃんと上げてきたし、髪にも顔にもおかしなものなんて何もついていていない。私の顔は赤くなっていたに違いない。私が唯一とれた反応は、自転車をさらに飛ばすことだった。するとさらに笑いが起こった。病院の中庭で、患者が列をなしていた。彼らもまた親族と一緒に地面に倒れこみ、大笑いしていた。私が自転車を降りる前、病院の職員が表に出てきた。そのうちの一人に、幸いローサがいた。彼女は笑わず、私をひたすら真剣な顔で見つめた。私たちは邪魔されずに話せるよう、緊急処置室に入った。私は笑ったらいいのか、泣いたらいいのか、どちらともつかない感情で胸が一杯になり、困惑していた。

「どうしてこうも揃って皆、私を見て笑うんだい?」

私はローサに向かって、半ば叫びながらそう言った。

「なぜあなたは病院まで自転車で来たのですか?」と彼女は尋ねた。

「スウェーデンではいつも自転車通勤だったからさ」

「でもあなたが今働いているのは、ナカラなんです。ナカラの人間は、白人男性が自転車で仕事に行くのを見たことがありません。私たち職員にも、職場まで自転車で来る人は、一人もいませんよ。ポルトガル人らは子どもたちに自転車を与えていました。そう、アップタウンに暮らすあるポルトガル人男性が、酔っ払った時、自転車に乗っていましたっけ」

「だけど自転車通勤は便利だから。私はポルトガル人じゃないし、モザンビークは今はもう独立しているでしょう」

私は半ば怒っていた。ところがローサは私の腕をつかみ、こう答えた。

「いいえ、便利なもんですか。あなたはお医者様として働けなくなるぐらい、恥を晒すことになりますよ。掃除係のアーメドに、自転車を家に持って帰るよう言っておきます。子どもを乗せるのはやむをえませんが、病院には二度と自転車では来ないでくださいね。今朝から分娩室に患者さんがいます。自宅で子どもを死産し、今ご自身が病に陥っているのです。破傷風ですよ」

＊＊＊

破傷風は恐ろしい病だ。私は女性たち皆に、妊娠中にワクチンを打つ重要性を説いた。啓蒙のためには、町の笑い者になるのは避けたかった。私は選択を迫られた。人々を守る新たな方法を信頼性をもって紹介するため、自転車通勤を選択肢から外した。そしてそのやり方を続けた。私は何を変えるのが重要で、何を変えるのが容易なのか、自問自答する必要性に迫られた。

その週、気持ちを落ち着けるため、ポケットに忍ばせた小さなメモ帳に、変える必要のあることをすべてメモした。週末、私はそのリストを見て、重要度の低い項目をすべて消していった。その後、リストをもう一度見て、簡単には変えられないものはすべて消していった。次の週、破傷風のワクチンを打つ数は増えた。それは極めて重要かつ、簡単な革命だった。一年後、破傷風で私たちの病院に新たにやってくる女性や新生児はいなくなったが、その後も自転車通勤の希望は叶わなかった。浮かび上がった真言（マントラ）は、「変えるべきことをとにかく最初に変えて、あとは様子を見よ」だった。

私が仕事のやり方を秩序立てる手助けをしてくれたのは、初めてできたアフリカ人の友人だった。彼の祖国モザンビークは、アフリカ諸国のうち一番にヨーロッパのようになるだろうが、それまでに長い時間がかかることは知っていると、私に最初に言った人物だった。

彼は農村の出で、姉を全員、生まれてすぐに亡くしていた。彼が生まれた時、母親から洗礼でニへリーワという名をつけられた。それは仮の名前、つまりその地域の文化で、亡くなる恐れのある子どもにつけられる一種のあだ名だった。「墓の準備はできている」というような意味の。

ところがニへリーワは生き延び、両親は小作農として汗水垂らして働き、彼を学校に入れ、学業を続けさせてやった。ニへリーワは、死ぬまでその仮の名前を使い続けた。本人いわく、それは母親の献身を讃えるため、また人生は儚いものだということを常に心に留めておくためだった。

ニへリーワは一〇カ国語を操り、学業も非常に優秀で、カトリックの神学校にも受かった。ところがモザンビークの独立戦争が勃発すると、彼は故郷からタンザニアへ徒歩で逃げた。彼はダルエスサラームのモザンビーク解放戦線（FRELIMO）に加わった。

私たちが初めて連絡を取り合ったのは、一九六七年の秋のこと。私が解放戦線の本部に情報を求めて送った手紙に、彼が答えてくれたのが、はじまりだった。ニへリーワは才能に恵まれ、解放戦線の情報事務局で数年働いた後、東ドイツに留学するチャンスを得た。私たちはときどき手紙を交換した。そして彼は留学期間中、私を訪ねスウェーデンまでやって来た。数年後、彼はモザンビーク人鉱山技師として初めて、ドイツの大学の卒業試験に合格した。

運命は私たちを再び結びつけた。一九七九年の出来事だった。私と家族はナカラへの転居をしようとマプート空港のチェックイン・カウンターの列に並んでいるところだった。ふと隣を見ると、ニへリーワが列に並んでいた。私たちは歓喜の声を上げると、抱き合った。

「だが一体、どこで暮らすつもりだい？」とニへリーワが聞いてきた。

「ナカラだよ」と私たちは言った。

「じゃあ、あなた方を訪ねに行くよ！」

ニへリーワは祖国に戻ったばかりで、故郷の鉱山で技師のまとめ役をすることになっていた。鉱山への物の出し入れには、港町ナカラを経由しなくてはならなかった。

その年、彼は私らのところに定期的に顔を見せた。ニへリーワの体は大きく、がっしりしていた。ひどく真剣そうな顔から、生き生きとした笑顔まで、表情が目まぐるしく変化した。彼は友情に厚く、救急車の運転手に、使っていない車のスペア部品を使い古した部品とすり替えられ、勝手に元のスペア部品を売られないようにするコツを教えてくれた。そして彼は仕事に必要な専門教育をほぼ一人も受けていないこの貧しい国で、職員を束ねるという何よりも難しいタスクへと私を導いてくれた。彼は私に、そんなにたくさんしゃべらず、普段は静かに問いかけをし、部下たちに話をさせ、それに耳を傾け、彼らの不安な気持ちを理解する務めるようにと説明してくれた。

皆が話し終わると、しばらく考える。すると職員は不安になるので、こう言う。

「あなた方の意向は分かった。おっしゃる通りにしましょう」

そこでようやく、どういう風にするのかを説明するのだと。ニヘリーワによると、こうすることで規律が生まれ、リーダーとして認められるのだそうだ。会議では不満には目を向けず、他の人の前では常に平静を保つこと。廊下の立ち話の時に喧嘩するのは絶対にしてはならないこと。

彼は私の友となり、一家の構成員の一人、子どもたちの言わばおじのような存在になった。ニヘリーワが私たちのところにやって来たある週末、私たちはビーチへ行った。ナカラには東アフリカ沿岸で最良の深海港がある。湾曲した半島が深い湾を成し、時折、非常に大きな乗り物が泊まっていることがあった。そのはるか先には、インド洋で最も素晴らしいビーチがいくつかある。私たちが向かおうとしていたのは、そこだった。到着し、道の脇に立っていた松の木の下に車を停めて外に出ると、目の前に数百メートルも伸びる、日の照り盛るビーチを見渡した。ニヘリーワも車から下りると、私の隣に立った。ビーチには、いつもよりたくさんの人が訪れていた。二〇組ほどいたのではないか。

「今日に限ってビーチにこんなにたくさん人がいて、残念だな。落ち着ける場所をすぐに探さなくては」と私は言った。

ニヘリーワの動きがぴたりと止まると、私は腕をつかまれた。声が真剣に変わった。

「向こうを見るんだ！　わずか数キロメートル先の人口八万人のナカラの半分は子どもだ。そのうちビーチに来ているのは四〇人だけだ。子どもは千人につきたったの一人だけだ！　それが多いと思うかい？　ドイツ留学中、私はロストックのそばのバルト海につながるビーチに、幾度となく赴いた。それらのビーチは、週末はいつも子どもでごった返していた。何千人もの子どもが、友だちや家族と戯れ、すごく楽しそうにしていた」

彼はようやく私の手を離すと、車の周りを歩き、私たちの子どもたちがおもちゃや足びれをビーチに運ぶのを手伝ってくれた。私はレジャーシートとパラソルを、アグネータはランチの入ったバスケットを運んだ。嬉しそうな子どもたちとその両親と訪ねてきていたおじがすべきことは、少し歩くだけで、いつの間にか人気がなくなっていたビーチで、自分の座る場所を探すことだけだった。

その年、私はアフリカ人の同僚たちに、私の考え方は大半のヨーロッパ人と変わらないと何度も指摘され、驚かされた。彼ら自身の目標は、ニヘリーワの目標と同じだった。

アフリカを悲劇から救う闘いに私たちがどれほど、身を投じようと、アフリカの人々がヨーロッパ人と同じような暮らしを送る様子を想像するのは、絶望的なまでに難しい。世界の大半の家族がよい生活を送っているということを認めるのが、なぜそんなに難しいのだろうか？　彼らは時に遠くの国でバカンスを過ごしたいと思っている。そして彼らはビーチでリラックスできる幸福な日々を過ごしたいと思っている。

＊＊＊

午後、遅い時間に、足を骨折した年配の女性が、二人の息子により、病院に担ぎこまれた。家族の暮らす村で倒れてきた木の下敷きになったのだ。皮から突き出た脚の骨を元に戻さなくてはならなかった。レントゲンもなく、麻酔もちょうど切れていたその時は特に、命に関わる感染症が起きるリスクは高く、骨を元の位置に戻すのは難しそうだった。そのため治療には大きな痛みが伴うだろうと説明した。

私は患部をそっと洗った。看護師と看護師見習いが彼女の腕をつかんで二人がかりで運んだ。看護師が一方向に、看護師見習いが反対方向に引っ張っていた。看護師見習いの方が、力が強いようだった。格闘の末、私は折れた面と面が互いに支え合うように骨の位置を調整した。私は傷を縫うと、股下からつま先まで脚をすべてギプスで固めた。私は後から手当てできるように、傷近くのギプスに、なんとか穴を開けた。激しい痛みは二時間続いた。彼女は一週間、抗生物質を点滴して、ベッドで横になり、足をぶつけないようにという指導を受けた。私はある程度満足し、その晩帰宅した。これは私の能力の限界を越えた、肢体不自由だった。

翌朝、病院に戻った私の目に最初に飛び込んできたのは、ドアの前に立ち、私に手を振る年配の女性、その人だった。私は彼女の元へ駆け寄った。

「ベッドで寝ていなくてはダメじゃないですか」

私はポルトガル語で思わず叫んだ。

ところが女性はその地域のマクア語しか話さなかったので、私は身振り手振りで説明する必要があっ

診療所の前で、職員の集合写真

た。隣の看護師が泣きながら彼女をベッドに連れ戻そうとしていた。看護師は女性が家畜の鶏が盗まれると言って、家に戻ろうとしているのだと説明した。

「ギプスがしっかりしているから、大丈夫、歩けるさ」と彼女は言うと、ほらねと言わんばかりに、ギプスをセメントの床に打ち付けた。

彼女の足に視線を落とした私は、とんでもないことに気付いた。ギプスのされた足のつま先が前でなく、横を向いていたのだ。私の脳裏では、スウェーデンの研修医時代、上司の外科医からこう注意された時の言葉がこだましていた。

「折れた下腿にギプスをする前に、膝と足の位置を確認するんだぞ。痛みを覚えた患者は上腿を内側に向ける傾向があるんだ」

私はつま先が外側に向いた状態で、ギプスをはめるというありがちなミスを犯したのだ。何てこった。

何事かと集まってきていた患者や彼女の親族は、私たちの周りを取り囲み、足がおかしな方向に向いているのに気付くと、笑い出した。しかし私はギプスを外し、足を正しい方向に直し、またギプスをはめ直さなくてはならないと看護師に通訳を頼んだ。自分自身のつま先を外に向けながら私は女性に、足の位置を元に戻さないと、残りの人生ずっと足を引きずって歩く羽目になると、私は実演してみせた。右のつま先を外に向けたまま、笑っている傍観者たちの輪の周りを、よたよたと歩く。私が話している間、女性は笑い、私の腕に手を置いた。

「ですがお医者様、それで私は本望なんですよ。これで鶏にエサをやり、孫たちの面倒が見られます。私は命さえ助かって、家に戻れれば満足なんです。お医者様、あなたには今日新たに治療しなくてはならない患者がいるでしょう。私がここに来たのは、看護師から薬をもらうためです。家に帰る前に、ただあなたにお礼を伝えたくて待っていただけです」

周りを囲んでいた人たちは、私と彼女が握手している間、うなずき、そうだ、とつぶやいていた。人々は女性が病院の入り口の前の、砂埃舞う土地を、足を引きずって歩けるよう道を空けた。私を含め五〇余人が、彼女が残した足跡を、まるで大きなトラクターの車輪の跡のごとく、見つめていた。その後、彼女の消息を耳にすることはあったが、彼女自身が再び病院に姿を現わすことはなかった。ギプスは一カ月でとれてしまい、足はひどく歪んでしまったが、彼女の家に変わらずいた鶏に、彼女はエサをあげ続け、孫たちに卵を食べさせてやれたそうだ。

患者とその親族、病院の職員は私に、すべてを実現できない状況に耐えることを教えてくれた。私にとって最も理解しがたかったのは、決断を患者に委ねることだった。極限の貧困状態にある人々は、実際、信心深く、自身の人生で最も難しい決断を下す場面に立たされた時、基本的に非常に賢明であることが次第に分かってきた。私のメンターで、使節団の医師をずっとしてきたインゲゲルド・ルースから、こう言われた。

「極度の貧困状態にある人を相手に仕事する時、決して完璧を目指すな。それを目指すと、他のことに使えるであろう時間と資源を無駄にする羽目になる」

例の足の折れた女性から学んだのも、同じ教訓だった。

私は仕事に新しい方法を取り入れた。四分割法だ。そのおよそ一カ月後、私がビーチで素晴らしい日を過ごし、子どもたちに読み聞かせをした後のある日曜の夜だった。私は誰もいないダイニングテーブルの席についた。リビングはとても涼しく、扇風機は必要なかった。私はその前の週の「ストレス軽減のためのリスト」を取り出した。「ストレス軽減のためのリスト」は、私がポケットに入れて持ち歩いていた小さなメモ帳に、様々なペンで書いた言葉やちょっとした意見のことだ。それこそがケアや組織で絶対に変えなくてはならない事柄に直面した時、気持ちを落ち着かせる私なりのやり方だった。すべての過ちを絶えず、すぐにどうにかして元通りにしようとする時の私は、周りの人や私自身をぞんざいに扱ってしまいがちだ。解決策として、紙をポケットに忍ばせ、問題をメモするようになったのだ。

日曜日の夕方、改良点として選んでメモしてあったものすべてに私は、目を通そうとしていた。まずは直面してきたそれら改良点を整理した。そのうちのいくつかは、全く解決不能で、すぐに除外せざるをえなかった。その次にしたのは、縦横に線を引き、二×二で四マスの大きな表にそれらの改良点を入れていくことだった。上の列の左のマスに「易しい」、右のマスに「難しい」と入れた。左の行の上の列のマスに「重要」と、その下のマス下に「あまり重要ではない」とも。二〇分あれこれ考えた後、上の列の左のマス、つまり「易しい」かつ「重要」のマスに、改善点を四つ書き入れた。一文目にはこう書いた。

「外来診療所では、きれいな傷と膿んだ傷とで包帯を分けよう」

私は月曜、傷の治療をすべて担当していた非常に親切な年長の准看護師のパパ・エンリーケと話さなくてはならなかった。

朝の回診の後、私は病院の前の草地を歩き、外来用の細長い建物の中心にあるパパ・エンリーケの小部屋に足を踏み入れた。それは病院内で、何らかの異臭がしない唯一の部屋だった。その部屋を除いては、やや酸っぱい臭いがするというのが、この病院の特徴だった。傷から不快な臭いがしたり、体の一部が腐敗しはじめている患者もいた。山積みになった服を洗えない人も一定数いた。シーツにもらしてしまっている人も。親族は時に座ったまま食事の介助をし、食べものを床にこぼす人まで。町では裸足で歩いている人もいれば、靴を履いて歩いている人もいたが、町中、砂埃が舞っているので、病院中砂だらけ。ベッドの上もだ。常に掃除の必要があったが、この人数ではできても一日一回が限度だった。おまけに私たちには換気装置もなく、特にその数日は、むせ返る程、暑かった。また雨季には、湿度が非常に高く、物干し紐で干しておいても、タオルは乾かなかった。それにも拘わらず、私たちはやり方を変えず、窓という窓に摘みたての花を飾ろうと心に決めた。

ところがパパ・エンリーケの部屋の場合は、ドアを開けると、掃除用の薬剤の強烈な臭いに見舞われた。部屋の片隅で、一〇人の患者が長い木のベンチに座り、順番を待っていた。飾り紐の縫い付けられたテーブルクロスのかけられた背の高いテーブルの上に座っていた。そこでパパ・エンリーケは手に包帯を巻こうとしている真っ最中だった。

彼はすぐに背筋をぴんと伸ばすと、優しく挨拶してきた。私が方針転換を説明すると、彼はひどく心配そうにした。そうなるときれいな傷を治してからでないと、膿んだ傷の治療ができないからだ。彼はきれいな傷と、膿んだ傷の意味をよく理解していなかったので、私がいくら説明しようと暖簾に腕押しだった。私は彼に今巻こうとしている包帯を、とりあえず巻き終えるよう言った。待っている間、私はベンチにいた患者に目を向けた。そしてそのうち下肢に傷を負っていた二人の男性を選び、ベンチに並んで座ってもらった。一人は苦痛に満ちた表情で、もう一方は下肢にできたばかりらしい大きな火傷を負っていた。彼は今朝、熱湯の入った入れ物にぶつかってしまったのだと話した。

「これは完全にきれいな傷です。清潔を保ち、包帯をきちんと巻いておく限りは、感染が起きる危険は全くありません」と私はパパ・エンリーケに説明した。

それから私はさっきの二人目の下肢に傷のある患者の方を見た。傷の上端に小さな穴があり、そこからうみが出ていた。それは悲惨なカリエスの症状だった。私はパパ・エンリーケに、大きな疱と、うみが出ている小さな穴を見分けられるか聞いた。

彼は傷をじっと観察し、やがて私の方に顔を向け、心配そうな表情をした。

「穴なんて見えないよ」

「何だって。うみが出ている穴が見えないのかい?」

私は奇声に近い声を上げてしまった。

彼はひどく小さな声で答えた。

「ああ、見えないね。私の目はほとんど見えていないんだよ」

私は完全に固まってしまった。でもしばらくすると、自分のメガネに非常に度の強いガラスのレンズがはめ込まれているのを思い出した。私は子どもの頃から遠視だった。私のメガネをかけさせてやると、パパ・エンリーケは二本の脚を見つめ、両手を広げた。今度は彼の方が奇声に近い声を上げる番だった。

「よし、見えるぞ！　これはただの水ぶくれだが、小さな穴からうみが出ている」彼はメガネをとると、もう一度見つめ、私の方にメガネを掲げると、叫んだ。「これがなければ、穴など見えやしない」

昼食の後、私はスペアのメガネを持っていった。パパ・エンリーケは彼にとって極めて意義深いそのプレゼントに、心から感謝していた。ところが私は彼の律儀な礼の言葉を遮った。

「この二枚の紙を見てくれ。ここに全患者向けのメモを書いて、方針転換を知らせるつもりだ」

紙にはごく簡単に書かれていた。一つの紙には「きれいな傷」と、もう一つの紙には「汚ない傷」とあった。私がそれら二枚の紙を渡すと、パパ・エンリーケは受け取ってくれた。しかしその表情は相変わらず不安そうだった。

「難しくないから」と私は慰めると、その時、誰もいなくなっていた木のベンチを指差しながら、きれいな傷の人は先に入って、このベンチに座るよう説明した。傷が汚れている人は、毎日、午前中、きれいな傷のある人全員の手当てが終わるまで待たされた。きれいな傷の人たちの手当てが終わると、ベンチは強力な消毒剤で消毒される。

パパ・エンリーケは額に深い皺を寄せ、ひどく恥ずかしそうに小声で答えた。

「先生、わしにはもう一つ言わなくてはならないことがある。文字が読めないいんだ」

足元のふみ板が突然開き、そこから真っ逆さまに落ちていくような感覚を今でも覚えている。その年老いた准看護師がますます不安そうになり、半ば泣き出しそうになる中、私は身を翻し、誰もいない木のベンチに座った。その病院で働き出して、三カ月近くが経とうとしていたが、病院の准看護師に文字が読める人がほぼ一人もいないことに気付いていなかった。ごくわずかな例外を除いては、彼らは非常に勤勉で学ぶことに関心を持っていたものの、改善は決して一朝一夕にできるものではないと明らかになった。私は発展途上の複雑性を理解する、長い旅のスタートラインに立ったところだった。

その日の午後、私がママ・ローサに謝ると、鼻であしらわれた。

「植民地時代の様子を、あなたはてっきり理解しておられるのかと思っていたよ。モザンビーク人の大半は当時、学校に行けなかったんです。どうにかして読み書きを身につけられれば、准看護師よりよい仕事につけたんですよ。だけど今は大勢の人が夜間や週末に、読み書きの講座に通っています。数年したら、従業員は全員、読み書きができるようになるでしょう。パパ・エンリーケでさえも。だって彼はあなたから、メガネをもらったのでしょう。メガネを買うお金がなくて、読み書きを学べない人がたくさんいるんですよ」

そう彼女は言うのだった。

＊＊＊

パパ・エンリーケがメガネを手に入れたのと同じ月、私はランドローバー・シリーズの深緑のジープに患者を一杯乗せると、そこで一日の仕事を終えた。三〇万人もの命を預かる診療所にあった車は、それ一台のみだった。その夜、運転手はナンプラ郊外の病院に急患を送らねばならなかった。穴ぼこだらけの舗装が一部しかされていない道を、二〇〇キロも行く長旅だった。あいにくの大雨だったが、患者らが、ナカラではどうにも処置できない急病に苦しんでいたので、車をできる限り大急ぎで出さなくてはならなかった。

患者の一人は統合失調症だった。その患者は前日の時点で、幻覚で精神に深刻な異常を訴え病院に来ていた。恐怖にさいなまれた家族が、彼を縛り上げ、病院に担ぎこんだのだ。私が強い鎮静薬を打つと、彼は大人しくなり、うとうとし、意識を失いかけた。彼は州都に小さな診療所を構える精神科医のところに搬送する必要があった。私は他の急患を待つ間、彼を引き続き朦朧とさせておいた。私はたった一人の患者のために、車を出すわけにいかなかった。結局その患者は病院で一泊することとなった。

翌日、女性が一人やって来た。彼女は妊娠終期で、出血していた。逆子で、低置胎盤が疑われた。帝王切開しないと、収縮がはじまった折に出血多量で命を落としかねなかった。ジープにはまだ三人しかいなかったので、他の急患を待つため、彼女を数時間、待たせた。夜遅くに、鼠径ヘルニアの患者がやって来た。左の鼠径部にヘルニアを患ったまま、一〇年間過ごしてきた中年男性だ。ついには腸がねじれてしまい、すぐに手術しないと、十二時間から二十四時間以内に亡くなる危険があった。今こそジープを出すべき時だ。

運転手は朦朧としていたその男性を、前方の座席に座らせることにした。ヘルニアの男性は、座席の上に広げられたストレッチャーの上に寝かせた。妊婦さんは後ろの席に、そしてその親族には最後尾の席に座ってもらった。親族は腹部に問題があるその男性が嘔吐してしまったら、介助すると約束してくれた。

どうして女性の親族の代わりに、看護師を連れていかなかったのかって？　理由は簡単だ。女性が親族も一緒じゃなければ、見知らぬ町の大きな病院に行きたくないと拒んだのだ。親族の同行を認めたのは、ママ・ローサだった。

患者の所持品はわずかとはいえ、車の中はぎゅうぎゅう詰めだった。私は運転手がガソリンを満タンにしたか、また看護師が統合失調症の患者に多めに投薬したか確認した。日没時、私たちの診療所唯一の車が、州都ナンプラへの三時間のドライブへと走り出した。診療所で仕事が残っていないのを確かめた私は家路についた。家族で穏やかに夕飯を食べ終えた私は、患者たちが大きな病院で救ってもらえますように、と願いながら、寝床に入った。雨音が家に相変わらず響き渡る中、私は眠りについた。

トントントン。まどろみながら、誰かがドアを叩く音に気付いた。私はガウンを羽織ると、ランプをつけ、安全ロックを外し、ドアのすき間から外を覗いた。雨の中、男が立っていた。私を見ると、男の目が光った。

「夜分遅くにすみません、先生」と彼は言った。

救急車の運転手、マニュエルだと気付いた私は、びっくりしてこう答えた。

「ナンプラからもう戻ってきたのかい?」

「まさか。タイヤがパンクしてしまって、引き返してきたんですよ。夜の間にパンクを直すのを手伝ってもらわなくてはと思いまして。明日まで待てそうもないので」

彼は腕に抱えた車のタイヤを私に見せながら答えた。

私は呆然として、車はどこか尋ねた。彼は一五メートル程先のダムの反対側に停めたままだ、といった。

「患者はどこだい?」

私は思わず叫んでいた。

「ああ、皆、中にいます」

「中ってのは、どの中だい?」

「車の中です。ばあさんから、娘が出血しはじめたから、急ぐよう言われたんです。そういうわけで、あなたを起こすのが一番だと思ったんですよ、先生」

運転手はドライバーを持っていなかったので、タイヤを外すのに時間がかかったのだそうだ。

「だが、スペア・タイヤはなかったのかい?」

私は尋ねた。

「パンクしたのが、スペアなんですよ。今までこの車は、スペア・タイヤで走っていたんです。タイヤのチューブを新調した方がいいと先月言ったのを覚えていませんか? チューブがまだ来ていないんですよ」

事態は明らかに逼迫していた。雨の夜の山中、重病の患者三人が車内に置き去りということではないか。私は服に着替えると、ドライバーと替えのタイヤを持ち、二四時間開いている港へ個人の車を走らせると、港長を見つけた。家族の具合はどうだいと声をかけた後、港の工場にタイヤの修理ができる機械工がいると教えてもらえた。私が修理の様子を見守っていると、港長が戻ってきて、この土砂降りの中、ナンプラに行くトラックがあると告げた。一時間後、救急車の運転手がトラックの荷台にタイヤを積み終わると、私はもう少し睡眠をとろうと家に戻った。

その日の午後、救急車の運転手、マニュエルが戻ってきた。ほっとしたことに、患者は全員生きて到着して、州都の病院できちんとした処置を受けられた。資源が限られていることにより間接的にどんな影響が生じるかは、毎度、予想しにくい。そして交通の不便さ、エネルギー供給、職員の教育、設備、調達できる医薬品が限られていることで、日々私たちがどれほど不安定な暮らしを送っていることかも。

＊＊＊

私が危うく死にかけた日、スズキのジープの運転席と助手席の間にもう一人座れるようにと置かれた木の板の上に座っていた。金曜の州都ナンプラの全一八区域の長と州政府の医療機関との、非常に収穫の多い会議に出席した帰り道のことだ。私とほかの地域の医師は、その日の夜のうちに家に戻るよう強く言われていた。ナカラでは、私以外の唯一の医師だったアナ・エディトもついてきた。荷物には市場で買った小麦とアボカドの袋があり、それらを私たちは車に積んだ。

その道はマラウィから北モザンビークを経由し、ナカラ港に続いていた。

比較的よい道だったが、大きな穴ぼこが空いていて、それらに雨がたまって、穴の端は割れていた。

道沿いに村が広がっていた。土手にキャッサバの畑が辺り一面に広がっていた。まるで柳の低木の森を歩いているみたいだった。

成長の早いその低木はキャッサバといい、根を食べられる。キャッサバはモザンビークをはじめとする多くの熱帯の国の主食だ。根っこはでんぷん質が豊富だが、適切な方法でじっくりと下処理しないと、中毒になりかねない。

水平線の向こうには、きれいな花崗岩（グラナイト）やお砂糖がかかっているみたいな数百メートルの高さの山が見え、太古の地球を思わせた。

運転手は運転免許を持たない電気工で、うつらうつらしながらも、時速一一〇キロも出していた。ナカラに行く道中の橋は落ちていた。崩落現場の五〇キロほど手前で、通常の警告板――交通標識ではなく、大小の枝を道に高く積み上げたもの――が立てられ、路線変更になっていた。政府がプレート状の看板を立てるのは、不可能だった。そんなもの立てようものなら、盗まれるのがオチだ。

危険を本気で警告するために、道に五〇センチほどの盛り土もされていた。モザンビークのこの区域の土は赤茶で、私はいつも日没時に雨が降ると、何とまあ美しいことかと感嘆した。

暗闇の中、車が前に飛んでいった。運転手がその止まれの警告を見過ごしてしまい、私が警告を目にした時には、私たちはすでに三十メートル先までぶっ飛んでいた。私はポルトガル語など一語も出てこず、ただただだうなっていた。

運転手が慌ててハンドルを切ったので、車が土手にぶつかる寸前に、脇にそれた。

その拍子に車がスピンし、空を舞った。車が勢いよく回転する中、遠心力が働くのを感じた。私は自分が狼狽するのを感じる暇さえなかった。世界がただ逆さまになるのが見えただけだ。緑の草が上に、暗い星空が下にきた。

私たちはただただ飛んでいた。死ぬんだな。頭に浮かんだのは、その言葉だけだった。

しかし思っていたようなクラッシュは起きなかった。車は柔らかな泥と湿った草が敷き詰められた屋根の上を滑走し続けた。何にもぶつからず、水にサーフボードが着面するように着地した。この動きで、私はウィンドウに体を押し付けられ、背中がこすれた。何が何だか分からなかった。気がつくと私は高い草の上に仰向けで倒れていた。ゆっくり助け起こされた私は、棒立ちでヘッドライトをまっすぐ見つめていた。

車のエンジンがうなりを上げていた。私の意識に唯一浮かんだのは、右足が裸足になっているな、ということだけだった。左足に靴と靴下を履いていたのだが、右足の親指の爪がなくなっていた。頭がほぼ空っぽで、車の方へと歩き出し、目に入った靴を履いた。それから自分のメガネが落ちているのに気付くと、それをかけた。その時ようやく車のことに思いが至った。車をどうにかしなくては、と。ライトもエンジンもついたまま、ひっくり返った車を。

火が出て、爆発しかねない、と私は考えた。映画でひっくり返った車が、爆発するのを見たことがあったのだ。

私は空っぽの前方の座席に行き、鍵を手にとりエンジンを切るまで、助かったんだと考える余裕もなかった。

エンジン音が止んだ。

「どうして消したんだい？　暗くなってしまったじゃないか」

隣から穏やかな声がした。他の地域の医師仲間の一人だ。私が草の上で立ち上がり、靴を履いている間、彼は後部ドアから這い出て、同じく助かった人たちと話していた。運転手はいなくなっていた。逃げたのだ。

「三人は軽傷で済んだ。車の後部座席に座っているよ」と医師仲間が言った。

ところが車の中からわめき声がした。アナ・エディトがジープの中で逆さまになった小麦粉とアボカドの袋で生き埋めになっていた。

とにかくまずは、大量の小麦粉とアボカドをどけなくては。最初、車を揺すろうとしたが、アナの叫び方から、やめてほしいのだと分かった。そこで私は彼女を掘り出すことにした。美しい赤茶の土は幸い雨で柔らかくなっていた。鍵も運よくポケットの中に入っていた。体が見えてきた、私たちはゆっくりと彼女の脚をつかんで引っ張り出した。

その後、私たちはモザンビークの農村に、夜中そのまま立っていた。車から車まで歩くのに三十分はかかりそうだった。道の向こうの小屋で暮らしていた人たちが石油ランプを持って来てくれたので、アナの傷を少しはっきりと見ることができた。私が診ていると、アナが左のお腹がすごく痛いと言った。車の中で彼女と並んで待ちながら、脈をとっていて気付いた。内出血しているのではないか。脈が早くなっているのは、出血している証拠だ。

私はアナの体を調べた。ほかにケガをしていないか、髪と顔と指を調べた。

私はなす術もなく、ひたすらに思いを巡らせた。

「運が悪ければ、出血が止まらず、命はない。だが助かる希望がないわけではない」

「今、助けが向かっているようですよ。ナンプラにあなたを連れ帰ってくれることでしょう」

私は彼女を落ち着かせるために言った。

「旦那さんに連絡して」とアナ・エディトが言った。

やがて車がやって来た。モナポの病院から数メートルのところに家がある私の同僚は、車中のその家族を知っていた。アナ・エディトはその夜、手術を受けた。彼女は何年もリハビリをしなくてはならず、さらに残りの人生を、思うように動かなくなった足で過ごさなくてはならなくなった。ともあれ、彼女は一命をとりとめたのだ。

私自身は、石油ランプを持ってきてくれた人たちに感謝し、アボカドの袋を渡そうとした。それからかなりたってから、アナ・エディトの夫が、アボカドを売るのを生業にしている小作農への礼に、アボカドを渡してどうするんだい、と笑っていた。

貧しい国では、雨の夜は特に、夜中に出かけるものかと誓っていたのに、車の手配をする手助けをしてしまった自分をその夜、責めた。夜中に出かけたまま、戻ってこなかった友人が何人もいた。同時に私はアグネータが、どうせ翌日の昼食まで戻らないだろうと、私のことを待ちぼうけていなかったことに、ほっとした。同僚の家で寝過ごしてしまった私は、足を洗い、破れたシャツの汚れを水で洗い流した。

家の前で降ろしてもらうと、アグネータが玄関の戸口で笑っているのが見えた。涙が溢れる。自分が死と隣り合わせだったのを実感した。

私たちはキッチンのドアの前で静かに抱き合った。感傷に浸っている暇はなかった。すぐに誰かがドアをノックしたからだ。アグネータが苛立たしそうにドアを開けると、グルーポス・ディナミザドーレスが家に上がってきた。グルーポス・ディナミザドーレスは地方政党の組織で、土曜になると、きちんと掃除しているかを確かめるために、民衆の家に現れるのだった。闇取引をするような汚い反革命派（シホンホーカ）だ。

アグネータは事情を説明し、今はそんな場合じゃないと説明しようとしたが、グルーポス・ディナミザドーレスはどこ吹く風だ。家をずかずかと踏み荒らされ、ベッドに行けと言われた私は、ベッドの上で泣きながら横になっていた。彼らの目に入ったのは、ただ一つ。アボカドの袋だ。町で暮らしているとアボカドはなかなか手に入りづらい。闇市で買ってきたのか？　と聞かれた。

喜劇のような一日の終わりに、ナカラでのその後の暮らしを決定づけることとなるあることに気が付いた。家に戻って数時間して、ようやく気持ちが落ち着いてきたところで、その考えがふと頭に浮かんだのだ。アナ・エディットはもう働けなくなった。医師の私一人が残された。これからは毎日がオン・コールだ。

最低限の資源で、最大限の医療が、必要とされていた。その日以来、私は朝に仕事に行く際、スウェーデンと医師の数の違いについてこれまで以上に考えるようになっていった。

例えばこんな風に。

「今日、私はスウェーデンで百人の医師がやるのと同じだけの仕事をしなくてはならないんだ。ならば患者を百倍速で診察するべきか、それとも百人中一人だけを診るべきなのか？」

実際は日々、その二つのやり方の中間をとらざるをえなかった。

現実には、病を患いながらも、医療施設や病院に一度も姿を現わさない人が何と多いことか。私たちの診療所はひどく小さかった。およそ五〇台のベッドは、常に埋まっていた。入り切らなかった患者は床に寝かされた。しかし私たちが提供できるケアを限らせたのは、ベッド数ではなかった。それは私たち職員の数、ひいては質だった。私の医師としての臨床経験は、わずか二年程度だった。わずかながらにいたモザンビーク人看護師も、学校には四年しか通っておらず、専門的な訓練に及んではたったの一年しか受けていなかった。残りの職員は半分以上、読み書きができなかった。

スウェーデンでは、私がモザンビークで治療に当たらなくてはならないのと同じ患者数を百人の医師が担当している。しかもモザンビークでは子どもの致死率がスウェーデンの百倍も高い。百分の一の人材で百倍のニーズに対応するには、どうしたらいいか?

人材、資源がいかに限られているかを理解し、限られた人材、資源をフル活用するのは、私にとって大きな挑戦だった。農村部の人たちがその生活でいかに資源に恵まれていないか認識するのも、同じぐらい困難だった。実際問題、皆が極限的な貧困状態にあった。ほぼすべての資源が己が食べていくのに費やされ、それでも食べものに困る日が、果てしなく続くのだ。私は自分の願いが非現実的だと、認識する必要性に常に迫られた。職員や国民は、私の理想を、理にかなった水準まで下げようと必死だったが、彼らの言う理にかなった水準は、スウェーデンの医師教育が私に提供してくれた水準を大きく下回っていた。百分の一の人材、資源で、百倍のニーズに応えるということは、患者一人に投じられる人材、資源がおよそ一万分の一ということだ。一万分の一だ! この現実に順応し、このギャップをどう埋めたらよいか理解するこの闘いが、私の脳にトラウマのように残っていると認めざるをえない。私はこれを〝一万分の一のトラウマ〟と呼んでいる。

何もかもが足りないという心理状態において人は自分自身を知ることができる。人生には絶対的な価値があると信じられているし、泥棒をわざと殺す人はいないとも。極限状態の中で生きたことのない人にとっては。ある晩、誰かが私たちの二台の救急車のヘッドライトのねじを外し、電球を盗んだ。これはもう夜間には救急車を使えなくなったということだ。

私は盗みに激しい嫌悪感を覚えた。せっかく手に入れたガチョウを盗もうとする泥棒をひき殺してしまうんじゃないか、と思った時と全く同じように、泥棒を捕まえたら、殺しかねない。ガチョウは子どもの大好物で、食べものの入手が困難な計画経済下では、貴重なたんぱく源だった。アグネータはある日の夜、ガチョウが泣き叫び、喧嘩する声で起こされた。彼女は窓から顔を出すと、泥棒がガチョウを盗もうとしているに気付いた。

泥棒は大急ぎでガチョウ小屋のドアを飛び出した。私は車に乗り込み、後を追いかけた。突然、目の前に彼が出て来て、私は息を呑み、彼を追って角を曲がると、アクセルを踏み込んだ。

「あいつは私たちのガチョウを盗もうとしたんだ」という声が頭の中でこだました。

私は彼のことをひき殺そうとしていることにはたと気付き、我にかえった。

泥棒は向かいの通りに逃げ込み、消えた。彼は幸運だった。法制度が存在しない時、人々が私的に行う刑罰は、恐ろしいものだった。

盗みは人々に大きな痛みを与える。残虐な刑も致し方ないのだろう。車のタイヤの内側のチューブを

教室で子どたちと。

切って作ったゴム紐で、泥棒の手を後ろで縛るのが一般的な方法だ。二時間で血が巡らないと、残りの人生で手が使い物にならなくなる。病院で私は後ろで縛られた手の治療をしたが、そんな傷に時間を費やさなくてはならないのかと、心の中でしょっちゅう毒づいた。

極限の貧困状態における生々しい日常はまた、私たちが病院で処置しなくてはならなかったほかの傷を通しても垣間見られた。町で唯一の食材店、『ロヤ・ド・ポーヴォ［市民の店の意味］』の棚は空っぽのことが多かったが、その時は魚を仕入れることができていた。普段のように店を開けておくと、ウィンドーを割られる恐れがあったので、裏口の大きな鉄の扉のすぐ外の荷受け場で売っていた。店長は鉄のドアを開けると、五〇人を一度に中に入れた。押し合いへし合いの大混乱。誰かが必ず挟まれて、腕を折った。病院に骨折の患者が多く来る時には、ははあん、店が魚を仕入れたな、と分かるのだ。

スウェーデン人の友人らが私たちの家の前でブレーキを踏み、笑いながら車から降りてきた。家探しは大変ではなかったようだ。

「言われた通り、医者がどこに住んでいるか聞いてみたよ。そしたら皆がそろってこの家を指差すんだ！」

***

夫妻は週末を私たちのところで過ごそうと、やって来ていた。私たちと同世代で、同じ組織から二〇キロメートル先にあるナンプラの大きな州都病院で働くため、モザンビークに最近派遣されてきたのだ。彼は新生児科の小児科医として働いていた。

訪ねてきてくれる人がいるのは、素晴らしいことだ。私たちはおしゃべりに明け暮れた。自分の置かれている状況を理解してくれる人との会話に飢えていた。話題は尽きず、ランチは延々と続いた。話の大半は職場の比較だった。

「うちの看護師は一人も専門教育を受けていないんだ」と彼は話した。

「うちも職員の半分は字を読めないよ」と私は答えた。

その後、互いに言いたいことを好き勝手に話すという実に男性特有の流儀で話を続けたが、私たちが互いに大いに異なる人材、資源レベルで働いていることが明らかになった。それもそのはず、州都の病院では、施設の水準をある程度に保つ必要があるため、新しいケアスタッフは訓練を受けなくてはならないのだ。

分厚い焦げ茶の玄関扉を力強くノックする音で、会話は中断させられた。電話がうまくつながらなかったので、病院のアシスタントが、私を呼びに病院から歩いてきたのだ。重篤な子どもが担ぎ込まれたそうだ。

私たちは車に乗り込んだ。友人は私の白衣を借り、病院を見について来た。急患用の狭い診察室に入ると、がりがりの子どもにお乳をあげようとしていた母親の目に、驚きの色が浮かんだ。ほんの数カ月の子どもがうつろな目をし、ほぼ意識を失っていた。ひどく下痢をしていると看護師は言った。私が二本の指で子どものお腹の肉を寄せた。手を離した後も痕はしばらく残っていた。下すべき診断ははっきりしていた。この子は脱水症状により死にそうなのだ。

女の子にはお乳を吸う力も残っていなかった。私は細いカテーテルをその子の鼻から腹部に通すと、どの補液をどれぐらいの量、与えるべきか指示した。

友人は怯えていた。私のやるべきことがほとんど終わると、友人は私の肩をつかみ、その小さな緊急処置室から私を引きずり出した。廊下で友人は怒りの炎が燃え盛る目で、私を見つめた。

「お前の倫理観はどうなってるんだ！　自分の子どもになら決してしないようないい加減な治療をしていただろう。あそこまで重篤な子には、どう考えたって、すぐに点滴をする必要があるだろうが。補液を与えるのにカテーテルしか使わないことで、お前はあの子の命を綱渡りさせたんだ。嘔吐することだってありえる。そうしたら生きるのに必要な水や塩分をとれなくなるぞ。夕飯の前にビーチに行きたい余り、あんなことをしたんじゃないだろうな」と友人は言った。

彼には現実を受け入れる心づもりができていなかった。私自身が目にしてきたような残酷な認識や理解を得る必要性に迫られたことは、それまでなかったのだろう。

「そんなんじゃない。あれがこの診療所で標準的な治療なんだ。この資源と職員では、あれ以上のことはできない。私だって一労働者だ。今週、もう少なくとも二、三日は夕飯時に家に帰れていない。これ以上この状況が続けば、私も家族もあと一ヵ月ももたないよ。この子に点滴するのは、あと三十分待ってからだ。そうでないと、看護師の点滴チェックの目が行き届かず、その子が全く水分をとれなくなる危険性が高いことを私は知っている。カテーテルで子どもに水分を与える方が簡単なのさ。私たちがここで提供できる医療レベルはここまでだと、受け止めるんだ」

「そんなのはご免だ。あそこまでひどい子をカテーテル治療するなんて、倫理に反する。俺があの子に点滴をする。やるって言ったらやる」と友人は言った。

私は言われた通り、止めずに、小さな子どもに点滴するのに必要な注射針を持ってきた。医師室の棚にいくつかとってあった。何度も挑戦したが、友人は血管に針を刺すことができなかった。そこで彼は小規模な手術の時、血管に針を入れるための器具を用意してくれと言った。彼はその工程を遂行し、看護師は彼を全力でサポートした。一方、私は家に帰り、家族と友人のパートナーと夕飯を食べた。私は残業続きで何日も家族と夕飯をともにしていなかった。その後、私は病院に同僚を迎えに行った。彼は大いに手こずった末、点滴ができた。子どもは若干回復しても、やはりお乳を飲むには至らなかった。

その晩、誰も休ませてくれなかった。子どもたちが寝静まってから、私と友人はソファでどうするのが一番倫理的に正しかったのか、深く議論した。二つの見解から成る、まっすぐな対話だった。

「病院に来る人皆に、常に最大限、手を尽くすべきだ」と彼は言った。

倫理についての議論で、数字は重要だ。患者に対し、正しいことをするのは簡単だ。

「いいや、病院に来る人にありったけの資源と時間を注ぎ込むのは非倫理的だよ」と私は答えた。

地域レベルで医療サービス、医療設備、小さな診療所を改善するのに、より多くの時間を投じれば、子どもの死を減らせるかもしれないじゃないか、と私は説明した。私の責務は、この町と近隣の子どもたちの命と健康のために手を尽くせることはすべてすることだ。そもそも医療を受けられないという理由で、家で亡くなる人が大半だと私は確信していた。病院で最良の医療を提供できるよう努力し、職員に教育をすれば、ワクチンを打てる子どもは減り、医療機関の人手が足りなくなり、全体として亡くなる子どもの数は増える。私は自分が直接目にしなくても、亡くなっていく子どもと、目の前で亡くなっていく子ども、さらにまだ死んでいない子どもに、責任を負うのだ。このような資源が乏しい中、病院で達成できる医療水準が低いことを私は受け入れなくてはならなかった。

友人は病院の大半の医師と同じく、私の意見に同意しなかった。一般人の大半も、恐らく彼と同意見だろう。彼は医師として、診療にあたるすべての患者にベストを尽くすべきと考えていた。

「君はどこか別の場所にいる子どもを大勢、救えるであろうと皮算用してばかりいるが、そんなのは残酷な机上の空論さ」と彼は言った。

私は途中で議論を打ち切ったが、心の中ではこう思っていた。

「どこに力点を置けば大半の子どもの命を救えるか、徹底的に調査せずに、感情に任せて行動する方が倫理的なものか」

産気づいてから二日たつのにまだ子どもが生まれず、いきみ続ける産婦に直面した時にも、この考えは私の羅針盤となった。ところが子どもが出てこない。腕が引っかかっていた。誰かが助け出そうと、腕を引っ張った。腕はどす黒く、血が巡っていなかった。手は損傷を受け、切断手術の必要があった。命はまだあり、胎児の心音も確認できた。母親の方は高熱に苦しんでいた。子宮破裂のリスクは非常に高かった。

調べていると、胎児の頭が産道を下りてきていることに、気付いた。あとほんの数センチで出られる。急がなくては。

お産する女性に日の出を二度見せないというのが、医療界の常識だ。毎時間、いわゆる分娩経過図を記録しなくてはならない。分娩経過図とは、通常、助産師がつける特別なカルテのようなものだ。私はメモ用紙に、自己流の分娩経過図を描いた。私はメモ用紙の一つの横列を黒く塗り、また別の横列を白紙のままにしておいた。黒い方は夜、白い方は昼間だ。一周したら、用紙を一枚はがす。お産三日目はまるで戦争だった。胎児を取り出さなくては。母親は戦場で傷ついた兵士さながらだった。こんな災害のような外科手術は、医療とは全く別種のものだ。

そのために今、すべきことは何か？　と私は考えた。

母親を救うためには、胎児の命はあきらめざるをえなかった。いわゆる胎児縮小術だ。ちゃんとした器具はなかったので、鉗子を手にとり、泉門から突き入れると頭が切り裂かれ、脳が飛び出し、胎児は亡くなった。私は端をクリップで留め、母親の子宮を破裂させずに、胎児の腕を引っ張り、外に出した。それから先は、カテーテルを固定できるかどうかが問題だった。ワギナと直腸の間の壁が破れて、ワギナから排泄物が出かねなかった。私は非常に慎重になって、使っているカテーテルを吹き飛ばされないように、手で軽く持って縫い付けなくてはならなかった。その後、注意深くケアした。

彼女は無事だった。子どもたちの待つ家に、無事、戻れた。しかし生きた子どもに胎児縮小術をするかどうかという決断は、困難だった。子どもを殺すというのは、正しい決断だったのか？　そうだ、正しかったんだ。あの状況では。一番難しいのは、決断を下せるようになること自体ではなく、いつ決断を下すか決めることだった。

出産は究極のドラマだ。愛しい子どもとの出会いを心待ちにする健康な人が、二日後には地獄の死の淵に立たされているのだから。

何をする？　何をしない？　このような決断を下すには、どの原理に従うか説明づけることが重要だ。なぜそんな選択をしたのか。

私は子どもの二つの集団の死者数を比べる必要性を、強烈に感じた。ナカラで病院で亡くなった子どもの数と、自分の家で亡くなった子どもの数を。制約があるなかで、私たちは病院に実際に来た人たちへの対応を改善してきた。患者死亡率はゆるやかにだが、確実に減っていった。国民は病院に行った大半の子どもは生き永らえていることに気付いていて、それゆえ看護しなくてはならない子どもが増えてきているようだった。子どもたちの大半は、マラリアや肺炎、下痢といった命に関わる病気に苦しんでいた。これらの病気は、栄養失調はもちろんのこと、いわゆる鉤虫症による深刻な貧血により、しばしば悪化するのだった。私たちは一年に約千人の子どもを、つまり一日に三人を受け付けていた。病院の入院患者は深刻な病の人ばかりで、そうでない人は治療を受けたらすぐに家に帰された。懸命な治療の甲斐なく、入院できた人の二〇人に一人は亡くなった。

それは子どもが毎週、一人死ぬということだ。資源と人員が足りていたなら、そういった子たちを全員、救えたかもしれないのに。私は子どもの四大死因である肺炎、下痢、マラリア、麻疹といった深刻な病気から、命を救おうとした時の感情を決して忘れることはないだろう。下痢で苦しみ、脱水症状の子どもたちに、カテーテルで水や生理食塩水を与えるのは一刻を争う作業だ。肺炎で苦しんでいるであろう子どもたちへのペニシリン筋注が間に合いますように、と願った時のことを。

中でも最も強烈に記憶に残っているのは、マラリアに苦しみ、意識不明になった子どものことだ。マラリアは、健康な子どもをわずか一日で死の淵に立たせる病である。私たちのストックする注射の数で、彼らを救えるだろうか？　私たちが提供できないような高度な医療が必要な場合も多かった。

日中は常に病院の外に、病気の子どもたちによる長蛇の列ができていた。裏庭は病気の子どもを抱いて診察を待つ母親で、ごった返していた。一目見ただけで、彼らの症状がまちまちであるのが分かった。ぐったりしている子もいれば、立てる子もいた。

列の最後尾には、診療所で唯一、六年間の学校教育と二年間の看護師教育を受けていた看護師、ドニャ・グイータが座っていた。彼女はスターだった。彼女は子どもたちを全員受け入れると、グループに分けた。やや具合の悪い子どもは、受付で待っていていいと言い、命に関わる病気で入院が必要な子は、裏庭から緊急治療室へ案内した。中には高熱で明らかに治療が必要な子もいた。

母親を見れば、子どもがどれだけ重篤か分かることが多かった。子どもが疲れ切って、お乳をくわえることすらできなくなると、母親の目には困惑と死への恐怖が浮かぶ。母親には子どもの病状の深刻さを察知する能力が備わっているのだ。

診療所にあった体温計で、体温を測った。マラリアにかかった子どもは、四一度の高熱を出すのも珍しくない。私は呼吸は大丈夫かと尋ねた。呼吸は大丈夫です。うちの子は熱があるだけです、という答えが母親からしばしば返ってきた。

私は、「吐血。お腹がすごく痛い」というようなよく使われる言葉はマクア語でも分かるようになっていた。

子どもをきちんと診てやることは大事だった。アイコンタクトをとることもできない子は、非常に重篤ということだ。私は母親の膝の上に座る子どもを診る時、親子の前に小さな椅子を置き、座るようにしていた。そうすると母親が落ち着くようだった。私は質問を——気持ちを落ち着けられるような短い質問をし、できるだけ親身に母親と話をするように心がけた。

突然に命を脅かされるのは、マラリアが多かった。それでも適切な薬の投与により、数時間で回復することもあった。同じことが肺炎にも言えた。

救急処置室で過ごした雨の夜のことが、今でも記憶に残っている。二歳の子どもを連れた母親が不安そうに座っていた。付き添っていた父親も、悲壮な面持ちだった。子どもの呼吸は荒く、脈も下がり、顔は真っ青だった。その男の子は輸血とマラリアの薬なしに、生き延びられそうもなかった。

ところが私たちの診療所には、血液は貯蔵されていなかった。匿名のドナーを募るような財源は私たちにはなく、それゆえ輸血を必要とする人が出てきた場合には、患者と同じ血液型の親族の血が必要となった。

「私の血を息子にやるわけにはいきません」と父親が言った。

「なぜです?」

私は聞き返した。事態は切迫していた。

「家族の誰かのために、私の血が必要になるかもしれないからです」

何を言っているんだ? 背後のドアのすき間から、聡明な助産師、ドーニャ・ローサの立ち姿がのぞいていた。ドーニャ・ローサは一家が母系制の社会で生きているのだと説明した。つまり、母親の兄弟が子どもに対し主な責任を負うということだ。この時点では私には、その構造の強さが理解できていなかった。

「ですが、母親の兄弟で血を分けてくれそうな人はたくさんいます」と父親が言った。

私は頭がどうにかなりそうだった。

「本当に無理なんですか?」

ドーニャ・ローサは私に、父親が息子に輸血するのは絶対に許されないので、無理だと説明した。彼は息子を別の血縁と見なしており、血筋の異なる人間に、輸血するのは健康上よくないのだと思っていると。

匙を投げた私は、雨の中、父親を帰らせた。しばらくすると父親は、びしょ濡れになった母親の兄弟二人と走って戻ってきた。そのうちの一人は、男の子と同じ血液型だった。その後はトントン拍子にことが進んだ。十分後には、少年の呼吸が落ち着いてきた。そして咳をし出した。熱はものの数時間で引いた。

モザンビークでの子どもの診療は、特別だった。診療中、私はいつも自分の子どもを思い出した。わが子と思えば、決して妥協はしないだろう。わが家には、クロロキンというアンプル入りの抗マラリア薬が常備されていた。私はそれを病院からもらってきていた。子どもたちの薬は、絶対に切らすべきではない。わが子の安全は、確保せずにはいられないものだ。

混沌の中でも私たちはルールを定めていた。患者を運ぶのに、家族の車を決して貸さないこと。自宅には患者を入れないこと。自分の家が平穏でないと、当時の私たちが生きていた環境ではやっていけなかった。

病院でも私は公衆衛生に寄与したかった。ある日、子ども用のミルクがほしいという女性が訪ねてきた。その母親もその夫も、一定の教育を受けていた。彼女はほかの大半の女性よりも小綺麗なシャツを着、髪もちゃんとまとめていた。ネックレスはただの丸いガラスではなく、イヤリングもしていた。

彼女は懇願するように、私にミルクをください、と頼んできた。母乳の方がミルクよりも信じられないぐらい栄養価が高いにも拘わらず、ミルクの方がありがたがられていた。私は礼儀正しく、胸を見せてもらえますか？　と返事した。見せてもらえた。触診もできたかって？　ああ、それも構わないそうだった。

乳輪を触って、すぐにお乳が出ると分かった。正しく押せば、お乳が出そうだった。お乳を子どもにのませる前に、遊び心に満ちた試みをしてみようと思った。私は彼女の胸に手を当て、優しく胸を支えたまま、乳輪の周りに軽く指を置き、そっと押した。胸からぴゅっとお乳が出て、私のメガネを直撃した。

「いいお乳だ！」

私は嬉しくなって言った。

その若い母親は歓喜の声を上げると、目の前で自分のお乳が顔にかかった私を見て笑った。嬉しそうだった。お乳が出るようになったことは、彼女の自信になった。医師には、患者にとっては当たり前で特に重要でないと思えるものにひそむ真価を見せることで、道を示す力がある。だがそれには、時間をかける必要がある。モザンビークの病院で私が力を注いでいたのは、公衆衛生だった。回診中、医師は母親と話すことができる。自分の町に戻ったら今聞いたことをみんなに広める人だろうなと分かった上で。このような環境下では、母親らは、医者の回診を受けたこと、またそれがどうだったのかを、何週にもわたり世間話の種にするのだろう。私にとってそれは、アイデンティティの問題だった。私の目指すべき道は何だろう？　目の前の患者の治療に専念すべきか、それとも社会全体の健康の改善に寄与するべきか？

＊＊＊

私は人々から話を聞き、それを基に研究することで、真実を解明しようと決意した。研究に集中するために村を出て、ナカラの町で亡くなった子どもの数のみに焦点を当てようと決めた。この町の住民の大多数が、極度の貧困状態にあったが、誰しもが、町に三つある医療施設のうちの一つに無理なくアクセスでき、子どもが重篤な病気になった時には、緊急の処置をすぐに受けられるようにすべきだと思った。

その晩、医師仲間と倫理について議論したことで私は、さらに研究へと駆り立てられた。既存のデータに基づき、おおまかな予測を紙に書いた。

数字は次のようなものだった。一九八〇年に行われた国勢調査によると、ナカラには八万五千人が住んでいて、毎年およそ三千八百人の子どもが産声を上げている。その年、全部で九六六人の子どもが病院に入院し、手を施したにも拘わらず、五二人が亡くなった。入院する子どものほぼ全員が、五歳以下だ。ここで問題となるのは、自宅で亡くなる子どもが何人か、ということだった。この国の五歳児の死亡率は、二五%と言われている。ナカラのような町では、この数字は下がるだろう。私は半分のおよそ一〇%だろうと予想した。三千八百人の子どもの一〇%は、三八〇人だ。

つまり、ナカラで毎年、三八〇人の子どもたちが亡くなっているだろうと考えられた。これはつまり、一日に子どもが一人、亡くなっているってことだ。町に限って言うならば。ところが町で暮らすのは、全人口のおよそ二〇%に過ぎないので、区域全体で計算すると、この数字は五倍になる。私たちが子どもの死を抑止できたのは、この町の範囲内だけだった。しかも病院で亡くなるのは週にせいぜい一人程度だった。これはつまり、子どもが病院以外の場所で亡くなっているということを意味する。病院の職員から私が得た情報によると、子どもたちの多くは病気になっても様々な理由から来院せず、深刻な病気の子の場合、そのまま自宅で亡くなってしまうのだった。主な原因は平日の昼間、医療機関に、もしくは時間外に病院の緊急治療室に駆け込む代わりに、二四時間応診してくれる「昔なじみの医師」に人々の足が向きがちなことだった。

この研究を、助産師として働き、さらに様々な地域で定期的に提供される小児用ワクチンの管理責任者でもあったアグネータと一緒に計画した。

この研究には、私たちと同じ町に配属され、それゆえナカラ二番目の医師となったスウェーデン人医師で、私たちの友人であり、仲間でもあるアンダッシュ・モリーンも参加した。彼がやって来てくれたことで、状況は大きく変わった。彼は私たちと同じ家をシェアし、子どもたちのおじのような存在となり、また私の仕事を大いに軽減してくれた。

財源が乏しかったため、研究ではシンプルなアプローチを心がけた。私たちはマタプーエという地区に白羽の矢を立てた。国勢調査によると、その区域の住民は三千七百人とのこと。私たちは地区長らと会議をし、彼らと共同調査を行うことにした。

一九八一年の夏の三日間、私たちの医療チームの職員七人は、出産適齢期の女性全員に、ここ一二カ月で産んだ子どもと亡くなった子どもの数を聞いて回った。ところが大半の女性は学校に行ったことがなく、一二カ月とは何なのかを理解していなかった。しかし、私たちは有用な事実を知った——私たちがインタビューをしたその日から、神聖なラマダンの月までに、まだ一二カ月あったのだ。私たちはまた言葉遣いやこれらのセンシティブな質問をどのようにするかにも、細心の注意を払った。インタビューはうまくいった。勝因は何より、インタビューに答えてくれた家の子どもたちにワクチンを打ってやったこと、その地域で一般的な病気を対象にした短時間の無料診療を行ったことにあるのだろう。

データ収集は、スムーズに進んだ。インタビューを行った区域は、この町ではごく典型的区域であるという見立てに基づき、町全体の数字の推計をした。一同の迷いや不安をよそに、明確な結果が出た。

病院で亡くなる子どもは年、五二人。自宅で亡くなるのは六七二人。つまり一〇倍以上だ。ここで恐らく最も注目すべきポイントは、自宅で亡くなる子どもの半数が、病で亡くなる前の週に、医療施設を訪れていない点だった。子どもの下痢、肺炎、マラリアが致死レベルに達する前に、手を施せる地元の

書類カバンを提げた私

医療施設を運営し、支援し、切り盛りする必要性が明らかになった。その方が、病院で生命の火が消えかかっている子どもに点滴をするより、ずっと多くの命を救えるに違いなかった。

都市部の子どもの死亡率がおよそ二〇％であるのに対し、国民の四分の三が暮らす山村部の方が死亡率が高いと発覚した。私には三千人の子どもの死を——このうち病院で亡くなるのはわずか五〇人だった——食い止めるよう尽力する責任もあった。国民の大多数が、何らかの基本医療にアクセスできないのに、今より多くの資源を病院で費やすのは、この上なく非倫理的なことだ。

あらゆる人が基本医療を享受できるようにすることは、一九七八年以降のWHOの理念だ。国連児童基金(ユニセフ)もそれまでの十年間、できるだけ多くの子どもにワクチンを受けさせ、基本的ケアを受けさせる手助けをすることを優先してきた。これらの政策を実行しはじめた独立直後のモザンビークで働けた私は、ラッキーだった。

私がモザンビークで働いていた時期、多くの町が特待生を選出し、短い教育を受けさせていた。主な目的は、瀕死の子どもを連れた母親が徒歩で通える小さなケア施設を地域に設けること、できるだけ多くの子どもにワクチンを打ってやることだった。

病院内で最も倫理的であるかのように思えた事実に従う代わりに、地域の子どもの恐ろしい死亡率から分かる事実に従うことで、何かしらの効果はあったのだろうか？

答えはイエスだ。

モザンビークの子どもの死亡率は、私が働いていた一九八〇年には、およそ二六％と推計された。三五年たった今では、その数字は八％まで下がっていた。子どもの死亡率を二六％から八％に下げるのに、スウェーデンは一八六〇年から一九二〇年までの六〇年間かかった。モザンビークはここ三五年で、血なまぐさい内戦を経験し、非常に深刻なヒブ感染症が広がっていた。それにも拘わらず、モザンビークの子どもの死亡率はスウェーデンと比べて約二倍の速さで減少した。ヨーロッパとアフリカ全体と比べると、同じことが言えた。子どものヘルスケアについては、アフリカはヨーロッパに迫る勢いだった。それは事実を踏まえた政策と投資が遂行されていたからだった。ある人の思想により、ほかの誰かの感情を動かすのは難しい。しかし、分かりやすく計算し、考えることで、それは実現しうる。しかし私が数を通して理解できなかったことは、底なしの貧困だった。私は最も強烈な感情――恐怖を通じて、それを知ったのだ。

ナカラでの私たちの生活は悲劇とドラマチックな出来事の繰り返しではあったが、素晴らしいものだった。アンダッシュ・モリーンがやって来てからというもの、彼が仕事に当たってくれている間、私は羽を伸ばせるようになった。家族とビーチで楽しい日曜日を過ごせるようになったのだ。毎晩オンコールの状態を脱したことで、子どもと夕食後の時間を過ごし、夜ぐっすりと眠る時間ができた。

人生最大の試練の最中ではあったが、私たち家族は幸せで、子どもたちは学校や地域で、よい友人に恵まれた。一家でパパイヤを育て、私たちの〝庭〟だったカラカラに乾いた砂浜では、ガチョウの誕生を見届けられた。いろいろなことがあったが、ともあれ私たちは元気だった。アグネータが私に抱きつき、耳元で「もう一人子どもがほしい」とささやいた時に、魔法の夜が訪れた。

私たちは、子どもが人生の喜びであり、生きる意味であるというモットーで生きてきて、そういう人生を長年、送ろうではないかと話し合っていた。アグネータの願いは私にとって、単なる愛の証ではなく、癌により人生を終わらせないための道標でもあった。

アグネータはあっという間に妊娠した。妊娠初期は調子がよさそうだった。毎週土曜日に、助産師さんが確認をしに来る際、私たちは自分で腹囲を測り、お腹が膨らんでいく様子を見届けるのだった。ところが一九八〇年の終わりのある土曜、アグネータのお腹の成長がぴたりと止まった。翌週も様子は変わらず、事態が深刻だと分かった。

さらに翌週、決断を下さねばならなかった。資源に乏しいモザンビークの病院で出産するという危険な賭けに打って出るべきか？　いいや。一九八一年一月、アグネータは子どもたちと飛行機でスウェーデンに戻ることになった。一方、私はナカラに働きに戻り、出産一ヵ月後に家族の待つスウェーデンに行くことにした。

アグネータと子どもたちがスウェーデンに発った翌日、私たちの診療区域でコレラがまん延した。コレラはとてつもない速さで広がっていった。患者は下痢がはじまって数時間以内に、亡くなりかねない。私と三人の同僚は機材を運び出し、すぐにナカラを離れた。疫病は外から攻めろというのが、それまでの経験で学んだことだった。

私たちは簡単な緊急治療室を開き、それからの二週間、最果ての村で感染症と闘う日々を送った。ある晩、私はコレラにかかり意識を失った息子を運んでいた男性に呼びかけられた。その男性は娘に先立たれた上、現在は二人目の子どもまで失おうとしていると悟っていた。男性はその緊急治療室のある通りから、随分遠いところに住んでいた。しかし男の子の下痢がはじまった数時間後に、私たちの車が通り過ぎるエンジンの音を耳にし、私たちが同じ道を戻ってくるだろうと考え、男の子を担いで、そこにやって来たのだそうだ。

車のライトの光で、柔らかな砂に男の子が足をとられているのだと分かった。激しい脱水状態に陥っていて、すぐに診療所に戻って治療の必要があった。コレラ菌が染み付くので、車ではマットレスに寝かせたくはなかったので床に寝かせることにした。意識がなく脈も取れなかった。水を飲ませることも全くできなかった。

父親は完全に落ち着いていていて、自制心を働かせ、男の子にできることを最大限していた。男の子の命が私にかかっていると分かっていたのか、きびきびと実によく手伝ってくれた。父親は私たちがコレラを治した経験があると知っていた。しかし男の子の命は三〇分以内についえても、おかしくなかった。

いつもの診療所に戻ってきた時には、日は沈んでいた。私たちはライトの光で明るくなるよう、車を外に駐めた。私は男の子の呼吸が聞こえるよう、運転手にエンジンを切るよう頼んだ。

今はエンジンと夜の音――私たちの周りの森に暮らすカエルとヤモリの動く音しかしない。父親は黙って座り、看護師は私の後ろに立っていた。

しんと静まり返っていた。脈は見つからなかった。男の子は死んでしまったのだろうか？

いや、鼠径部に脈をかすかに感じることができた。脈を感じた部分に血管に点滴針を刺さなくては。点滴の速度を示す小さな器具や点滴袋や点滴の機器はあった。私は血管の壁に針が刺さる時にいつも覚えるわずかな感触があった。点滴液が落ちだした。私はひざまずいて、指で男の子の脈をとり、看護師に点滴を最速にするようにいい、ひたすら点滴の速度カウンターを見つめた。

「足を持っていてあげてください」と私は父親に指示した。

動いてしまって、点滴の針で血管が傷つかないように、父は息子の足をしっかりと持っていた。ずっと屈んでいたので私の体の感覚は鈍りはじめた。私たちは皆、静まり返っていた。点滴液が減っていく。

数分が経過した。五分。一〇分。何も起きない。一一分、一二分。

男の子のまぶたが開いた。やがて男の子は頭を持ち上げた。目覚めたのだ。

それでもまだ父親は自制心を保っていた。看護師が座って、男の子の動きを確認している間、私の背後で父親が深く息を吸うのが聞こえた。一リットルの塩糖水を点滴し終わると、針を抜き、鼠径部に絆創膏をした。私は父親に、息子さんへの食事の与え方を実演して見せた。父親は私を注意深く観察し、息子に終始柔和に話しかけていた。

私は手伝ってくれた父親に感謝した。彼は何て答えたらいいか分からないようだった。

翌朝、様子を見に行くと、男の子は回復していた。感染症のまん延を食い止められるかどうかは、患者一人一人を治せるかどうかにかかっている。仕事仲間のママ・ルチアはこう言ったものだ。

「神よ、コレラをありがとう」

医療の献身により命が救われることが、誰の目から見ても顕著になってきた。一つ一つ病気を治していくことで、医師や看護師たちへの信頼が得られ、社会の公衆衛生への認知が広がっていく。原地の人々との信頼を築くには、まず身近な人たちとの信頼関係を築くことが必要だ。コレラで死にそうになっていた家族が生還するのを見る時ほど、この信頼が明らかになる時はない。

コレラの感染が収束しかけたある日、別の町で、私はこの信頼を目の当たりにした。貧困の果てしなさを私が理解したのは、活気あるチームで病と闘ったこの人里離れた農作地域でだった。

日没時、小さな白いジープで到着した私たちはたちまち注目を浴びた。私たちがジープを駐めるより先に、ティーンエイジャーの少年が車に駆け寄ってくるのが見えた。車から降りると、私たちの周りにあらゆる年齢の興味津々な顔がさっきよりもたくさん目に入った。

人々が何だ何だとつぶやき出すと、地元のマクア語が話せる仲間の男性看護師が、私たちが何者か説明してくれた。私が理解できたのは、たった二語。〝Doctor comprido（ドクトル・コンプリード）〟。解剖学的な理由からつけられた、私のポルトガル語のニックネームだった。私たちはナカラに二人だけの医師だった。どちらも白人で、しかもスウェーデン人だった。私の方が背が高く、同僚のアンダッシュの方は髭を生やしていた。そのため私たちは〝背高先生〟と〝髭先生〟と呼ばれた。ところが私は自分がそれまで一度も行ったことのない町の外れのこの土地で、私だと気付いてもらえたことに、驚かされていた。私はこの辺りの病院から送られてきた患者を治療したことがあるかどうかも、思い出せなかった。その村は私たちワクチン遠征チームが行けそうな範囲にもなかった。そのため、私たちの看護師は、ちゃんとした自己紹介の代わりに、私が驚いてした質問を通訳した。

「どうして私が誰か知っているんだい？　私はここに来たことなどないのに」

一人の男性が穏やかな口調で答えた。村長のようだ。

「あなたはこの村でもとても有名で、尊敬されているんですよ。この村の人間は皆、ナカラの医師を知っていますよ」

おだてられて私は当然、気をよくしたが、いぶかしく思う気持ちは消えなかった。

「だが私はこの土地の人を治療した覚えがないいんですよ」

村長は私よりも、私のやったことをよく知っていた。

「いやいや、二カ月前病院に、出産中、問題が起こった女性が、親族によって運ばれて来たと思いますが、彼女の治療をしたのはあなたでしょう。一家は、いや、村中が、あなたがその女性にしてくれたことに感謝しているのですよ。その時のことがあって、あなたはここで人気なんです」

若い医師だったら、そう言われて気をよくしない人はいないだろう。私は相変わらずジープの脇に佇み、女性は難産だったのかと尋ねた。私の質問が通訳されると、村人たちは私には理解できないことを何やら深刻そうにつぶやき、うなずきはじめた。出産の際、ひどく深刻な合併症が起きたらしい。一週間の非常に過酷でフラストレーションのたまるコレラとの闘いを終えたその時に、私がこの地域の有名人で、有能な産科医と呼ばれても、バチは当たらないだろう。その時点で五〇人以上に増えていた目の前の村人たちから、認めてほしかった。出産が非常に困難だったのであれば、その女性が病院で私から受けたケアは、本当に満足いくものだったのだろうか？ 通訳がされ、笑い、うなずき、肯定的なつぶやきがあった。続いて私がした質問はイエスかノーかはっきり答えが出しやすそうに思えた。

「その女性に会えないかい？」

ところがその質問が訳された後、びっくりするぐらい、長い沈黙が流れた。私はその沈黙を、通訳の不手際のせいだろうと解釈した。ところが村長が沈黙を破り、短くこう答えた。

「いいえ、それは叶いません。あなたが子どもを子宮から取り出そうとした時に、彼女は亡くなったのですから」

誰かからの答えに、こんなにも驚いたことはなかった。私はにわかに信じられず、質問し直したが、答えは少し長くなったぐらいでほとんど変わらなかった。

答えはこうだった。村で彼女がいきみ出した時、赤ん坊の腕が先に出てきて、その後体がつっかえて出てこられなくなってしまった。いわゆる「産婆」が、昔ながらのありとあらゆる方法で子どもを外に出そうと試みた——腕の皮がすりむけるぐらい、引っ張ったり。その頃には女性の夫と兄が、彼女を病院に連れていこうと決めた——村には交通機関はおろか、自転車もなかった。

彼らは二本の長い棒と一枚の布で担架を作った。彼女はその担架に乗せられ、二〇キロメートルほどの森を抜け、海岸の砂利道に運ばれてきた。ようやく通りがかったトラックが止まってくれた。担架はトラックの荷台に引き上げられ、夜明け時に病院にたどり着いた。病院で私が家族と話をして、命に関わる深刻な状況だと告げた。私は赤ん坊の体を切り刻んで子宮から出そうとした。ところが母親は突然の激しい出血で亡くなった。だからあなたと会うことはできない、とのことだった。

その恐ろしい話を私は逐語通訳を介して理解できた。その時、私の記憶が蘇ってきた。私は高熱に苦しみ、脱水症状を起こした母親の命を救おうとして叶わなかった時のことは、どれも記憶に残っている。この時も、胎児縮小術が必要だったが、それでも手遅れだった。彼女はすでに力がほとんど入らなくなり、長びく分娩で、深刻な感染症に冒され、敗血症になってしまった。子宮は私が子どもを出そうとしたことで張り裂けていたし、出血もしていた。その出血が、母親の死の原因となったのは明らかだった。どうにもならなかったのだ。だが、その母親の家族や近隣の人々の前に立つ今、私はより激しい罪悪感に苛まれた。

村長は、私が来てくれて住民たちが喜んでいると再び言って説明を終えた。私はもはや、彼らがなにゆえ満足しているのか理由を思いあぐねたりはしていなかった。私の混乱した頭が探り当てられた理由は一つ――ようやく彼らは、私を殺すチャンスを得られたということだった。これ程の短時間で、純粋な誇らしさが深い恐怖へと移り変わったことはなかった。私は言葉を失った。顔には恐怖が浮かんでいたに違いない。全員、身じろぎもしなかった。皆、ただただ笑い続けた。私は車に飛び乗り、運転手に大急ぎで車を出してくれと言おうか考えた。だがそうしたところで、村人たちに車を取り囲まれるだけだ。そこで私は二カ国語を話せるその看護師の方にゆっくりと近づくと、尋ねた。

「なぜ私が治療した女性が亡くなったにも拘わらず、感謝している、などと言うのです？」

「さあ、分かりません。妙な話ですよね。聞いてみましょうか？」

私は答えなかったが、通訳が質問し、村人たちが口々に答えた。すると村長が彼らを黙らせ、話し出した。ゆっくり、はっきりと答えてくれたようだが、私は一語も理解できず、通訳を待った。

「ああ、お医者様。私たちは皆、あれは深刻な事態で、彼女の命を救うのはほぼ不可能だったのだと、承知しています。私たちはあなたが彼女を丁重に扱ってくれたことを、今でもとても感謝しているのです。あなたがしてくださったことに、村中が感謝をしています。私たちはこれからも、あなたのことをずっと忘れません」

私はすっかり混乱してしまっていた。何が何やら分からず、「だが私が何をした？」などと小さな声で尋ねるのがやっとだった。看護師が通訳すると、村長の力強い答えが返ってきた。さらに村人たちがつぶやきや賛同の声で加勢した。私は村長の答えを、今でも一字一句覚えている。

「あなたはこの女性と彼女の家族にとって、とてつもなく重要なことをしてくださいました。それはこのように人里離れた極貧の村に暮らす人間には考えられないものでした。私どもは大きな町の偉いお医者様が、私たちの村の貧しい女性にあんなことをしてくれるなんて、思ってもみなかったのです。あなたは家族の前で彼女の死を悼むと、病院の前の裏庭を進み、走り去ろうとしていたワクチン輸送車を止めました。あなたは運転手に女性の遺体を埋葬のため運ぶよう命じました。あなたは女性の夫に、奥さんの体をくるんでください、と清潔なシーツを与えてくれました。子ども用に小さなシーツもくださいました。あなたは午後に故郷の村まで車を出し、女性だけでなく、夫や兄弟たちまで乗せてくださいました。おかげで私どもは夜、一家全員と彼女と親しかった町民全員で、かけがえのない心に残る埋葬を執り行うことができたのです。困難な状況下で、誰かが誰かの尊厳を尊重した時、その時のことは深く心に刻み込まれるものです。あなたも運転手も、輸送費を要求しはしませんでした。正直言って、要求されたところで、彼女の夫も兄弟も遺体の輸送費は出せなかったことでしょう。背高先生、あなたがいなかったら、その遺体を一日、または一晩かけて運ばなくてはならなかったことでしょう」

私がそれまで見てきた類似の出来事のうち、このことはとりわけ極端な貧困というのが実際問題、何なのかを強烈に印象づけた。あまりにお金に困ると、人間として最も基本的な価値判断能力すら鈍ってしまう。

だがこの話には裏があった。私は、実はほかの誰かの気遣いで行ったことで、この村で讃えられてしまっていたのだ。私は女性が亡くなった後、その夫や兄弟と会い、確かにお悔やみの言葉を伝えたようだった。しかし埋葬のために遺体を家に送ってやらなくては、とまでは思いつかなかった。

女性の夫と兄弟との短い会話を終えた私は、誰かから腕をつかまれたのだった。それはママ・ローサだった。ママ・ローサにそうして呼び止められることは、それが初めてではなかった。静かに真剣に彼女は言った。

「あなたには、あの人たちがこれから一晩かけて彼女の埋葬をするのが分からないのですか? 彼らは寝ていないし、食事もとっていない、お金もないんですよ?」

私の考えはそこまで行き届いていなかった。

「あの遠い村で埋葬できるよう、彼らがどうしたら遺体を家まで運べるか、今から考えはじめるべきです」

私は言われるがままに、彼女の言葉に耳を傾けた。

「今から表でワクチン輸送車を止めて、運転手にこの二人の男性と亡くなった女性とを家まで乗せてやってくれと言ってください。あなたが彼らを助けてやらなかったら、あの村のほかの女性たちはあと十年、出産の助けを求めて診療所を訪れてこないでしょう。今すぐ車のところに走っていってください。荷物はもう積み終わっています」

それまでの人生で幾度もなく経験してきたように、この時もほかの人のしたことで、名誉を授かったわけだ。村人たちの前で私はママ・ローサの限りない見識を思った。彼女が村人たちに示した敬意によって、貧困を越えた生命の尊さが明るみに出たのだった。彼らはそれまで医療施設や救急車が、彼らの日常生活の一部になりうると想像したことがなかったのだろう。医師が村にやって来たその晩、彼らを笑い、歌わせたのは、将来、訪れるであろう福祉へのビジョンだった。

＊＊＊

コレラのまん延がようやく落ち着くと、私はナカラに戻った。それから間もなくして、家族の待つスウェーデンに旅立つ日が訪れた。ナカラの私たちの家から、国際電話はできなかった。中心部の電話局からも首都までにしか電話をかけられないのは、何とも不便なことだった。そのためわが家の悲しいニュースが私の耳に入ったのは、マプートに到着してからだった。娘は先天性の発育異常で生まれて数時間で亡くなってしまっていた。アグネータは緊急帝王切開の後の合併症で瀕死の状態に陥り、入院を余儀なくされた。

私は翌日スウェーデンに飛行機で向かう途中、パリの空港で電話でアグネータと話せた。同じ日に、ウプサラの病院で私は彼女の隣にいた。心を引きちぎられるような悲劇と強烈な悲嘆の感情の最中、病室全体の景色は何と美しいことだろうと感銘を受けていたのが、今でも頭に焼き付いている。それにサビ一つない鉄のベッドの輝きやひび一つない床も。シーツに穴もつぎあてもなく、異臭を放つようなものも、病室にはなかった。私がアグネータを抱きしめ、キスし、泣いた時に心に生じた次の感情は、彼女が無事でよかった、という思いだった。確かに、私たちの娘は亡くなってしまった。だがアグネータは生きていた。出産したのがモザンビークで、そこであの合併症が起きていたなら、アグネータも一緒に亡くなっていたことだろう。私たちには十分な旅費があり、世界一の医療を受ける権利を得られる正規パスポートを生まれながらにして手にしているのだ。

翌日アグネータは服に着替え、病院の裏にある遺体安置所に車を走らせた。そこで私たちは亡くなった娘と一時間、一緒に過ごさなくてはならなかった。火葬した後、町の郊外にある一族の墓に、彼女を埋葬した。埋葬の時、アグネータと私は二人っきりだった。それまでで一番互いを近くに感じた。病院で私たちは、モザンビークの現実と自分たちは無縁と感じていた。しかし娘の墓前で、幼い子どもを亡くした数知れぬモザンビークの親たちの悲しみが、わが子を亡くした悲しみと重なった。

モザンビーク北部の過酷な現実の中で生きていた期間に、娘の死やアグネータの命に関わる出産を経験したことは私たちの世界の見方に影響を及ぼした。痛みに満ちた体験から、私たちは二つの幻想から解き放たれた。一つ目の幻想は、世界一の医療を受けられるのは、人間の権利であるというものだった。

その理想は高尚ではあるが、現代医療の利用状況が実にまちまちであることを理解しようとする時、今の現実とかけ離れている。基礎医療を受けられることは、世界中のあらゆる人たちの権利であるべきだ。今の私たちの開発目標とはまるで違って、最良の医療を得られるのは、実に長きにわたり、特権階級に限られていた。

世にはびこる二つ目の幻想は、貧しい国の両親が、豊かな国の両親ほど、子どもの死を悲しく思わないというものだ。ナカラでの出来事はどれもそれらが誤りであると証明してくれた。赤ん坊や老人が亡くなった時、私たちが目の当たりにしたのは、まさに深い悲しみだった。自分たちと状況が全く異なるものの、同じだけ深い悲しみに暮れていた彼ら両親にシンパシーを覚えたのは、あれが初めてだった。やがて私たちの悲しみは彼らの悲しみと同じように薄らいではいった――私たちの二人の子どもたちが、悲しみから私たちを救い出してくれた。人生は続いていくのだ。

ナカラに再び戻った時、身の回りの人たちから得られる支援の違いを書き出してみた。スウェーデンでは、身近な若い夫婦が子どもを亡くすという状況に慣れていないため、私たちに寄り添い、慰めることができなかった。一方、モザンビークでは、近所の人たちや仕事仲間の大半は、家族を失うことを自ら体験していた。彼らには悲しんでいる人たちを支える伝統的な方法があり、それがうまく機能していた。私たちはナカラに仕事に戻ると、大いなる同情と感謝をもって迎えられた。統計は文化を繙く。子どもが亡くなることが今では滅多にないスウェーデンの人たちは、非日常的な悲劇に悶える人たちを慰められなくなってしまっていた。人生において子どもの死が普通に訪れる社会で、人々は互いに慰め合う術を身に付けないと、辛くて生きられない。

悲しみの中で身悶えしていた最中も、私たちのモザンビークでの生活と仕事は続いた。私は仕事の負担を減らそうとしたが、思い通りにはいかなかった。八月に管轄地域が新たな伝染病に見舞われ、当時、原因不明だったその病が、私を地方医師から研究者へと変えたのだ。

第四章　医師から研究者へ

「ナカラのお医者様へ。至急、来てください。ここ数日、私たちのところに足の麻痺した子どもと女性が三〇人も詰めかけてきているのです。ポリオでしょうか？　シスター・ルチア、カーヴァ医療センター」

古い映画のチケットの裏面に書かれた、これらの言葉を受け取ったのは、一九八一年八月の朝のことだった。シスター・ルチアはカーヴァの町の一番外れにある医療センター内のカトリック小使節団で働いていた。それまでの私は、モザンビークでの仕事は現在の医療知識の中で最も基礎的な事柄を実行する必要性しか感じてこなかった。シスター・ルチアの言葉はこれを変える可能性を秘めていた。

彼女は、カーヴァの町で安住の地を見つけ、二〇年以上もの間、愛されてきたイタリア人看護師かつこの町三人目の修道女だった。シスター・ルチアは町中の女性のあこがれで、男性からも崇められていた。彼女は二五〇ccのバイクを乗りこなすことでも有名で、彼女から助けを求められたことはそれまで一度だってなかった。そのため私は、これはただごとではないと思った。

私たちは翌日、職員と医学書と機器をジープ一杯に詰め込んで、砂の舞う道を進んだ末、日没後のカーヴァに到着した。シスター・ルチアが出てきて、よく来てくれたと迎え入れてくれた。私はモザンビーク人の職員が、「ママ・ルチア」と呼んでいるのにすぐに気が付いた。

私はすぐにどうにかしなくては、と思ったが、ママ・ルチアが今は寝る時間だから、患者には会えないと言った。

彼女は私たちに簡素だけれど清潔なゲストルームを提供してくれた。私のあてがわれた部屋の窓は医療センターの方に向いていて、外では月明かりの下、体が麻痺した女性や子どもが見えた。たくさんの人たちがベランダの床に藁を敷いて寝ていた。その夜、私は数百人の、体の麻痺した人の夢を見た。

ドアのノックの音で私は起こされた。朝食と祈りの時間だ。八時きっかりにママ・ルチアが今から患者を診る時間だと言った。

皆の話は一致していた。突然、両足が麻痺したのだと。痛みも熱も、ほかの症状もない。ここ数週間で皆が病気になった。子どもに限っては、大半はこの一週間で発症していた。彼らの足や脚を私が動かしてやると、感覚はあるにはあるようだった。支えられれば立てる人もいたが、それでも痙攣性の麻痺は起きていた。これは絶対にポリオではなかった。では何の病気だろう？　私の神経学の分厚い本に書かれた病気と一致する症状は見られなかった。

診察を続ける中、複数の患者が近くの町からやって来るのが見えた。私の中で、何かがおかしいという感情が膨らんでいき、ぱっとひらめいた――ウイルス感染だ。感染するかもしれない。様々な考えが次々、浮かんだ。それらは波のように次第に激しく打ち寄せてきた。

恐怖が膨らんでいく。私にも感染するのでは？　いや、もうすでに感染していやしないか？　恐怖が思考回路をとらえ、他のすべてのものを押しやった。患者の反射を調べたが、集中できず、カルテを書く時にも、何を書いたらいいか思い出せず、診察をまたやり直す羽目になった。

午前の間に疑問が膨らんでいった。どうして私はここに座っていなくてはならないんだろう？　これは私の手に負えない病だ。全く別の設備が必要だ。私よりうまく対処できる人がいるに違いない。飛行機で駆けつけてくれる人はいやしないか？　これは新種の疫病だろうか？

確か南アフリカのUボートが、カーヴァの海にやって来ていたはずだ。どこかのアパルトヘイトの国がやけになって、生物兵器で攻撃を仕掛けてきたのだろうか？　私は患者の診察を続けたが、麻痺するか、最悪死ぬのではないかという恐怖が心に膨れ上がっていった。

「逃げろ！　その目で何を見たのか報告し、危険かもしれないが、ほかの専門家に調べてもらえ」

頭の中で止まない激しい葛藤。

「今は辛かろうが、情報をかき集めるのが、私の職業上の責務だ。疫病を食い止められるかどうかは、お前の今日の働き次第だ」

「私はあくまで診療所で働くためにやって来た外国人医師であって、感染力の高い得体の知れない危険な病気にさらされるなんて、約束と違うぞ。申し訳ないが私は人道支援に来ているんじゃない。この地域全般の医療機関で地域の医師として働く契約しか結んでいない」

私は恐怖を制御しようと格闘していた。恐怖を表には出さなかったが。私はひたすらそれを押し込めた。メロドラマが私の頭の中で繰り広げられる中、ママ・ルチアが私をランチに招いてくれた。

「昼飯を食べる暇などないよ」と私は無礼にも答えた。

ところが彼女は有無を言わさなかった。私の前で背すじをぴんと伸ばすと、両手を腰に当てた。

「いいえ。時間がないとは言わせませんよ。何が起きようと、ここカーヴァでは一二時には昼食を食べるように言われるものです。さもないと、二〇年もここではやっていけませんでした。あなたはモザンビークに来て何年ですか?」とママ・ルチアは動じず言った。

「あと少しで二年になります」と私は言いよどんだ。

「じゃあ、あなたは新入りってことね。私の言う通りになさい」

彼女の言葉は私を従順にさせた。彼女は常に真面目くさった顔をしていた。仕事中は決して笑わないし、疲れを見せることも決してなかった。上司はママ・ルチアの方だった。何をする必要があるのを私は言うが、どうするか決めるのは彼女だった。私は白衣を脱ぐと、指示通り手を洗った。シンクには常に清潔なタオルがあり、掃除された石鹸置きには石鹸が、ママ・ルチアが水を注いだカラフ［ガラス、または金属製の水差し］があった。彼女は周りを整然とさせることで、貧困をはねのけた。

私は一二時に三人の修道女とランチの席についた。ママ・ルチアの祈りに耳を傾けることで私の心は穏やかになった。祈りの中で彼女は私が来たことに感謝していた。私は神のご加護は感じなかったが、三人の修道女の平穏な様子を目にした時、尊敬の念に打ちのめされた、その平穏さは私にまで波及した。ママ・ルチアのところで初めて昼食を食べた時、私は休憩をとる意味が分かった。瞑想の時間を一定時間、できれば散歩の時間も持つことは重要だ。

モザンビークにいる間、私の体重は減った。気が休まることは決してなかった。ところがママ・ルチアの心はいつも安定していた。彼女は自分というものを持っている人で、意志が固く、一度した選択に迷いはなさそうだった。彼女は自らの人生の選択に満足していた。

彼女やほかの修道女はカーヴァ周辺の全世代の人たちに教育と医療を提供していた。修道女らは長い

ママ・ルチア

独立戦争の間もこの地に留まり、独立後の苦境も肌身で感じていた。現地語のマクア語が流暢なママ・ルチアが、二一年間でイタリアに里帰りにしたのは一度きり。恐ろしい疫病がまん延する中、修道女たちは非常に厳然としたやり方で、荘厳さと忍耐をもって働き続けた。彼女たちは体が麻痺した人たちも使えるような歩道なども建造していた。

ママ・ルチアが静寂の中、祈りを捧げている間、私の責任感は恐怖を上回った。自分は何者なのだろう、と私は考えた。突然訪れ、騒ぎ立てた二時間後には、尻尾を巻いて逃げ去ろうとしているエビデンスを尊ぶ無神論者か？　彼女らが持ち前の忍耐力で、二〇年耐えられるのであれば、私は少なくとも二日ぐらいは勇気を奮い立たせようじゃないか。私自身の助けたいという意志は、彼女の献身の陰で、縮こまってしまっていた。私はナカラに骨を埋めるつもりはないと、自分でも分かっていた。だが私は、重要な任務を果たすために必要なリスクを冒すこととそが、真の勇敢さだと気付いたのだ。彼女の祈りに耳を傾けながら、研究に対する私の頭でっかちな考えは柔軟に変わった。彼女が「アーメン」と言った瞬間、私はこの恐ろしい病の原因が分かるまで、研究者でいようと心に決めた。

祈りの後、私たちは昼食を食べ、修道女たちの人生の話に耳を傾けた。私は神を信じるようにはならなかったものの、これらの聡明で、たくましい女性たちが世界中で行っているという信じられないような社会活動に敬意を抱いた。そして、その敬意を生涯、失うことはないだろう。

ママ・ルチアは看過できない性差による権力構造から、巧妙な手法で抜け出した。この社会で、若い女性たちは人生のどんな選択肢を持てるのだろう？　修道女になることは、好きでもない相手と結婚するのに比べれば、悪い選択ではなさそうだった。ママ・ルチアは自らの人生をアフリカに捧げたのだ。彼女は若い頃、モザンビークで看護師教育を受け、この地に留まった。

責任を引き受ける以外に、できることはなかった。私は自分の恐怖が正当なものと分かっていたが、それに耐えるしかなかった。たとえ危険であっても、真に理にかなったことをするのを勇敢さという。

それから二日間、患者らが修道女たちの処置室にやって来た。大半が自らの足で来たのではなく、担ぎ込まれたのだ。週ごとの患者数の変遷を調査すると、再び恐怖を感じた。患者数は一週間で倍増していた。とはいえ、生物兵器以外にも可能性はあった。一九八一年、激しい干ばつに見舞われた。飢饉が広がり、人々が野草で飢えをしのぎはじめた。栄養不足と雑草の中毒効果が合わさって起きたものなのだろうか？

松葉杖で

私はナカラに戻った。そこで私とアグネータは大急ぎで二つの決断を下した。私は周辺の多くの町で次第に報告されてきていた疫病を調査する必要に迫られていた。しかし、私の妻と子どもをこの危険なウイルスに晒すわけにはいかない。そのため今すぐにでも州都ナンプラの友人宅に身を寄せる必要があった。私はこのことに深い満足感を覚えた。彼らが家に残ったとしたら、私は不安に耐えられそうもなかった。仕事も手につかなくなるだろう。アグネータが、楽しいことが待っているよと子どもたちに説明し、少なくとも一カ月はこの家を離れるため、車に荷物を積み、子どもたちにお気に入りのおもちゃを持っていかせ、またね、私にと手を振った。彼女の動じなさに私は感銘を受けると同時に、ほっとしていた。目の前の角を車が曲がって見えなくなると、子どもたちへの感染の不安は消えた。新たな病の発症について研究するのは、シンプルなことだった。短期間の検査で患者が病に冒されているかいないか、十分特定できるよう症状を定義する。私たちの定義は単純だった。突然両足に痙攣性の麻痺が生じ、膝下や踵の腱を叩くと、足が飛び上がる。脚の感覚が正常で、ほかに脊髄の結核など神経疾患の兆候は全く見られない。次のステップは世界一の貧しい地域で直近の数週間、五〇万人（近隣二区域を含む）を調べることだった。

そう難しいことではなかった。私たちは総勢二五人の村長を見つけ、前回の降雨以降、歩行困難にな った四、五〇〇世帯を調べた。その後、証明困難な事項にぶち当たった。それは、歩行困難の人のうち、誰が私たちからの診断を受けたのかだった。私たちは現地語を話せる最も優秀な現地看護師に神経学的な検査の仕方を教えた。看護師らは簡単な書式に結果を書き込み、私たち医師の誰か一人とそれぞれの結果を毎晩、検証した。病院の事務所にある私たちの小さな〝戦争部屋〟の壁に貼られた地図に、流行曲線が形を成しはじめていた。最大の難関は、年齢や暦とは無縁の生活を送る人たちから、病気がどの日に発症したか特定することだった。ところが看護師は現地の口承上の暦を使うことでこの問題を切り抜けた。

ほかに頭の痛い問題は、看護師がそれぞれの地域に行くのに必要なオートバイと燃料をどう手に入れるかだった。私たちの区域は助けを必要としていた。

そこで私たちは二台の車と一〇台のバイク、二人の医師と一〇人の看護師と神経学と有毒植物の専門家を求め、北部の町に向かった。麻痺の発症について調べている間に、医師二人と現地語が話せる看護師で成る遠征チームを編成できるようにと、医療センターを切り盛りできる臨時職員を用意してくれないかと要請した。保健省のジュリー・クリフは地方の医療責任者に私たちの要請を提出し、保健省とジュネーブのＷＨＯに知らせるため、夜に車で出ていった。アンダッシュ・モリーンと私と職員は置いていかれた。必要な支援が時間内に来るとは期待できなかった。

＊＊＊

オフィスで一人きりで迎えた朝。私の部屋には、生物戦の緊急検査司令センターらしさはどこにもなかった。

格子付きの窓の外を見ると、砂埃の舞う道を人々が行き交っていた。大半は女性で、子どもを連れ、受付の前で行列を作っていた。事務所には茶色のコルク・マットと灰色の小さな金属製の机があった。私はその机を使うには背が高すぎて、背中を丸めなくてはならなかった。

ナカラの小さな病院は、区域の健康局の建物の隣にあった。健康局と言っても、実際のところはヴィクトールと事務員と私の三人しかいなかった。ヴィクトールは植民地時代、タイピストをしていたが、その後、局長にまで昇進した。

この日の朝、ヴィクトールと事務員にアンケートを作らせた。数百の調査結果が必要だった。ヴィクトールは複写用のカーボン紙を三枚間に挟んで、一枚に書き入れれば、他三枚の紙に転写さるようにした。

恐ろしい麻痺の発症を調べる準備は、非常に事務的なものだった。疫病についての情報を常にアップデートできるよう、地図と時間軸を貼る壁が私たちには必要だった。私は壁の一つに大きなダンボールを貼った。

プロジェクト全般に大きな不安を抱えていた私には、一人で考えられる事務仕事は願ったり叶ったりだった。これでうまくいくのだろうか？　必要とするバイクを手に入れられるまでに、何日、いや、何週間かかるのだろう？

ヴィクトールは現在のところ、この区域には、バイクを売っているところはどこにもないと言っていた。医療責任者が唯一できたのは、ほかの区域からバイクを持ってきて、私たちにあてがうことだった。だが、そんなことをしたら、バイクの所有者はかんかんになるだろう。

同日の朝、私は町長に状況を説明した。彼は疫病について調べるという私の提案はとんでもないという意見だった。

「あなたのところの職員がこの町に戻ってきたら、恐ろしい病気も持って帰ってくることになりますよ。疫病が流行っている町との接触は避け、疫病の収束を待つのがよいでしょう」

ヴィクトールは疫病の噂はすでに広まっており、人々は恐怖しはじめていると言った。彼は暴力を行使し、疫病に見舞われた農業地帯を孤立させようとする町長を説得した。町長は住民の健康よりも自身の政治家としてのキャリアの方が大事なようだった。

私は壁にダンボールを貼りながら、どんどんストレスが溜まってきた。歴史の浅いモザンビーク共和国には、私たちが至急必要としていたバイクを与えてくれるだけの聡明さを備えた強いリーダーは、どうやらいないようだ。

ところがそれからものの一分で、その考えが誤りであることが証明された。

うなるような車のブレーキの音で、私は思わず窓の外を見た。砂埃が落ちてきたその時、病院の事務所の前に、荷台にバイクが一杯積まれたナカラ警察のトラックが見えた。警察官が二人、トラックから飛び降り、バイクを降ろしはじめた。私は信じられない気持ちでいた。壊れたバイクを新しくしてもらえるまでには、いつも何カ月も待たされた。でも公的医療制度の白塗りバイクは、一台も見当たらなかった。地方警察はあらゆる種類の古いバイクを、荷台から降ろした。私は外に出て、こんな短時間でどうやってバイクをたくさん用意できたのかと質問した。若い警官は、さあ、と肩をすくめ、言った。

「あなたのために至急バイクを用意しろと町長から命じられたのです。バイクが一〇台、必要なんですよね？」

「ええ。ですが、どこから調達したのですか？」

「そうですね。唯一確保できたのは、路上で入手できるバイクでした。すでに確保済みです。このバイクは国の管理下にあります。これは町長からの命令であって、私たちに選択肢はありません」

警察官はバイクを降ろしながら言った。

私は彼らがカラシニコフ銃を背負っていることに気が付いた。

ヴィクトールと私はどうするべきか話し合った。ナカラ出身のヴィクトールは、バイクを見れば持ち主が誰か分かった。しかし私たちは遅かれ早かれ持ち主から後を追われることになるのだろうと理解した。

その時、悲痛な叫び声が響き渡った。声の主は、病院に向かって道を駆けてくる集団だった。男はパトカーの向こう側で足を止めた。警察が差し押さえて、今さっき私に渡してきたバイクの持ち主たちのようだった。権威主義的な体制は効率こそよいかもしれないが、指導者の強硬姿勢は、現場にあつれきを生じさせる。

私はバイクと男たちの間に立っていた。

「今日中に返すから」

私はなだめるために言った。

流暢なポルトガル語を話すその男性らの一人が、私に説明をさせてくれませんか、と礼儀正しく尋ねると、町に仕事に向かう途中、警察から銃口を向けられ制止された時のことを話した。警察は男のバイクを奪い、トラックの荷台に積んだ。何をするんですか、と尋ねると、警察はお医者様がバイクを必要としているのだ、文句があるならそのお医者様に言えと言われたのだそうだ。

バイクは男性らの収入源だった。バイクは彼らのすべて。全財産だった。バイクを奪われたら、大変だ。ナカラにバイクはおよそ四〇台あった。

そのうち四分の一に私たちはグローブをはめた。

「あなたたちは私の話を聞き、私の言う通りにしなくてはならない。あなた方はここに疫病が広がっているってことは、ご存知なのですか?」と私は男性たちに言った。

彼らは知っているそうだった。

「私は責任者です。そういうわけで今は責任者としてバイクが必要なんです。私は警察があなた方からバイクを奪ったとは知らなかったんです。いったんあなた方にバイクを戻しますが、明日には戻ってこなくてはなりません。その後、あなた方は私たちの看護師を村に乗せていくのです。あなた方が自分のバイクを運転し、看護師がその後ろに乗るんです」

彼らが一番恐れていたのは、バイクから離れることだった。離れなくてもいいと理解した時に、次の交渉がはじまった。

「でも仕事はどうしたら?」

私は彼らが賃金を失うことなく、その日の仕事を免除され、自分で自分のバイクに乗れると約束した。

「でもガソリンが減りますよね?」

「減った分は返しますよ」

私の譲れない点は、疫病を調べるためにバイクを使わなくてはならないということだった。彼らの譲れない点は二つ。彼ら以外にバイクを使わせないこと、バイクは夜中、彼ら持ち主の手元に置くという点だった。

私はバイクの持ち主とどこかで手を打たなくてはならなかった。二時間で以下のような合意が結ばれた。これから数週間に、バイクの持ち主は毎朝、病院の事務所に来て、後ろに看護師を乗せて遠い町に行けるようスタンバイしていなくてはならない。私は彼らの上司に、賃金をいつも通り、支給するよう説得しなくてはならず、保健省は保健省で〝ご褒美〟に一週間につき一リットルのバイク用のガソリンを支給しなくてはならなかったわけだ。モザンビークの計画経済では、バイク用のガソリンは、貨幣同然だった。計画された資源分配では、ちゃんと走る乗り物が必要な数あることは決してないので、医療機関は使い切れないぐらいたくさん、ガソリンを手に入れることができた。

その日のうちに、大学を卒業したての看護師と医師二人が一緒にミニバスで到着し、翌日、地域の保健省がさらにもうひとつ車を送り込んできた。新種の病気による深刻な疫病がまん延したことで、社会は恐怖に包まれたと言っても大げさすぎることはないだろう。私たちは状況を探り、必要な資源を得るために、一九八一年八月の数日間、その恐怖を利用したのだ。私たちは外部からお金は一ドルたりとももらわなかったし、専門家の手も一切借りなかった。権力を利用して、私たちに必要とするものを与えるため手を回してくれたのが保健省大臣のパスコール・モコンビ医師だということが程なく判明した。

町長らが歩行困難な人たち全員、一箇所に留まらせ、看護師が調べ、医師が確認をした。ダンボールの張られた事務所の壁中、データだらけになってきた。調査がはじまった。

新しい発見がある度、私たちはそれらを書き入れた。バイクで戻ってきた看護師が、オフィスに来ると、壁に貼られたグラフと地図に記録した。六週間後には五〇万人の調査が済み、麻痺疾患が全部で一〇〇二件、確認された。壁のダンボール紙から、時間と場所について二つのはっきりとしたパターンが読み取れた。各人の発症日を細々と特定することで、流行曲線が八月の終わりに頂点にそろって、九月に下降、一〇月にはほぼ新たな発症は見られないことが明らかになった。

発症地は、海岸から約7～30キロメートルの内陸の農業区画に集中していた。ナカラやほかの半分都市化された地方の中心的な町では、発症例は全く見られなかった。感染が見られた地域は、乾燥した海岸沿いの漁業地帯と雨の多い肥沃な丘に囲まれた狭い盆地だった。今回の疫病がまん延したのは、普段から雨があまり降らないものの、今年は特にとうもろこしやピーナッツやえんどう豆が干からびる程の干ばつに見舞われた地域に限られていた。

収穫をもたらすことで住民らを飢餓から救った唯一の作物は、南アフリカの大半の地域で主食とされているキャッサバだった。入手したデータから、発症の時間と場所の一定のパターンが見られたのに加え、疫病が発症した人々は、性別、年齢によりいくつかのグループに大別できた。疫病にかかった人の大半は子どもだったが、二歳以下の子は一人もいなかった。また発症した大人の大半は、女性だった。

しかし数字を集め、まとめる作業は、疫病調査の半分に過ぎない。一番緊急の課題は、病気が感染性かそうでないかを特定することだった。私たちはナカラにおける唯一の感染例を見つけようと躍起になった。私は証言を集めるために、一般人になりすました職員を郊外に送り込んだが、症例は一例も見当たらなかった。ものの三週間でその病気が人から人へは感染しないという結論に至った。なぜならば感染地域の人の大部分は、都市部にいる親族を訪れていたし、都市部の人も六〜八月中に感染地域に足を踏み入れていたからだ。私の確信は次第に強まっていった。

ある晩、私は事務所の鉄の机の前に座っていた。バイクの旅から最後に戻ってきた看護師が報告書を提出してくれ、私はそのデータを壁のダンボールの地図に書き入れた。私たちは町の医療センターを調査したが、症例は見つからなかった。私はダンボールの地図を見つめ、考えた。

「もういい、ハンス。探すのはやめるんだ。結論は出ているだろう。目の前のデータを見れば、その病気が人から人へと広がらないことは明らかだ。答えはあんたの目の前にあるじゃないか」

病気が干ばつと関係しているのは明白だった。そう感じると、心が軽くなった。一番ありえるのは、感染地域の人たち特有の栄養失調と毒素の二つがあわさって麻痺が引き起こされたという線だ。

これは私個人にとっては、非常に重要な結論だった。自分が麻痺することはないと分かったのだから。

その晩、私は引き続き地図の前に座り、アグネータに手紙をしたためた。彼女には基礎知識が十分にあったので、私は自分が結論をどう導いたのかを説明した。確信し切っていた。私は何かについてきちんと熟慮し、一度答えに行き着いた後は、決して揺らぐことはなかった。今ならアグネータと子どもがそろっても感染のリスクを冒すことなく家に戻れる。そうして戻ってきた家族と私は再会の長い抱擁を交わした。

私たちはともに眠り、ともに食べた。私の体に、決断に対する疑念はいささかもなかった。再び家族と暮らせ、アグネータと議論できるようになったことで、調査は格段にスムーズに進んだ。

＊＊＊

病が人から人へは広まらないという決断を下しはしても、麻痺の原因は相変わらず不明なままだった。それは探偵の仕事だった。私はすっかりのめりこんだ。これは私の任務であり、他には何もせず、平坦な日々が続いた。システマチックで、単調で、とんでもなく素晴らしい日々が。目まぐるしい日々というわけではなく、考える時間はあった。壁の地図に書き入れる絵が、次第にはっきりしていくのを見ていると、胸がわくわくした。

原因として最も考えられるのは、干ばつだった。病気の発症と干ばつは、時間と場所、両方の面で一致していた。集計作業に加えて、村に行き、人々が何を食べ、今年と前年でどう違ってきているのかを調べる必要性が生じてきた。彼らの主食は、キャッサバの苦味のある種類の根だった。その苦味は、ビター・アーモンドと全く同じ天然成分の多く含まれるシアン化合物に由来していた。粉をひいたり、粘り気のあるおかゆとして食べたりする前に、数週間ゆっくりと根を天日干しにすることで、毒は通常、消滅する。解毒の工程に関する女性たちの文殊の知恵は、畑を猿や野豚、空腹の人間という主たる三種類の泥棒たちから守る見えない砦となった。

ところが私はすぐに、食習慣についてアンケートに書くよう頼むことのメリットに気が付いた。えせ人類学者となった私の研究を、アグネータが手伝ってくれた。家族数人からの信頼を勝ち得、敬意に満ちた親切な通訳と数日間過ごすのは、理解への最短の近道だった。私たちはどちらも、同じ話を何度も耳にした。

「私たちはこれらの根っこが苦いと知っている。干ばつにより、さらに苦みが増した」

「私たちは雨でキャッサバが大きくなるよう、できるだけ長く畑に置いておいた」

「夫は仕事と食べものを見つけに、町に出たが、食べものに恵まれない日は続いた」

「私は小さなキャッサバを引き抜き、根っこを細かく刻んだり、半日、天日干しにしたり、根っこをつぶしたりすることで、毒を手っ取り早く取り除こうとした。またある日には、子どものために粉をひき、ちょっとしたおかゆをつくってあげられた」

これらの会話によって、数千もの医学的研究をもってしても患者から聞き出せなかった事実が明らかになった。これらの事実は、病院で何十年も働いてきた私も決して知ることのできなかった村の現実を示していた。必要な説明づけができるような信頼を私たちが築いたのは、女性たちとだった。大切なのは、関連性のある問いに行き着くことだ。

「家に食べものもお金もなく、育てる作物もなかったらどうします?」

「農作業の手が足りていないと分かっている家族のところに行きます。私は木陰に腰掛け、地面を見つめなくてはなりませんでした。その様子を見て私の心情を察した一家は、私のところにやって来て、キャッサバの根っこを掘り起こすのを手伝ってくれないかと尋ねてくれました」

女性らのひとりが、それは社会保障制度として地元文化に根付いている伝統だと説明した。彼女は農地の一部に案内され、そこでキャッサバをすべて収穫しなくてはならなかった。その後、彼女は家の前にすべて運んだ根っこの長さを測り、両端を切らなくてはならなかった。残った真ん中の部分は半分に切り、並べて天日干しにする。

彼女は慣習的に根っこの両端を賃金代わりにもらえた。しかし端っこどころか、根の大半を持っていくようなら、彼女は「根っこ泥棒」と呼ばれるべきだ。

「絶対にダメ。そんなニックネーム、恥ずかしい。今年の問題は、私が収穫できるほどキャッサバが十分ある家族が、ほとんどいない点です」

この食べものの入手を確実にしていた数世紀続く制度がどう崩壊していったかについて、女性の話に耳を傾けながら、私はこの疫病の背景にほかに何かがあるのではないかとにらみはじめていた。一に観察、二に観察なくして何かを理解しようとするのは、思考とは言えない。バイクの運転手らが、意外なことに、日々の業務を喜んでいないことに私は気が付いた。ある日事務所の窓の向こうに、彼らがバイクの後部座席に袋を積み、干ばつ地域から戻ってくるのが見えた。袋の中身は何か尋ねてみたが、はぐらかされた。しかし看護師を通し、それが天日干しされたキャッサバだと知らされた。

「何だって？　あなた方がいた土地は深刻な食料不足に陥っていたんだよね。だが運転手はそれらの町で食べものを買ってきたと言う。そんなことが、どうして可能なんだい？」

私は叫んだ。

これはもちろん微妙な問題だった。看護師がバイクの運転手に助け舟を出して言った。

「大金をはたいたんだよ。ここ数カ月の干ばつで、町のキャッサバの粉の値段がどれほど高騰しているか、想像がつかないだろう」

事態を悪化させていたのは、中央計画経済だった。社会主義政府は私企業が食料を売買するのを禁じたが、それにより食糧需給を賄えなくなった。キャッサバを飲み込んでしまっている闇市の存在が見え隠れしていた。

私たちは家族がご近所さんたちを助ける代わりに、キャッサバを闇市に売ったかどうかを突き止めるために、麻痺が深刻な通りのある町に赴いた。

闇市で売るのは禁止されていたので、それは問題だったが、何家族かと一日を過ごし、農地にいて、彼らの問いに耳を傾けることで、私たちはよい関係を築けた。しかし私がキャッサバをどこに売ったか話題にしようとする度、彼らにのらりくらりとかわされた。私たちはもう行かなくてはならなかった。私たちが車の方に歩いていく中、農家の男は私の手をとり、脇に引っ張った。今までにも最も重要な情報は私が立ち去ろうとした時——時には別れのハグをしている最中に——手に入ることが何度もあった。

男は私の目を見て言った。

「私たちには先生が何を知りたがっているのか分かります。ですが、これ以上は話せません。私たちがキャッサバを売ったか、売ってないかは、決して明かせない家族の秘密なんです」

これは信頼に値する話だ。売ったと認めたようなものだった。しかし二つの理由から、そう明言することはなさそうだった。まず、マルクス主義政府の方針に反していること、さらに最悪なことに地元文化に逆行していること。

私は食べものや生存のために闘ってきた人々との会話から、自分に知ることができる限界を学んできた。ようやく雨期が訪れ、新たな麻痺の症状は現れなくなっていた。私たちは自分たちの仮の判断を慎重に書き留めた。神経の損傷は恐らく栄養失調と天然毒素の高摂取からくるものだろう。背景にあるのは、干ばつと恐らく代替食料の供給のタイミングの悪さだろう。

私たちは五ページのレポートを保健省の大臣に提出した。彼はレポートについて質疑し、理解しようとしてくれた上、私たちの献身に感謝し、彼のモザンビークについての本数冊にサインを入れてくれた。疫病との闘いは、どこか危うかった。表向きのドラマチックな動きばかり称賛されて、大勢の命を救う動きや、社会をいかによりよく営み、築くかに関わる動きは骨は折れはしても、滅多に注目されない。疫病は私を町へと誘い、さらにそれぞれの家へ、また人々の下へも導いた。私は彼らを通じ、人々の生活状況を理解し、この目で腐敗した制度を目にすることができたのだ。その枠組みを――社会を極端な貧困から救い出すために機能するすべてを、より理解することが、後に私を研究へと駆り立てる原動力となった。

これは私たちのナカラでの契約が切れた後で起こったことだった。二年間、その仕事に取り組んできて、その時にはちょうど二年が経過したところだった。歯を食いしばり、ミッションを最後までやり切った。

でも今の私は疲弊しきっていた。それに家族も。私たちは壁にぶち当たるのでなく、壁を打ち破ったのだ。私は癌を克服し、子どもを亡くし、疫病と闘い、一国の発展にどれだけ長い年月を要するのか、またそれがどれだけ困難なのかや、疫病について、重厚で理知的な知識を得てきた。疫病の後、様々な疑問が再び湧いてきたにも拘わらず、この時点で私は祖国に戻り、その先の二〇年間、この研究を続けるとは想像もしていなかった。私たちの頭にあったのは、家に戻り、休むことだけだった。

当初の予定通り、一九八一年一〇月に任務を終えた。疲弊してはいたが、心は健やかで、一家団結していた。だがあと一週間、留まるよう命じられていたら、私は泣き出していたことだろう。

スウェーデンに戻る前、子どもたちと短い休暇をとると約束していた。しかし私たちはモザンビークで休暇をとれる状況ではないと気づき、経由地であるジュネーブで休暇をとった。

ジュネーブに降り立ち、そこで車をレンタルした。こんなに清潔でよく走る車に乗るのは妙な感じがした。子どもたちは後部座席に乗った。アグネータが助手席に座り、二人で見つめ合った。キーを回すと、スピーカーから突然、大音量でクラシック音楽が流れ出した。驚きが、これまでとは全く別の世界にいるのだという気付きをもたらした。アグネータと私はしばらく座って、互いをただ見つめていた。

後部座席には、血液を入れたクーラー・ボックスを乗せていた。クーラー・ボックスの中にはドライ・アイスが入っていて冷たかったが、ドライ・アイスがやがて溶けてなくなったら、また冷凍庫に戻す必要があった。そのためWHOの毒性部の部長に急いで届けなくてはならなかった。WHOの地下の冷凍庫にサンプルと一緒に責任も置いてきて、私の肩の荷はすっかり下りた。立派な建物にやって来た私たち一家は満足感を覚えた。

ここから何をするべきだろう？　私たちは自由だった。子どもたちを見てはっとした。何ともひどい身なりだ。ジュネーブの人たちは皆、小綺麗だった。一方、うちの子たちは一応、それでも一張羅だったのだが、蚤の市から直接やって来たかのように見えた。スウェーデンから着てきたストライプのセーターから、モザンビークで手に入れたジャケットに至るまで、どれもだった。私たちはデパートに行き、子ども服を買った。

その日の晩、子どもたちはアーランダ空港で両家の祖父母に会った時に渡す、プレゼントのリクエストリストを書いた。

＊＊＊

スウェーデンの自宅に戻れたのは、素晴らしいことだった。ウプサラで家族や友人らと過ごした後、フディクスバルに戻った。かくして私たちは、三階の三部屋のアパートに舞い戻ったのだ。一つの部屋に所持品はまとめ、残りの部屋は賃貸に出していた。二時間かけて、すべて整理し、寝床に入った。

「学校、すっごくきれいだったよ」アンナとオーラはスウェーデンでの初登校の後、言った。「お昼ご飯、めちゃくちゃ美味しかった」

彼らは元の環境にあっという間に適応できた。子どもたちは帰り道が分かるか心配していた。私たちは学校用のかばんを買ってやった。家族全員、歯医者に行った。アグネータは産科の、私は内科の仕事に戻った。どちらも部屋がきれいで驚いた。ぼろぼろの小さな青いサーブに新しい冬用タイヤを装着させた。クリスマス・カードに使う家族写真の撮影を予約した。私たちはスウェーデンの家庭生活に舞い戻った。

ところが翌週になると、モザンビークに残してきた任務を思い出した。アグネータはマザー・ケアと家族計画のマニュアルを執筆、編集する約束をしていた。マニュアルを完成させ、マプートに船で送った。私はマプートから手紙を受け取った。その手紙には、ジュネーブに私が残してきたサンプルの分析がまだひとつもされていないと書かれていた。同じくスウェーデンに帰国してきていた友人で同僚のアンダッシュ・モリーンは、次の乾季が訪れた際、疫病が広まりやしないかという不安を口にしていた。スウェーデンに再び適応するのは容易なことだったが、ナカラに私が置いてきた責任やそこでの経験を手放すことはできないと痛感させられた。私が目にした麻痺の症状は、実は医学の世界の新病だったのだろうか？

私の研究の続きは、歩行に大きな困難を抱えたある患者が、フディクスバルで私のところに診療に来た一九八二年の朝、再開した。彼女を見た私は言葉を失い、挨拶もろくにできなかった。彼女は杖をつき、脚を交差させ、一歩前に進む度、くるぶしが痙攣していた。数カ月前、モザンビークでの診察で私が見たのと全く同じ痙攣の動きだった。彼女は遺伝性の病気だと言っていた。その病気は大人になってから始まったもので、徐々に悪化していったそうだ。彼女は病気の進行を食い止める術がないか知りたがっていた。数年前、専門家のところに行ったが、何の治療も受けられなかったそうだ。

「私が助かるような新たな研究上の発見はされていないですか？」と彼女は尋ねた。

彼女のことを診察した後、私は治療法を探すと約束したが、それには数週間かかりそうだった。私は再診について、彼女に連絡をすることになった。

同じ日の午後、私は彼女とこのことについて話すために、医長ポントゥス・ヴィークルンのドアをノックした。彼女は自身の町について知り尽くしていたために、病気が遺伝するというのが、どの家族の話か分かっていた。医長は私を興味深そうに見つめていた。

「モザンビークで私が調べた麻痺の原因となるのと全く同じ形式の神経損傷だ。私はこの遺伝性の病気について行われた研究すべてに目を通そうと考えた。理解の助けとなる研究間に、何らかの繋がりがあるかもしれない」と私は言った。

私の聡明な上司は笑うと、あなたは研究者になるだろうとかねがね思っていた、その週にちょうどそのアイディアを出してくれてよかったと言った。ランスティングが医師向けに研究費を助成していて、彼は申請者が一人もいないことを恥じていた。そこで私は早速、モザンビークの麻痺の疫病とフディクスヴァルの遺伝性麻痺の関連性を調べるため、申請をし、助成金をもらうことにした。

このことで私のアイデンティティーが崩壊しかけた。研究者になるかまだ決めかねていた。

私がかつて手こずった研究には、何かしらの困難があった。専門用語は大仰で、形式にこだわりすぎていた。博士号をとり、教授への階段を上り、帽子とマント姿で舞台に立ち、中世の騎士のコスプレ・ゲームのように厳かでなくてはならなかった。私はこのような流儀は、バカバカしいと感じていた。しかし、ずいぶんしてから気付いたのだが、自分を負け犬としてつい見てしまっていたのだ。コネクションを築くには、学術の世界で大成することが重要だった。

私は二人の教授に助言を求めたが、彼らの意見は明白なものだった。これからの数カ月、その病気に関する文献を片っ端から当たれ。モザンビークで現地調査するための研究費も申請しろ。大学の職員になれるよう、ウプサラの病院で仕事を探せ。博士課程に願書を出せ。どう研究するのか、方法を学ぶべきだ。

私の博士課程での研究計画が認められた。さらに幸運なことに、その研究を専門にしていたボー・ソルボという背の高い男性が、指導教官になってくれた。先生は好奇心に突き動かされ、肩書きにこだわることなく、その人生の大半を、毒素の研究に費やしてきた。

学問というものを私に教えてくれたのはこの先生だった。

私はリンショーピンの彼の自宅の地下室のソファで、しょっちゅう寝入ってしまった。先生の奥さんは食事を作り、私のアフリカでの話を聞きたがった。夏にはオーランドの別荘を訪ね、一緒に釣りをしたり、論文を書いたりした。彼は昔ながらの指導をした。そして世界の大半の元素に名前をつけ、カロリンスカ研究所を創設したスウェーデンが誇る化学の父、イェンス・ヤコブ・ベルセリウスの話をするのが好きだった。ボーと私はベルセリウスが水浴びをしていたという小川を、車で遠回りして見に行ったものだ。

ボー・ソルボは私のキャリアにとってかかすことのできない人物になった。素晴らしい化学の知識を持つ彼は、さっぱりとした好人物で、サッカー・チーム、IFKヨーテボリのサポーターかつ、よき父でもあった。

博士論文を仕上げることに、当初私が表した懸念をボーが一蹴した。

「学術的な格式など気にせず、とにかく一度書き終え、先に進むんだ。この研究は何年もかかるものだ」と彼は言った。

ところがボーは速かった。モザンビークからのサンプルを彼のところに置いていった二日後、彼が興奮気味に電話をかけてきた。

「きみの言う通りだ！　提出された血液から、シアン化合物を生成する物質が検出された。きみはさらに助成金を申請して、戻って、追跡研究するべきだ！」

そこから二年間のうち、私はモザンビークで短期間を過ごした後、ボー・ソルボの研究所で化学研究を行い、大量の研究報告書を読み、自分自身の研究について論文を五本書いた。同時に一九八四年にマグネスが生まれるなど、家庭にも素晴らしい変化が起きていた。

私が再び育児休暇をとった後、ようやく一九八六年に申請していた博士論文の研究費が下りた。それは素晴らしいことだった。私が書き、問いを投げかけた事柄が少なくとも五、六人の教授の目に触れたということなのだから。

その結果は私たちが一九八一年に暫定的に出していた結論を裏付けるものだった。干ばつにより、キャッサバ以外の作物はすべて枯れ、キャッサバの収穫量は、例年に比べ減少した。食料不足により、人々がキャッサバを天日干しする時間は、いつもより短くなり、それゆえシアン化合物の一日ごとの摂取量が著しく増加したのだ。キャッサバ中心の食生活はまたたんぱく質が極端に不足しやすく、それによって有害な物質を無害にする身体の機能がさらに低下してしまう。私はその病気に説明的な名前をつけたが、その後、間もなく、それにはすでに名前がつけられていたことに気が付いた。私は同一と思われる病気がまん延していた三〇年代のコンゴで働いていたイタリア人医師の報告書に行き当たった。現地の人たちはその病気を、現地語で「縛られた足」を意味するコンゾと名付けた。

一九八六年の私を想像してみてほしい。医師試験に受かった上、博士号も得ていた、鼻っ柱の強い三児の若き父。私は病気の特徴を書き記すだけでなく、私の研究により、考えられる原因のうち、今回の病気の引き金になったのがなにかが特定されたのだと主張した。私は大学のほかの研究者が、私が期待していた程は感激していなかったことに少し驚いたのを覚えている。当時の自分は随分、面倒な奴だったろう。とにもかくにも、それまでしゃにむに働いてきたのが、今は家族と長い夏休みをとる時間を持てるようになった。

私たちは夏にストックホルム郊外の群島でサマーハウスを借りた。それは、家族で過ごす最高の夏になった。私たちには時間があった。アグネータは二年間に及ぶ医師の勉強を終えたところだった。癌の手術の後、八年間生き永らえてきた私が回復を実感しはじめたのを覚えている。私の専門職としての未来は、前途洋々に思えた。

ところが私が夏休みの後に大学に戻った日、自分が思い上がったただの若造だと気づかされ、ひどくショックを受けた。ある研究論文の結論の部分を読み、コンゾの研究をあと十五年続ける意志が固まった。この発見は、コンゾは感染症により引き起こされるものであることを示す上、コンゾと酷似したモザンビークの他の病気の発生源とされる食べものに含まれるシアン化合物がコンゾの原因であるという仮説を覆すものだった。

怒りと好奇心と責任感が入り混じった思いで私は自分の机につき、論文を繰り返し通読した。それはベルギーとコンゴの研究者グループにより書かれたもので、神経学研究の非常に有名な雑誌に掲載されていた。

それには、三つの重要なメッセージが込められていた。一つ目は、コンゾがコンゴのバンドゥドゥという地域に今でもまん延していること。二つ目に、その病気が、モザンビークで研究していたのと同じ病気であるということだった。これまでのところ、神経質な読者から目くじらを立てられる箇所はひとつもなかった。私に衝撃を与えた三つ目のメッセージは、コンゾがウイルス感染により引き起こされている可能性が高いという彼らの主張だった。その主張は栄養失調とキャッサバによるシアン化物の摂取の両方が組み合わさったことが原因となっているという私の主張が誤りであることを暗に示していた。

私が下した結論は、彼らの家族へのインタビューが、表面的なものだったということだ。精読する度、屈辱を覚えた私は、博士号というのは、私の聡明な指導教官の言う通り、研究の世界の単なる運転免許みたいなものだと次第に分かってきた。私はまたそれに反証するためには、コンゴのバンドゥンドゥ地域の遠方の区域で、研究する必要があるのだと理解した。

その後の数日、私はメンターらに、私が〝ベルギー・アタック〟と呼ぶものについてどう答えるのが最適か助言を求めた。

賢いメンターたちからもらった答えは明確で、議論を差し挟む余地もなかった。その病気は感染性のものではないかという疑念を抱くのも無理はない。彼らは、病気になった家族へのキャッサバの消費についてのインタビューはかなり表面的だったのではないかということ、また血液の分析はひとつもされなかったということについては私に同意してくれた。

「食事について詳しくインタビューし、分析用の血液を採取するために、きみはコンゴに行くべきだ！」とボー・ソルボは叫んだ。

彼は私がアフリカの遠隔地から、血液を引き続きリンショーピンの彼の研究所に持って帰らなくてはならないという考えに、ひどく興奮していた。

「でも私にはそれができるだけの資金がないんだ」と私はぐったりしながら答えた。

「ならば助成金を新たに申請すればいいだけのことさ！　きみが間違っていると、誰かの論文で書かれたとしても、必要な金を手にするチャンスが増すだけのことさ」と先生は言っていた。

ボー・ソルボの言う通りだろう。コンゴに行かなければならなかった。

＊＊＊

機材を首都キンシャサに送るため、公式な手紙（最初にジャマイカのキングストンに誤って届けられた後、大西洋の向こうから送り返されてきた）を送るなど、細々した準備に二年かかった。だが一番大事なのは、町の人たちがアクセスできるようなネットワークを築くことだった。

私の地元の協力先とバナエ・マヤンバ博士とコンゴの国家食糧庁のトップだった若いコンゴ人医師の助けもあった。慎み深く、背の高いその女性医師は、二四度以下の気温では考えることができない人だった。博士はコンゴの熱帯気候の地域出身で、研究室を常に二八度以上に設定していた。彼は私を指導する博士課程の学生になったのだが、在学中、ウプサラ大学にファンヒーターを設置する羽目になった。

博士課程の学生が、何か具体的なことを成し遂げたと感じられるよう、伝統通り常に彼らは自分たちの論文を壁際に吊り下げていなくてはならなかった。

論文の角に穴を開け、紐で束ね、その紐を掛けて吊るせるよう、釘を打った。博士論文をひどく恐れる博士課程の学生の自尊心を高めることが目的だった。ところがバナエは釘の打ち方を知らなかった。その日、私が彼に教えたのは、秘書室で板に釘を打つことだった。私のモザンビーク人の友人、ニヘリーワは、雑務を行う能力が欠如していることを、「成長可能性の欠如の兆候」と表現した。いわく、私たちはスイス・チーズのようなものだ――外から見ると普通だが、中を見ると、実は穴が開いている。彼らがすることの多くを、私たちは一度だってしたことがなかった。私たちは子どもの頃に、泳ぎ方も、学校で絵の具で絵を描くことも、パズルの組み立て方も、習ってこなかった。公式には同じ教育を受けていることになっていたが、実際は遅れをとっている。

バナエは器用ではなかったが、川が好きな人たちだった。それは私たちがコンゴに到着した晩に、ルンビの川で水浴びをした際、明らかになったことだった。そこには中身がくり抜かれた木の幹が倒れていた。バナエはそれでボートを作り、私たちを乗せ、川を下らせ、警戒心を解き放ってくれた。それは彼が四歳の時からしてきたことだった。

私たちはスウェーデンからキンシャサへの信頼の絆を築いた。それに小さな村、マシ・マニンバへ、またルンビの村の修道女や緊急処置室へ。さらに特に研究に参加したい職員を巻き込んだそれぞれの村のリーダーたちへの信頼の絆を。私が何をするのか皆に正確に知ってもらい、研究に賛同してもらう必要があった。ある村によそ者としてただ赴いただけでは、何もなしえないと、過去の経験から私は学んでいた。

私はトルキル・トゥリファル博士も連れて行った。私がウプサラの医師養成課程で教えはじめた数年前、彼は突如として私の人生に現れた。

私はいわゆる災害医学週間にそこを訪れ、私がどのように世界を理解しているかについて講義するよう頼まれた。それはまた私のモザンビークでの仕事とキャッサバという作物についての講義でもあった。

コンゴのボートで

教室の一番右、最後部の席に、金色のきちんと整えられた髪の、真っ白な顔の若者が座っていた。後で彼は手を挙げ、村人たちはキャッサバを専ら天日干しにしているのかと尋ねた。水でふやかしはしなかったのか？　天日干しには、どれだけの時間がかかるのか？　ふやかせるだけの水はあるのだろうか？とも。

トルキルは興味津々の域を超えるぐらい、あれこれ尋ねてきた。彼は好奇心旺盛で、強い意見を持つ探求者で、物事を詳細に表現する能力に長けていた。彼のしゃべり方には熱がこもっていて、前のめりで、常に微笑んでいた。彼は無遠慮で、非常に仕事ができた。

彼は医師養成課程の途中で休学をし、ソルボンヌ大学でアフリカ言語の講座に通った。彼はコンゴ北部に文字がなかったために所属するバプテスト教会からの使節が、キサカタの言葉で講義していないことに違和感を示していた。講義の後、彼はキサカタの文字のことを体系的にまとめるために、コンゴの村に妻と行き、電気なしの生活を一年間、送った。そのことについて論文を書き、アフリカの言語学の学位をとった。

その後、医師の勉強を続けた。そして今はコンゴの研究をしにコンゴの農業地域に行くので、私も連れて行きたいと言う。

コンゴに着いた私たちは、首都でまず一泊した。コンゴの農業地域に向かう前夜、私は不安で、寝付けなかった。二年丸々かけて準備したのだ。失敗は許されない。

ＴｏＤｏリストに何か加えるか、自分たちがメモしておいた一日ごとの詳細な計画を確認するため、ランプを何度もつけた。予期せぬことが起きて、リストの大半が変わることもありえると、何となく分かっていた。失敗を避けるためにできることはもうないとようやく思えるようになった私は、寝ようとして、急に別の不安に襲われた。

自分の身の安全はどうなる？　考えられる一番のリスクは車の事故だ。だから夜中の運転はやめておこう。病気はどうだろう？　マラリアの薬はすでに服用済みだったし、必要なワクチンはすべて打っていた。私個人の薬キットには、入手可能ななかでも最も強い抗生物質が含まれていた。しかし医学の力では予防できない、強盗やそのほかの様々な暴力を受けるリスクもあった。攻撃対象にされないだろうか？　遠い農業地帯の人々にどうしたら敬意をもって近づくことができるか、私は経験上、知っていた。礼儀正しく、じっくりと話を聞き、何をするにも、まずはリーダーと地域の人たち、両方に話を通す──それが、私が従うべきと考えていたルールだ。役所からの許可というのは単なる形式上の話で、実際に重要なのは、研究対象の地域のリーダー、住民を一人一人、理解し、その都合に合わせることだった。

寝る前に、私が想ったのは、妻と子どものことだった。私はひどく慎重でいなくてはならなかった。アグネータとは夜、電話で話したばかりだった。しかしその次の日から、三週間も連絡がとれなかった。携帯電話はひとつもなかったし、私たちの滞在先には、首都とを繋ぐ電話線もなかったのだ。私は家族に一切、居場所を知らせなかった。研究への不安が、私自身の安全への不安と、家族を邪険にしてきた罪悪感に変わったあたりで、私はようやく眠れた。

＊＊＊

荷物が満杯に載せられた二台のジープと一〇人のチームで、私たちは翌日、キンシャサを出た。郊外に行くにつれ、人口数百万のキンシャサの町は次第に貧しさを増した。慣習に従って建てられた町を囲む、人口の密集したスラムでの生活は、非常に簡素だった。私たちはお日様が昇る東に向かい、一、五〇〇キロメートルも国を貫く高速道路に車を走らせた。道の舗装部分が狭いため、トラックの走る道の交通量は激しく、危険だった。道沿いに広大なコンゴ川が現れ、すぐに視界から消えた。私たちはようやく高地を目指した。

道は舗装されてはいたが、穴ぼこだらけで、車の速度はゆっくりだった。最初の休憩地は砂の道沿いに荷物をたくさん積みすぎた屋台がたくさん並ぶ、ケンゲという小さな村だった。そこでは旅行客が必要と思われるものが何もかも買えた——バナナやピーナッツ、そのほか地元産の食べものが。車のスペア・パーツ。Tシャツに短パン。仕立て屋が破れた服を繕っていた。とはいえ、旅人の大半は貧しかったので、安ものを売らざるをえなかった。多くの人たちが、高温と強い日差しの中、トラックの木製載荷板に、三〇人もの人をぎりぎりまで乗せて旅していたので、水を持ち歩かなくてはならなかった。

東に行けば行くほど、自分は極度の貧困の中に飛び込んでしまったのだと痛感させられた。道はなくなり、得体の知れない砂地と化した。支出を最低限に抑えた旅で想定される危険ほど、人々がいかに貧しいかをより明確かつ残酷に示すものはなかった。それにコンゴでの貧乏旅行は危険をはらんでいた。深い谷と谷が交差する、比較的平坦なサバンナの風景。なだらかな道では、人はついスピードを出してしまうものだ。深い谷では、事故は日常茶飯事。乗り物も古く、余りメンテナンスされていなかった。ブレーキがいかれることも珍しくなかった。

道沿いに、古い自動車の残骸という〝警告板〟があった。ある時、私たちは恐ろしい事故現場に通りかかったことがあった。白いシーツがかけられた六つの死体が、道路の横の草の上に横たわっていた。その脇にトラックがひっくり返っていた。服に赤い十字架のついた人の中には、救助作業を先導しているように見える人もいた。私たちは止まって、医師の助けが必要か尋ねた。三〇人の乗員を乗せたトラックが、猛スピードで谷を下る時に、燃料を節約するため、運転手はギアをニュートラルに入れていた。橋を渡る途中で、ギアを戻すのに手間取った。トラックが後ろに動き出した時、運転手は窓から外に身を投げ出し、姿を消した。トラックは橋から川に落ちてしまった。負傷者の中には、すでに病院に運ばれていた人もいた。六人の死者は川から引き揚げられたが、いまだに行方不明の人が大勢いる。

近親者が犠牲者を識別し、家に連れて帰ることができないとすれば、ボランティアが近くに遺体を埋めなくてはならなかった。道路や公共交通を維持する資源が十分でなく、交通警察がいないのなら、社会が別の方法で遺体の処理をしなくてはならない。

日没前に、私たちは、標高六〇〇メートルの小さな村、マシ・マニンバに到着した。大半の家屋は乾いた土壁の簡素な小屋だった。村の名前はその地方に蔓延する睡眠障害にちなんでつけられた。マシ・マニンバの文字通りの意味は「眠る水」だ。

睡眠障害を引き起こす寄生虫は、植民地時代に町の人たちの血液を集めて調査されたと、翌日、会談をした土地のリーダーたちが話してくれた。研究者たちはいつも村民に血液のお礼に、イワシの缶詰を渡していた。

「貧しく飢えに苦しむ人たちにとって、血をとられるのは一大事だ。どうして血をもらうのかきちんと説明するんだ。できれば毎年訪問して、村人たちから信頼を得てきた修道女に一緒に来てもらうといい」とこの地域の医療管轄責任者が言った。

私たちは、そのことは意識していて、ルンビの修道女のところに泊めてもらうつもりだと答えた。赤十字のシスターたちの下に村人たちがいつも集まってきていた。彼女たちは五つの異なる国の出の五人の修道女で、「情熱的なシスター」と呼ばれていた。彼女たちの小さな修道院は、私たちの翌週の本拠地になった。修道院長は慎重で、聡明な人だった。私たちの研究チームに、現地語が話せて、看護師学校を出たての若きコンゴ人、シスター・カルンガを配属させることに彼女は同意した。彼女は私が「信頼の鎖」と呼ぶものを強固にしようとしていた。今、私たちは自分たちのチーム内でその鎖を四つのレベルで築こうとしていた。まず外国人、次にコンゴの首都キンシャサの関係者、さらにマシ・マニンバの指導者たち、そして地元のシスター・カルンガ。

一日の終わりに、私たちは移動した。道が非常に悪かったので、修道女の本拠地までの二五キロメートルを進むのに一時間かかった。修道女に暖かく受け入れられ、ゲスト・ルームを見せてもらえた。修道女とも自分たちの研究について話をした。そこでフランス語と現地語の両方を話す地元の医師も私たちと一緒に村に連れて行くことに合意した。このことは私たちの信頼の鎖を確固たるものにした。その医師の忠実さと通訳の能力には助けられた。

修道女は品行のよい酒場を営み、夜にはテーブルクロスと冷たい水と紙ナプキンが準備された長机で夕飯を食べた。食事の後にデザートとしてリキュールをかけたアイスが出された。その時、シスター・リンダがドアの前に立ち、ボトルを抱えてほほえんでいるのが見えた。問題が起こる予感がした。私のスウェーデン人の同僚、トルキルはバプテスト教会の信者で、そのためアルコールは一切口にしなかった。

シスター・リンダが自家製のオレンジ・リキュール入りのボトルを持って現れると、トルキルがすぐ様フランス語で、その飲み物はもらえないというような旨を伝えた。修道女は幾分、心配そうな表情を浮かべたが、私は受け流して、注いでもらおうとグラスを掲げると同時に、トルキルを肘で小突きながら、耳打ちした。

「これは宗教でなく、文化の問題なんだ。この素晴らしい修道女たちへの感謝を示すために、にこやかにそのリキュールを呑むのに全力を傾けるんだ」

トルキルは呑み、笑い、シスター・リンダと楽しく話をした。シスター・リンダはリキュールについて質問されて喜んでいた。どうやって作るんですか？　砂糖はどれぐらい入れているの？

修道女たちに、私たちが修道女たちの努力に感謝していると感じてもらうことが限りなく重要だった。そう感じてもらわないと、私たちの研究は成り立たないからだ。

後日、サバンナにあるへんぴな村の住人たちの家で食卓を囲んだ時に、トルキルは私に同じ言葉をささやいた。その時出されたのは焼いたねずみだった。彼はこう耳打ちした。

「これは文化の問題なんだ。この素晴らしい人たちへの感謝を示すために、にこやかにその焼いたねずみを食べるのに全力を傾けるんだ」私はねずみを食べ、笑った。私たちは修道女と同じぐらい村人たちと打ち解けた。

翌日、仕事がはじまった。私たちは周辺の全部で二二の村を訪れるために、チーム分けをした。どの村も半径一〇キロ以内にはあったが、小さな道を通って行くしかなかった。中には徒歩でしか行けない村もあった。それぞれの村での最初のタスクは、自己紹介をし、村長や村民に研究計画を説明することだった。計画が受け入れられれば、住民を数えて、コンゾにかかった人が何人かを把握するため、歩行困難な人を全員調べることが次のタスクだった。最も離れていて、最も人口の多い村、マカンガは、他の村よりもコンゾの被害が大きかった。麻痺が起きていた子もたくさんいた。ここで私たちはまた食生活についてインタビューし、血液検査をした。

それらを持って帰るのが私のタスクだった。

朝、私たちはジープに乗った。メンバーは私とバナエと看護師と通訳をしてくれる医師だ。鬱蒼とした熱帯雨林の茂る山壁や水峡を見渡しながら、小道と呼んでいいぐらいの狭い道を尾根やサバンナを越えて一時間走った。乾いたサバンナの山の斜面で、人々はキャッサバを作っていた。家の壁は日干し泥、足元と屋根は草など、最も安い材料で建てられていた。ドアのついている家はほぼ一軒もなかった。

ジープがマカンガに走ってくると、好奇心に満ちた愛らしい子どもたちが駆けてきた。誰も靴を履いておらず、やせ細った体に、何度も洗って色褪せたのであろう極めて小さな服を着ていた。

私たちはすぐにコンゾによる、いわゆる典型的な痙攣性歩行困難のために、歩行に遅れが出てしまう子どもたち数人の足取りを探った。私たちは村長が暮らす区域で足を止めた。村長は私たちが来ることを知っていて、木の陰に椅子を円状に並べていた。興味津々な子どもたちを追い払った後、村長のアドバイザー役らしき人たちが畑に座っていた。私たちは自分たちが何をしたいか説明した。村長はたくさん聞きたいことがあるようだった。すべての質問に答えるまでは、話し合いは終わらなかった。ようやく合意に至った後、私たちの研究チームは歩き回って、家が何棟あるか数え、それぞれの家に何人が住んでいるのか、歩行困難を抱えるすべての人たちを調査しはじめることができた。村長もまた村人全員にイワシ缶をくれるならという条件で、血液検査に応じてくれた。他方で、村長と彼のアドバイザーは全体説明や質疑応答の時に村人全員集める必要はないという考えだった。

「こんな大きな村で住人全員を集めるなんて無茶だ。村人たちは私たちの合意に従うだろう。私はあんたに従う。村人たちは私を信頼している」と村長は笑顔で言い、その後、笑いはじめた。私たちは好奇心旺盛な子どもたちや若者たちと一定の距離を保つために、血液検査をするのに使えて、小さなディーゼル発電機や遠心分離機を保管できる小さな空き家も借りたいと思っていた。

私は全体説明をすることなく、住民の人数を数えることを受け入れたが、血液検査を行う家族と議論はさせてほしいと断固として言った。私は通訳にこの部分をきちんと通訳してくれたかも確かめた。村長はこれに同意し、翌日に、私たちの仮説の研究所の前で話し合うと約束してくれた。いつものように私たちは地元の、男の子と女の子、あわせて二人のティーンエイジャーを実験作業の助手に雇った。これは私たちがしていることに対する村の理解を得るのに有効な手立てだった。よそ者であっても、仕事の機会を提供するといつも歓迎された。ティーンエイジャーにはちょっとした毎日のお駄賃の他に、研究調査に寄与したという証明を出してやることも大事だった。

私たちは細部まで入念に考え、汚い言葉は使わないようにした。すべてを通訳するには時間がかかるため、間をおいて話すようにもした。南コンゴでは村人の大半は複数の言葉を操ったが、よそ者とのコミュニケーションはフランス語ではなく、コンゴ語だった。

一日目はうまくいき、村長は私たちが決めた通りにさせてくれた。彼は優しそうな人たちに、それぞれの家に何人の人が暮らしているのか、歩行困難を抱えている人がいるのか話すように命じた。私は時々、彼の声のトーンに幾分の厳しさを感じたが、誰も抵抗する様子は見せなかった。計算を終えた私たちは、翌日私たちの研究所となる粘土の煉瓦と藁の屋根でできた小さな小屋を訪ねた。私はまた私たちを助けるよう、村長から指名を受けたティーンエイジャーとも話をした。私たちはその日の計画を全うし、日没時に修道女の家に戻った。彼女たちは、素晴らしい夕飯を用意して待っていてくれていた。食卓にはオレンジ・リキュールのグラスもあった。夕飯の前に、私たちは川に行き、一日の埃を洗い流した。修道院のゲスト・ルームは非常に清潔だったが、水は出なかった。

翌日、遠心分離機の電力源となる小さなディーゼル・エンジンをジープに積んだ。血液は大きな鉄製の保温ポットに保存しなくてはならなかった。それらの機器は村では決して見ることのない先端的なものだった。私たちがジープを駐め、荷物を下ろしはじめると、大勢が興味を持ち出した。二人の若者が、血液を集めるのを手伝ってくれた。

彼らの最初のタスクは、他の人たちにこの調査の目的を説明することだった。そのため私たちは器具を小屋の中に入れることにした。その作業を私は村出身の二人のアシスタントとしなくてはならなかった。まさに私たちの望み通りに、荷物がすべて下ろされ、掃除された小屋に装置が運ばれてきた時、私はよい気分になった。バナエはインタビューの準備をするため、小屋を後にした。一方私は二年間計画してきた通り、研究機器を整理しようとしていた。何もかもが素晴らしく見えた。私はディーゼル・エンジンをスタートさせ、遠心分離機を試しに運転させてみた。するとひどい騒音がし、数分間、小屋の外の物音が完全に消えた。

私が怒声に気が付いたのは、遠心分離機のスイッチを切ったときだった。ほんの二、三秒のうちに、何もかもが変わってしまった。私は身を縮こまらせ、小さなドアから出た。再び背中をぴんと伸ばした時には、小屋の前を憤怒した人々にぐるり取り囲まれていることに気付いた。私が怯えているのが見てとれたのだろう。怒声のピッチを一気に上げ、私の方を指差すだけでは事足らないのか、二人の男が、長刀のなたを掲げ、目一杯威嚇するように、振り回した。私に一番近くにいた血走った目の男が一番、鬼気迫る様子だった。長刀のなたを持つ片腕に、長い傷が入っているのが見えた。私には銃に匹敵するぐらいそのなたが恐ろしかった。モザンビークの医師として私は、そのなたで重傷を負った患者を嫌になるぐらい治療してきた。一方の片耳からもう片耳の手前の目の下まで切り裂かれた女性などは、鼻の

先端が切られ、左右の鼻孔も切り裂かれていた。私は午後いっぱい、止血に手を尽くさなくてはならなかった。

私にとって唯一の安心材料は、私とそのなたを振り回す男の間に、大勢人が立っていたことだ。困惑のその瞬間、私が目で捉えられた唯一見覚えのある顔は、通訳をしてくれた医師だけだった。彼は私の横の戸口に立っていた。人だかりができる中、彼は忠誠心を尽くし、ドアの前に立っていてくれたのだ。

「他の人たちは退散してしまいました」

そう通訳が私に身を寄せ、ささやく間、人だかりはさらに増えていった。他の人たちというのは、研究チームの他の人たちということらしい。

声から強い恐怖が感じ取れた。

「ここから逃げましょう。彼らの怒りは相当のものですよ」と通訳は言うのだった。

私の恐怖の風船は、ものの一秒でぱんぱんに膨らんだ。医師であるその通訳が、走って逃げようと提案する声がする。私の手が彼の手首をつかみ、何分間もそのままつかみ続けた記憶が頭に残っている。その時、二つの考えが浮かんだ。

一つ目は、この怒れし暴徒と話すのに私が唯一得られた助けはこの通訳だったので、彼がいなかったら、私は途方に暮れてしまうだろうということだ。二つ目は、一年前そのなたを持ったタンザニアの首長に今回ほどはドラマテックではないやり方で脅された時に得た教訓だった。男性は私が許可をとらずに彼の妻の写真を撮ったことに腹を立てていた。彼がなたを持って詰め寄った時、私が手に持っていたカメラを向けると、その男は冷静さを取り戻した。

「お前がしたことは正しかった」その後会った時、首長が私に言った。「怒ってなたで脅してきた相手に決して背中を向けてはならない。なたで襲われるリスクは、逃げようとした場合、十倍以上高くなる」

私は逃げ道を求めて左右を見回した。しかしどこからも逃げられそうもなかった。もしもここの人たちが私を傷つけたいと思っていたなら、あれだけ大勢なのだから、私のことを捕まえて、なたで首をかき切ることだってできたはずだ。私に選択肢はなかった。私が唯一できたのは、話をし、この状況からどうにか脱することだけだった。通訳してもらった。

恐怖に包まれながら、私は腕を上げ、半ばささやくようにこう言った。

「待て、待て」

通訳が手首を離さずに私はドアのすぐ内側の木の箱をつかみ、上下逆さまにし、その上に立った。恐怖していたのを見て、私はそのフランス語の意味を推測できた。

「もし私にここにいてほしくないなら立ち去りますが、なぜここに来たのか説明します」

「話して！　話してください！」

怒りを少し抑えられるであろう大勢のうちの一人が答えた。

「この村の子どもたちに、なぜ麻痺が起きたのか調べるために、私はここに来たんです」

「俺たちのパンを盗みに来たんだろう」と誰かが言った。

私はモザンビークとタンザニアで同じ病を研究しているとゆっくりと説明し続けたが、それは彼らの心を動かさなかった。私はキャッサバの根の乾燥時間が短過ぎたことが理由だといった趣旨のことを伝えたが、大半はそれに反発した。

それから数分後、突然、修道院から中年の女性が出てきた。女性は裸足で、私が立っていた箱へと確かな足取りで近づいてきた。私のすぐ目の前で、彼女は怒れる民衆の方に振り返った。

女性は天を仰ぐように両手を挑発的に上に広げ、大声で興奮した地域住民たちに尋ねた。

「子どもたちが麻疹でハエみたいに死んでしまったのを忘れてしまったの？」

彼女は続けた。

「ワクチンが来たのはその後だった。さらにその後、看護師が新生児や幼い子どもたちが麻疹でこれ以上亡くならないように、ワクチンを打ちに来てくれたんじゃない」

彼女はドラマチックな間を置くと、一歩前に出た。

「その人たちがどうやってワクチンを確保したと思っているんだい？　ワクチンが遠い国の木になっているとでも思っているのか？　そんなわけない。このお医者様が研究と呼んでいるものを通して、どうすればワクチンを作れるかが分かるんだよ」

彼女はゆっくりと、一つ一つポイントを絞って話をしていた。そうして「研究」という言葉を発する時、振り返り、私を指差した。それから民衆と長刀のなたを構えた二人の男の方に向き直った。

「このお医者様は、私たちの村で子どもや女がなぜこんなにもたくさん、私たちが『コンゾ』と呼ぶ病気で一生ものの麻痺が出たのか、理由を探るためにコンゴ人医師たちとここに来たんだと言っている。麻痺を治すとは言っていないが、大勢が麻痺を起こした理由が分かれば、麻疹にかかる人がいなくなったのと同じように、コンゾからも解放されるかもしれないんだよ。もっともな話じゃないか。ここマカンガに暮らす私たちに必要なのは、その研究ってやつなんじゃないか」

その後、彼女は村人たちにこれ見よがしに背中を向けると、私の方に一歩歩み出て、片方の腕を差し出した。もう一方の手で、ひじの裏を指差して、叫びだした。

「お医者様、私の血をとってくだいまし」

一分間にわたる彼女の演説の効果は劇的だった。男たちはなたを振り回すのを止めた。表情は怒りから笑いに変わった。女性の後ろにたちまち長い列ができ、叫び声は和やかな話し声に取って代わられた。大半の人は列に並んでいたが、数人の村人たちはぶつぶつ言いながら、なたを持っていた二人の男たちと群れていた。

コンゴの人里離れた村での、その時のその言葉を私は今でもはっきり覚えている。二八年たっても、一字一句。恐怖に満ち、喧嘩腰だった村人たちに、私たちの研究が村にとっては有害どころかただただ有益なのだと分からせてくれたその女性の言葉を。彼女が私の命をいかにして救ってくれたか、忘れることはないだろう。

私がよからぬことを企んで血を集めているのではないかという噂が、野火のような速さで村に広がっていた。ものの一時間で、恐怖と怒りがたちまち伝染していった。その噂は血をとるのは体によくないという古い迷信に基づいていた。コンゴの人里離れた貧しい村では、無理もないことだった。信頼の鎖が切れた時に起こることを私が恐れるのは、まさにこういうことだった。

しかし学校教育を受けていない女性が、民衆の前にあんな風に歩み出て、暴徒化した彼らをなだめられるほどの説得力ある明晰さをもって、科学の役割を説くことができるとは思ってもいなかった。彼女は周辺世界で起こっていることを、どうしたらあんな風に見事に理解できたのだろう？

その国は、人口は非常に多かったが、住民一人当たりの収入は、世界最低水準だった。文字を読むこともおぼつかないであろうその女性が、研究と発明と工業生産の繋がりをグローバルな観点から理解していた。

彼女の一分間の演劇的手法と論理に満ちた完璧な演説は、村人たちの考え方をがらりと変えた。コンゴのこの村の読み書きのできない人の大半は、素早い感情ベースの思考を繰り返してきた結果、恐怖や誤った解釈をなたを降ろすように一瞬で断ち切る能力を持ち合わせていることをも証明してくれた。賢かったのは、なたから私を救ってくれたその女性だけではなかった。二〇年近くの間に私は人里離れた村で同じような女性と出会い、話をしてきた。彼女たちは自分たちがいかに貧困を憎み、子どもたちへの教育と医療や、夜寝るための心地よいマットレスを求めているかを教えてくれた。これらの女性たちとの出会いが後に私がスウェーデン人学生たちに真っ向から反論した背景となっている。彼らは言うのだ。貧しい人たちは、「自分たちのように生きることはできない。そんなことをしたら地球が崩壊してしまう」と。彼らは貧しいままで幸福であって、今の生活を続けるべきだと。

それからというもの、私は一年に一ヶ月はコンゴや他のアフリカの国々の人里離れた地域の小さな社会でフィールド・ワークをするようになった。博士課程の学生のグループや研究パートナーと共同で、多くの学術論文を発表した後、神経科学の学生向けの教科書にこの病が載るに至った。

私たちは新たな化学分析法を開発し、最先端の神経科学調査をするために世界の患者たちを迎えた。これらすべてが、私たちの仮説の正しさを立証した。コンゾは脳から脚の筋肉へと信号を送る神経細胞が突然に死滅する病だ。大都市から隔絶された社会で極度の貧困の中で生き、キャッサバを主食とし、それに完全に依存する人々にのみこの病気は発症した。最近四～六週間、下処理が足りないために毒の残ったキャッサバの根ばかりを食べる食生活を送ってきた人たちが、この病に見舞われたのだ。神経細胞の死滅は悲しいことに不可逆的だったが、麻痺が起きた人は簡単な松葉杖を使うことで特に、リハビリの絶大な効果が上がる。

ところがこの発見により、私はこの病気の医学的、毒物学的、化学的側面への関心を失ってしまった。私の関心の対象は、謎のベールに包まれた病気の原因だったのだから。

一方、農業経済は、悲惨な極度の貧困の悪循環により、完全に持続不可能になっていた。

第五章　研究者から教授になる

出席確認が終わり、初講義の時が訪れた。昼食の間、教卓の下に小さなブランケットを入れておいた。そこにブランケットを忍ばしてあることなど、誰も知りはしなかった。

私は未来の医師、看護師三十人に、世界で最も貧しい人たちに、どのように医療を提供していったらいいか、話さなくてはならなかった。そのうち大勢が、極度の貧困の中で働くために世界各地に行く契約を結んでいて、私は彼らがどのようにしたらいいか説明しなくてはならなかった。

授業のはじまりは、魔法の瞬間だ。今回程、熱心で、意欲的な学生は初めてだ。同時に生徒同士が知り合いでないので、少し遠慮もありそうだった。

ペンテコステ派の使節団もいれば、アフリカ関係の団体の人たちもいた。前に参加動機についてアンケートをとった際、この講座の参加者は主に左派政党への投票者とクリスチャンの民主主義者だと分かった。私はまた彼らのいでたちからも、どんな人たちなのか推測することは可能だった。きちんと髪を整え、シャツのボタンを上まで留めている人もいれば、リジッドデニムを穿き、だらんと座っている人もいた。それでもどの聴講者も、私の話に強い関心を持っていた。

「モザンビークの健康省が私にしてくれた話をまずしましょう。モザンビークで乏しい資源の中で働かなくてはなりませんでした。ある時、役人が私にこの小さなブランケットについて話をしてくれました」と私は言って、教卓から小さな布きれを取り出した。

講義はタイミングが命だ。

「それはある男についての話でした」と私は続けると、自分自身を指差した。「その男は、寒い夜、モザンビークの山で眠らなくてはなりませんでした。しかし寒さを防げそうなものは、小さなブランケットだけだった。それをどう用いたらいいでしょう?」

この時、私は教卓の上で寝そべった。教師が一回目の講義で教卓の上で寝そべり出したもので、講堂内にはどっと笑いが起きた。他方で、居心地悪そうな難しい顔をしている人もいた。皆、わけが分からなそうな様子だった。しめた。狙い通り、彼らの注目を集められたってことだ。私は教卓の上に寝そべったまま、生徒らを見渡した。

「ブランケットを脚に掛けるのがいいだろう、と男は考えました。ところが体がひどく冷たくなってきたため、今度はお腹の上にブランケットを掛けました」と私は言うと、その小さなブランケットを自分の腹の辺りに掛け直した。

「すると今度は手と脚が冷えてきました。体を縮こまらせましたが、どうにもなりません。最終的に、頭にターバンのようにブランケットを巻くのが一番と気が付きました。それでも眠ることはできませんでした。疲れていたので、彼はむしゃくしゃしました。ブランケットがもっと大きければいいのに、と男は考えました」

そこで私は教卓の上に立ち、ブランケットの片端を靴で踏みつけ、もう片端を持って引っ張った。

「これで事足りるぞ!」と私は叫ぶと、ブランケットを引きちぎった。

生徒たちはわけが分からなそうにはしていたが、笑ってもいた。次の瞬間、私はこう説明した。

「あなた方が働く医療機関では、これではいけません。職員を理不尽に酷使しないでください。スウェーデンと同じ水準の医療が提供できるとは思わないでください。知恵を絞り、ブランケットを正しく使うのです。自分がボロ雑巾のようになってもいけません。契約の範囲を逸脱してはなりません。資源は乏しい、なのに医療ニーズはべらぼうに高い、そんな状況で、資源を賢く使うにはどうしたらいいか。それがこの講座のテーマです」

すると講堂がざわめきはじめた。後に教師経験を積むにつれ分かってきたことだが、こういう時がチャンスだ。生徒同士が話しはじめることで、彼らは思考と経験を分かち合い、多くを学ぶ。

ブランケットを使った策は、モザンビークにいた時、フラストレーションを少なからず感じていた私自身へのちょっとしたセラピーでもあったのかもしれない。

一九八三年から一九九六年まで、私は「発展途上国での医療」という講座で講師をした。それは私とアグネータがモザンビークに旅立つ前に参加したのと同じ講座だった。私がそこで教えることにした第一の動機は、モザンビークでしていた研究のまとめ作業との両立が容易だったからだ。援助団体のコンサルタントとしても働いていた私だったが、謝礼をもらってこの講座で教える合間に、研究もできそうだった。しかし段々と私のアイデンティティに変化が起き、医師に戻ろうという思いは薄まっていった。

私はグローバル・ヘルスの研究者兼講師になった。

講座は三部構成だった。一部は、母子のケアについて。二部はかつて熱帯医学と呼ばれていた、極度の貧困地における疫病について、そしてラストの三部はスウェーデンのわずか一%の資源で、どうやって医療を取り仕切り、さばいていくのか。特に意欲に満ちた学生たちに話を聞くと、世界の最貧国の医療機関に特命を受けて、期間はまちまちだが一番多いケースでは二年、働く契約をすでに結んでいるそうだった。そのため患者をどう治療していけばいいのかがテーマの一部と二部については、学生たちに興味を持ってもらいやすかった。

問題は非常に限られた資源でどう医療を提供していくかを説明しなくてはならない三部だった。マラリアと寄生虫感染症について学ぶ重要性は容易に理解してもらえた。しかし資材や人手がどれだけ必要かを見極め、訪問ワクチン投与チームとして年間予算を立てる方法を学ばなくてはならないと言うと驚かれた。講座の満足度調査を最後にした際には、学生たちから、臨床についてもっと知りたかったという声も上がった。しかし実地体験を積んだ後では、大半が管理やスタッフ教育や経理についてもっと学んでおけばよかったと答えた。そこで私は講座に参加していた時点ですでに低収入の国で働いた経験のあった生徒の助けを借りることにした。国民にどの程度の医療を提供すればよいのか、彼らの経験を例にさせてもらったのだ。

これらの生徒の大半は医療宣教師として働いてきて、出産についても、マラリアにかかった子どもについても、手術が必要なレベルの怪我を負った患者についても、医療サービスをどの程度まで提供すればいいか判断のつけ方が適切ではなかった。彼らは患者たちが仮設病院や救急医療施設に来るまでにどれだけ遠くから来ていたかを話した。国境なき医師団も活動開始当時、どういう人たちに医療が行き届いているのか調べる際、彼らと同じ、「患者たちがどれだけ遠くからやって来て医療を得たか」法をとってきたことが分かった。

教壇に立つ私

この方法では国民に対して責任をとりきれない。

私は参加者に、国民の医療利用状況を把握する際、三つのステップを踏むよう指導した。それら三つのステップはこうだ。

一．自分の管轄区の人口を把握する。

辺境の地で長期間働いてきた人で、これを把握しようと意識していた人はびっくりする程少なかった。どの国でも人口調査は行われており、病院の管轄区が限られているケースが多いにも拘わらず。

二．あなたが管轄する人たちが年に大体何人子どもを産んでいるのかを知る。

平均出生率をその地域の住民の数でかけることで簡単に割り出せる。ある貧しい農村地帯の住民、一人当たりの出生率は年間およそ四・五％だったとする。その地域の人口が一〇万人だとすると、想定出生数は四千五百人だ。

三．医療機関で出産される子どもの割合はどれぐらいかを知る。

出生届けが出されている子どもの数（例えば年間千百人）を、予想される出生数で割ろう。すると分かるのが、全出産のうち教育を受けた職員の手を借りているのはたったの四分の一程度だ。そして残りの四分の三は、依然そのような助けを借りずに行われている。ワクチンに関して言うなら、例えば年に二千二百人の子どもが麻疹のワクチンを接種しているとすれば、その二千二百を予想出産数で割ると、半分の子どもがワクチンを接種していないことが分かる。

患者が医療を得るのにどれだけの長旅を強いられているかよりも、このことの方が大問題だ。

学生たちの多くは、倫理的に正しい行動をとるためには、数字が必要なんだということを受け入れられない。病院にやってくる患者をできる限りの医療を提供するのが、倫理的に正しいという考えに、彼らは固執してしまっている。彼らは最貧国の国民の大多数には公共交通機関を利用する金銭的余裕がないということを理解しようとしない。医療に責任を持つ者が、ワクチンや妊婦への鉄分のサプリメントなど細部に至るまで、最もベーシックな効率性を上げることで、より〝正しい〟ことができると分からせるのは難しい。私の講義の核は、最も貧しい人たちにどのようにしてリーチしていくかという議論にあったが、いわゆる発展途上国間にも資源レベルにいかに大きな差があるのかを説明することにも重きを置いていた。講座参加者が自分たちが働こうと考えている国がここ数十年、驚異的なほど発展してきたと気付くと、妙なことに、時にがっかりしたり、怒ったりする。

ある日、私が昼食から戻ってくると、ウプサラ大学の国際子ども医療科の私の部屋のドアの前で若い女性が待っていた。今度は何をしたっけな、と私は考えた。

「直接お話がしたくて」と彼女は言った。

一〇週間の準備講座は、はじまったばかりだったが、すでにその女性が講座参加者の中でも特に積極的だと私は感じていた。私の机の隣の、応接椅子に座って深く息を吸い込むと、何も言わずに、かすかに震える手で私のすぐ前の机に、手紙を置いた。私は丹精な文字で書かれた美しいレターヘッドを眺めた。手紙はタイの健康省からで、英語の長々とした文章が書かれていた。女性は言った。

「これはタイで看護師として働きたくて出した労働許可申請の棄却の知らせです。信じられますか？私はずっと計画してきて、すでにバプティスト派使節団との契約書にもサインしたというのに、タイ北部のバプティスト派の病院で働くのを断られたんですよ」

彼女の口から飛び出したその言葉からは、絶望や怒りが確かに滲み出ていた。私はただただ驚いていた。彼女はバプティスト派の使節団を通してシーダ［スウェーデンの救済局。国際開発協力組織。スウェーデン国民からの税金で賄われている］のボランティアの仕事をすることが決まっていた。つまりタイ側には何の金銭的痛手もないはずだ。

「その通りです！　どうして断られたか分かりますか？」と彼女は続けた。

私には分からなかったので、手紙の送り主に電話して聞いてあげようかと申し出た。この送り主は年配のベテランで、バプティスト派使節団のリーダーでもあるそうだが、私から電話を入れる必要はないと、その怒れる看護師は言った。

「彼とはもう話しました。海外からの支援でタイの看護師の雇用を増やしたいというタイ政府の意向によるものだそうです。タイにはまだまだ看護師の失業者がたくさんいるんだと。でもそんなの信じられません」

私は理由を見つけてみせると約束した。うなだれ、重い足取りで彼女は部屋を出た。

手紙に書かれていたことは完全な事実だと判明した。アグネータと私は一九七二年にすでに、バンコクの大学病院には驚嘆させられていた。それ以来、タイの社会と経済は怒涛の勢いで成長してきた。一五年の間に国民一人当たりの平均年収は倍になり、平均寿命は一〇年伸びた。国側が自国の看護師を雇いたいと言うのは理にかなったことだった。タイ人の看護師なら、タイ語も流暢に話せるわけだし。

タイで働くという希望が叶わなかったそのおかんむりの看護師は、私のその講座を途中で止めた最初の例になった。その後も同じケースでやめる生徒は出てくるようになり、講座参加者は様変わりしていった。一三年後の一九九六年に私がここを去り、ストックホルムのカロリンスカ研究所に移った際にも、変化はすでに起きていた。当時、講座は主に災害時に緊急で建てられた専門病院で働くため、国境なき医師団と短期契約を結んでいた医師や看護師で満席になっていた。いわゆる発展途上国と呼ばれる国々の多くは、タイランドと同じ路線をとったのだ。またタンザニアやモザンビークのように、厳しい貧困が今なお続く国でも、資金が許す限り、自国の医師や看護師を雇うようになった。アフリカ諸国はすでに医療職員を西ヨーロッパや豊かな石油産油国に「輸出」するようになっていた。アフリカで十〜二十年働く年配の使節団医師というのもいなくなり、自国でついていたのと同じ仕事をするために援助活動従事者として「出稼ぎ」に医師や看護師が行けるのも、せいぜい二〜三年になった。

＊＊＊

私はその頃、主に教職に従事していたが、それでも一九九三年のある日、キューバの大使館の一人の男性職員が私の事務所にやって来た時に、研究者に舞い戻ることになるのに、何ら躊躇はなかった。

彼はラム酒を持ってきたが、それは公衆衛生の専門家への手土産に最適ではないだろう。彼はここ数カ月にわたりキューバを襲ったが、カストロ政権がメディアや周辺諸国に対し沈黙を貫いてきた疫病について話した。国民らはまず足の指、やがて脚そのものまで、時には手の指まで感覚を失っていた。やがて目にも変調をきたし、視界に大きな真っ黒い点が現れたり、色の見え方が変わったりした。脚が弱って、まともに歩けなくなる人もいた。それは激しい神経損傷によるもので、発症件数は鳥肌ものだった。少なく見積もっても四万人がすでにこの病気に感染していた。

「海外の研究者を招致して、この件について研究してほしいのです。あなたがその一人です」と職員は言った。

私は好奇心をくすぐられた。学術的には、掛け値なしに素晴らしい。しかしその研究とやらをどうやってはじめればいいのか？

その後、私はその職員がその任務の候補者に応募するよう誘いに来たわけではないと分かった。彼はすでに私を招きたいと決めた誰かのメッセンジャー役としてここに送られてきたのだった。彼らは私がキャッサバの研究をしてきたことも、その根っこがキューバにもあると知っていた。

「来週、来てくれますか？」と職員は言った。

娘が翌週、大学の卒業試験を受けることになっていた。スウェーデンでは、親が一緒に祝わないなんてことは考えられないと私が説明すると、じゃあそれが終わったら来られますか、と聞かれた。

それなら、できそうだ。

「分かりました。しかしお金がかかりますよ。資金はあるのですか？」

「残念ながら、ありません。この緊急事態ですから」と職員は言った。

この頃には、キューバが彼ら自身が呼ぶところの〝特別期間〟という緊急事態にあることは皆に知れていた。キューバの交易パートナーであり、キューバを経済的傘下に入れていたソビエト連邦もすでに崩壊してしまっていた。キューバ人は様々な制約を課せられていた。バスの路線は縮小され、電気は毎晩、各区域順番に、それぞれたったの二、三時間しか通らなかった。食糧も制限されていた。それがその政権流の緊急事態対策だった。この問題は「アメリカの経済封鎖」によるものだという説明がひたすら繰り返された。しかし国内にはこれとは別の言い回しがあった。それは「国による経済封鎖」だ。しかしそれが声高に使われることはなかった。ハヴァナの道端でバナナを買えないのがその例だ。この国ではバナナを作った農民が、自分でそのバナナを売ることは許されない。国営企業に売らなくてはならないのだ。しかしこれはアメリカの落ち度ではない。これは計画経済の硬直化によるものだ。

私はシーダに向かい、その四十八時間後には出資が決まった。シーダはキューバ政権には好意的ではなかったが、人々が苦しんでいるのは明らかだった。

大急ぎで準備し、ほどなくして、私とリンショーピンの科学者、ペール・ルンドクヴィストは、ハヴァナ行きの飛行機に搭乗した。飛行機を降りた時には、私たちは何も知らされていなかった。「飛行場で会いましょう」としかキューバ側から言われていなかったのだ。

飛行場の階段で、私たちは、こちらですよと脇に通され、VIP向けのラウンジまで乗せてもらい、そこで招致委員、数名と顔合わせをした。中央にしっかり折り目の入ったズボンのにぴかぴかに磨かれた靴を履いた男性と、赤い口紅をした女性が、その集団の中で彼らが一番の重要人物なのだろうなと分かる仕草で、一歩ずいと前に出てきた。男性の方は健康省の次官で、女性の方は黄熱病は蚊によって拡散されると発見した、キューバ人疫学者カルロス・フィンライにちなんでその名がつけられた、フィンライ研究所の所長を名乗った。

私は赤い口紅の女性はコンチータという名前で、警察の関係者でもあると耳打ちされた。なるほどね、と私は思った。共産党か。もしくは中央委員会か。その上に警察がいる。キューバの共産党のトップとも、空港で会った。そこまで来て私はこれは大事だぞと気付いた。

翌日、ホテルに迎えが来て、フィンライ研究所に車で連れて行かれた。そこで私は今回の疫病に取り組む、キューバ人研究者ら――疫学者、臨床医師、研究所の研究員と面会した。空気は熱を帯びていた。干ばつに見舞われた土地に水をあげた時みたいに。キューバ人の研究者らは、海外の研究者を相談相手にできることへの熱狂を抑えきれない様子だった。彼らは誰がどこでいつ感染したのか、疫病について、一流の講演を行った。

大半は、タバコを栽培している地域、ピナル・デル・リオで発症していた。私たちは昼食をともにし、午後、研究所で作業をはじめるやいなや、ドアが突然開け放たれた。男たちの一群が入ってきたが、運動靴を履いていたからか、足音はしなかった。ポケットに銃を忍ばせた男らが角に立った。

その後、彼が現れた。フィデル・カストロだ。

彼のことはむろん、知っていた。おお、フィデル・カストロだ、と私は思った。カストロが大声で演説をしているのを私は見たことがあった。しかし目の前に立つその男は、まるでスウェーデンの詩人で作家で俳優のベッペ・ヴォルゲシュだった。彼は部屋にいた全ての人たちにわざわざ声をかけて回り、家族は元気かと聞いた。私を見るや、前のめりになり、両手を広げ、小走りで駆けてきた。

「スウェーデン人！」

私は仲間を紹介したが、カストロの興味の対象は明らかに私だった。

「私が入ってきた時、何を話し合っていたんだい？」と彼は尋ねた。

私は自分の授業のことを話し、カストロはモザンビークや社会主義者であるその国の大統領について質問を続けた。

「サモラ・マシェル大統領の時代に、モザンビークで働いていたのか？　それで若い頃に社会民主主義者に肩入れしていたのか？」

初め、私には彼が何を意図しているのか分からなかった。しかし少しするとようやく、彼が記憶の中の私の履歴書を頭の中で見返しているのだとのだと分かった。

「ひとつ言わせてもらってもいいですか？」

私はカストロに出し抜けに尋ねた。

「ああ」

カストロはその時、少し興味津々な様子で答えた。

「議長、私はあなた個人に、公衆衛生の研究者を代表して、御礼を言わせてもらいたい。あなたは大きな葉巻がトレードマークで、タバコの生産国のリーダーであるにも拘わらず、禁煙したと公言しましたね。それは非常に意義のあることでした」

カストロは笑った。部屋にいたほかの者たちも、いかにも独裁者の側近らしく、一緒に笑った。嘘っぽいつくり笑い。その笑いは感じ良くはあったが、少し間延びし過ぎていた。独裁者は敬意を示されたものと、快く受け入れていた。

カストロが部屋を出ると、私たちは議論を続けた。キューバの人たちは自分たちの任務を非常に真剣に受け止め、私たちが来たことを喜んでくれていたが、当の本人である私たちと同じぐらい、なぜ私たちがそこにいるのか不思議に思っているようだった。疫病はすでに沈静化しつつあったが、原因は分かっていなかった。恐らく、広がりかねない疫病は問題ではないと念押しすることと、人々にキューバはオープンな国で、世界から研究者を受け入れていると示すこと、両方の目的があるのだろう。

翌日、私たちは病院に寄り、患者と会った。私たちが訪ねたのは眼科で、私は様々な医師がいて、緑内障、白内障、糖尿病性網膜症といった各分野担当の様々な医師に分かれている特別医療のレベルの高さに感服していた。キューバ人の同僚たちは、私が興味津々に彼らのしごとを称えると気をよくした。

同じ日の晩、私たちはキューバの科学アカデミーのコンクリートの三階建ての建物の会議室で、警察とアカデミーのメンバーとの会合に参加した。私は自分が赴いたことのあるフィンライ研究所と病院の印象について話さなくてはならなかった。

会話は礼儀正しいトーンではじまったが、しばらくすると、私は研究所の調査法に疑問を投げかけた。ある人が何を食べたか突き止めること程難しいことはないだろう。いくらその人が詳しく話そうとしてくれたとしても、調べるべきことは、何を食べたかに限らない。特定のものをどれだけの量食べ、またそれらがどのように調理され、どこが原産かについても調べなくてはならないのだ。

「あなたたちの方法は適切ではないんじゃありませんか」と私は言った。「あなたたちはアンケートを一種類しか用いなかった。自分たちが正しい答えを導き出せているか、それでどうして確証が持てるのですか？　あなた方は食品を非公式に取引しているでしょう。キューバに有毒な食料をこっそり持ち込んだってことはありえませんか？」

「こんな閉鎖的な島で、そんなことができるわけないだろう！」と誰かが言った。

笑いが起きた。仲間を擁護しようとしているのか。かばおうとしているのは、彼らがキューバ人だからではなく、熟練の定量的分析疫学者だからなのだろう。彼らは病にかかった集団が、健康な集団と比較して、どのような危険因子にさらされているかを探る名人だった。文化人類学を看板に掲げ、オープンな質問を受け付けることで、疑問がさらに膨らみ、人々の顔色ばかりうかがうようになるのは、愚かなことに思えた。九〇年代、これらのやり方には大きな矛盾があった。

突然扉が開き、音のしない運動靴を履いた男が入ってきて、再び角に立った。それからカストロがやって来た。カストロのほかの会議と同じで、事前には何一つ決められていなかった。その後、私は科学アカデミーでの会議自体はすべて、私とカストロの会議みたいなものだと気が付いた。

彼は私の隣の肘掛け椅子に腰かけた。私は披露された講演すべてを称賛しはじめた。

「それではこれから何をしようか?」と彼は尋ねた。

「私の任務は、人々が口にしたもののうち、疫病の原因となりそうなものがないかを調べることです」

「だが私たちは、すでに調べきったじゃないか」とカストロは言った。

「あなたたちのアンケートじゃ、すべて調べきったことにはなりません。あなた方は自分たちの想定の範囲内のことを調べたに過ぎない。予想外のことは、調べられていないのです」

手法についてのディベートのゴングが鳴った。

「こういう特別な期間に、何を食べたか人々が本当のことを話すと思いますか?」と私は尋ねた。

するとカストロは私をさえぎり、激しい口調で言った。

「キューバの人たちは私たちの健康と医療に厚い信頼を寄せているんだ」

ここで私たちは決裂した。彼は明らかに苛立っていた。部屋にいた人々は魚みたいに無表情で、もじもじしはじめた。苦しそうに互いを見つめ、机に視線を落とし、部屋を出たそうな素振りをしはじめた。

「話をしていいですか？」と私は尋ねた。

自分の口から言葉が出てくるのが聞こえる。カストロはややいぶかし気に答えた。

「話？　もちろんだとも」

私たちは見つめ合った。

「私はまだ学生で若かった頃、あなたとチェ・ゲバラが革命を起こそうと、メキシコからグランマにボートでやって来るドキュメンタリを観ました」

「あのドキュメンタリを観たのか？」

「ええ、白黒の」

「私たちが上陸した時の様子は、記憶に残っているかい？」と彼は聞いてきた。

「いいえ。船に乗っていたところと、上陸した後の様子を見たのは覚えていますが」

「それはいい。上陸の様子を撮影したことはないからな」

人を試すとは、いかにも独裁者らしい。

「でも私はあなたがシエラ・マエストラ山脈の人々と暮らしていたのを見ましたよ。あなたは彼らの生活状況を知っているではありませんか。それまではあなたは恵まれた学生でした。それまでのあなたは都会から離れた地域の人たちとともに暮らしたことはありませんでした。シエラ・マエストラの人と暮らすまでは、あなたは彼らのことを分かってなかった」

「その通りだ」とカストロは言った。

「あなたはハンモックで眠り、彼らと畑で汗を流していました。子どもたちの宿題や、女たちの食事の支度を手伝っていました。それで初めてあなたは彼らのことが真に理解できたのですよね？」

「ああ」とカストロは言った。

「ですが、一つ驚いたことがありました。全くドキュメンタリに出てこなかったことがあったのです」

「それは何だ？」

「あなたはアンケートをとっていなかった！」

部屋にいた大半の人たちは私が何を言わんとしているか理解していないようだった。だがカストロは分かったようで、笑った。

「私はあなたがしたのと全く同じことをしたいのです。研究チームを引き連れ、ピナル・デル・リオに赴き、人々の生活を正確に調査し、思いがけないものが見つからないか目を光らせたい。それこそが『開かれた研究（オープン・リサーチ）』なのです」と私は言った。

「マエストラ山脈の流儀から、今、研究が生まれようとしているのです」

私がこう言い足すと、カストロの表情が華やいだ。その後、何ら合意に至ることなく、彼は立ち去った。

翌朝、私が朝食に下りてきた時、二人の男性が私を待ちかねていた。一人は軍服姿で、気を付けの姿勢をとっていた。キューバの軍の司令官と保健省の大臣らしい。二人はカストロが私に六カ月留まってほしい、私に調査の全権を任せたいと思っているらしいと知らせてくれた。

頭がぐるぐる回る。六カ月だって？　キューバの最高指導者が、私に留まれと言っているのだ。スウェーデンの家では、家族が待っていて、夏は一家で過ごすつもりだったのに。私は時計を見た。今スウェーデンは何時だろう？　私はどうしようもなくアグネータに電話したくなった。

「ハンス！」受話器の向こうでアグネータが言った。

久しぶりだったので、私は少しの時間、近況を伝えてから、本題に入った。

「何ですって!?　カストロに会ったの？」アグネータが叫んだ。

キューバ側の要望を説明した上で私は三カ月ここに留まりたいから、途中の一週間、子どもたちと夏休みを過ごしに来ないかと提案した。

アグネータはじっと聞いていた。

「OK」と彼女はいつものようにしゃきっと答えた。

＊＊＊

翌日、私たちは研究計画を立て、疫病の詳細な分布図を作った。郵便局の主任は、私たちが正確な住所を調べるのを手助けしてくれた。郵便番号などないが、私には手伝ってくれるキューバ人の同僚が何人かいた。その同僚には、とても仕事ができて、アンゴラでの経験も長い、地域で最も影響力のある疫学者のマリルーズ・ロドリゲスがいた。私たちには仕事面で共通点が多くあった。マリウスはオープンで、自発的で、くりんくりんの赤毛に、赤い口紅をつけるという国の風習に従っていた。私はキューバで見たもの程、赤い口紅を見たことはない。

キューバ危機という「特別な期間」の意味を私が真に理解したのは、このマリウスからだった。私はある土曜、マリウスと夫の家に招待された。マリウスの傷ついた手に夫が手を添え、座っていた。その日は洗濯日だった。一家のシーツと服は、表面がぎざぎざのセメント板を使って手洗いされていた。ところが洗剤も液体石鹸も石鹸もなかったので、肌にはよくないが、マリウスは塩を使っていた。流行していた疫病の感染予防に躍起だった職場の職員のうちの一人もまた、シーツを塩で洗うのに、土曜の半日を費やさなくてはならなかった。ところがマリウスは政権を支持していた。彼女は革命家で、政権の医療における功績を特に誇っていた。彼女は生涯、政権を支持し、結核を克服し、皆が使いやすいトイレを導入した。当時のキューバで、医療業界で働くことは誇れることだった。

私が半定量的調査と呼ぶものからはじめた。私たちは麻痺が何度も起きている集団と、麻痺が数回しか起きていない集団に注目した。これを通し、疫病が広まっていない地域は、未だに個人で農業をしている地域だということが分かった。革命後、キューバは大農家を国有化したが、小作農にまでは国の手は及ばなかった。農民に誰にも邪魔されずインタビューするため、政権の目と耳に入らないように、かつてアフリカで私が使ったのと同じ計画を実行した。地域社会にたどり着いた私は、権力構造の把握に力を注いだ。壁にレーニンとマルクスがあしらわれた党の会議室で、よその国の医師に興味津々の秘密警察の前で、私が座の中心になった。私は真剣味が伝わるように、手に質問のリストを持っていた。私は実際には研究上、何の重要性も持たない物事に疑問を抱いたふりをして、権力者の血圧を測ってあげた。労働許可を得て私と働いていた女医もその間、一緒に村の女性たちと議論し、その村で私たちがやって来た目的を果たすことができた。人は誰かの関心を大いに満たすことができるものだ。

私がキューバにいる間、カストロは私のことをあちらこちらで話し、国営新聞で私は、キューバで働くため休暇を割いてやって来た〝かのスウェーデンの医師〟と書かれる始末だった。カストロに、「お前たちには休暇などないからな」と言われたキューバ人の大半の怒りの矛先は私に向いた。指導者は私を国営放送に出演させようとした。しかし私は逃げ切った。独裁者に仕える時、自分の役割をはっきりさせておくべきだ。ここでの私の任務は何だろう？　キューバでの私の任務は、疫病の原因を突き止めることだった。任務を果たす上で、私は国の指導者の機嫌を損ねてはいけないし、かといって政権に利用されてもならなかった。そして何より私の周りの人を傷つけられてはならなかった。制約の下で生きること、またスウェーデン人がするような会話は公の場では絶対にご法度で、そういう話は内々でこっそりしているようだった。そういう場合、誰かが考えを共有したそうにしているサインを待たなくてはならない。自分を律するのは難しい。会話し、ともに働く人の生活状況を自分のことのごとく捉え、相手の視点で何もかも捉えてみるのだ。

家族が訪ねてきた。休みの後も、娘のアンナはこの地に留まった。彼女は同じ年頃の子と仲良くなって、夜中に外で一緒にサルサを踊った。人々は車に乗っていた。車を走らせるには、闇市でガソリンを買う必要があった。私の娘はあるアパートでバスタブに隠したガソリンを譲ってもらっていた。彼女は値段や品物に目を光らせ、そこから私たちは真夜中に踊るティーンエイジャーの娘との会話という新たな調査対象を得た。夜中、娘が帰ってくると、私は娘のベッドの端に腰掛け、どうだったか詳しく聞こうとしたが、娘は疲れ切って、とにかく眠りたいようだった。

ピナール・デル・リオのナイト・ライフについてアンナから話を聞けたおかげで、私はキューバ社会と闇市場を知ることができた。娘がまだ寝ている朝食時に、私は疫病研究の同僚に新たな情報を伝授した。

昼間にデータを集め、夜にそれを集計した。深夜までに準備が終わると、ギターを持って外に繰り出した。いつも誰かが「キューバは何て美しい」を演奏していた。私たちは外国人向けのビールをもらってきた。私は一日に二瓶から三瓶、呑めた。

やがて、私たちは集計結果から、一時間ごとの患者数を表にした。これらのカーブは、一連の出来事と一致しているのだろうか？　外国と関わりのある人たちは理不尽な判断が下され、社会的配給の量が減らされているのが分かった。ピナール・デル・リオには、およそ一万の病人がいた。小作農は問題ないようだったが、食べ物に恵まれないタバコの大農園の労働者に感染者が多かった。

闇市場で何が起きているのか国民にを知らされることなく、キューバ社会が、政府に好き放題扱われているのは、理不尽に思えた。私の同僚たちは、政府が闇市場の値段を把握しているという話をてんで聞いたことがないようだった。

「そんなわけない」

そう同僚たちは言った。

しかし私は彼らを信じなかった。

「では、議長に話に行かないか。あの人なら知っているだろう」と私は言った。

同僚たちはこの上なく不愉快だと思っていたが、面会を申し込んだ。議長は物が山のように乗せられた机ごしに私たちを迎えた。私はここまでに分かったことを説明した。特定の地方では病気が非常に広がり、別の地方ではまったくだったりする。また小作農には問題が起きていないのに、食べ物に恵まれない大農園の労働者は感染しているのはどういうわけか。

議長は非常に興奮していた。

「配給外の食事を買う経済的余裕がある人たちは感染を免れたのではないでしょうか。値段の高騰についてはご存知ですか？」

議長はいよいよ厳しい表情になった。

「何が言いたいんだ？」と彼は言った。

「そうですね。議長、スウェーデンは食料には困っていませんが、キューバが恐らく抱えていないであろう問題を抱えています。それはドラッグのまん延です」

スウェーデンの薬物のまん延ぶりを私はリアルに語った。

「ヘロイン、アンフェタミン、大麻。闇市場は禁止されてはいますが、取締り切れません。でも警察に値段を知らせる情報提供者がいるのです。値段が下がると、スウェーデン人は需要に供給が追いついたと分かるのです」と私が言った。

「なるほど、面白い！　私たちも概ね同じ方法をとっているんだ」

議長は私たち全員を見た。

それから、「私たちはそれを『内需研究所』と呼んでいるんだ」と言った。

同僚たちの動きが止まった。

「研究所の人たちに私たちは会えますか？」

私はゆっくりと尋ねた。

カストロはそう、私にすべて任せると言ってくれていたのだから。二言はなかった——しばらくしてすぐに私たちは番号のない簡素なドアの前に立っていた。

「お待ちしていましたよ」

ドアを開けた男が言った。

中には肥満の女性が座っていた。それ自体が驚きだった。その夏、キューバでは肥満の人はほんの数名しか見かけなかったのだ。女性らは石油と肉の値段には相関関係があると話すと、カーテンの引かれた部屋で私たちに数字を見せてくれて、それらを私にコピーさせてくれた。東ドイツの映画の世界にタイムスリップしたような気分だ。

私とその女性が集計の方法論について議論をはじめると、有能な同僚がするように、彼らは完全に静かに耳を傾けていた。

ホテルまでのタクシーでは、私たちは全員黙っていたが、ホテルに到着し、ようやく腰を落ち着けると、私は叫んだ。

「ほら、だからあるって言っただろう！」

私は興奮し、少し得意だった。そら見たことかと。ところが私は彼らのテンションが下がり、半ば悲しんでいることに気付いた。

「分からない。どうしても理解できない。一カ月しかこの国にいない外国人のあなたがなぜ、こんなことが分かるのですか？　私たちの社会がそんな風に統治されているとは思えない。私は革新的すぎるのだろう」と一人がいうと、仲間を見つめた。

国民が闇市場を見守るのを許さず、野放しにしておくとは、なんと賢い政権だろう。彼らは自由主義なくして生きるべきと思っているようだが、絶対に彼らにはそれが必要だ。赤い口紅はスポーツチームが外国に旅行した時に買ってきたものだった。口紅は価値があるのに、かさばらないので、持って帰りやすかった。しかし口紅を持っている人は国民全員にはほど遠かった。

アパートの同じ階の一人しか口紅を持っていないのが普通だ。その人のところに行って、使用料を支払って使わせてもらうのだ。

キューバの疫病は、ソビエト連邦の崩壊以降、人々が栄養バランスの偏った食事しかとれていないことと明らかに関係していたと結論づけた。発症したのが現役世代だったのは、子どもや年寄りに卵や肉を譲ってしまうからだった。極端な人たちは、米と砂糖しかとらない。ビタミンやタンパク質の欠けた危険な食生活だ。闇市には常に砂糖があった。朝食に「チキン・スープ」が——実際は砂糖水の——常にあると、キューバ人はジョークを言っていた。

私たちは結果を政権に報告すると、病気の原因は栄養失調により中毒にかかりやすくなったからということは他言しないと約束をし、三カ月でキューバを去った。食事のせいだと言われると、政権には都合が悪かった。代わりに病気は無毒な物質が体内で有毒物質に変わる代謝による毒化である毒物代謝産物によるものと言えと命じられた。

スウェーデンのアーランダ空港に到着した時に私たちが知らなかったのは、スウェーデン放送が、インタビューしようと待ちかねていたことだった。キューバの人たちと、スウェーデンのメディア対応について話し合っていなかったのだ。私たちはカストロにあらかじめ、金を払っているのは納税者なのだから、祖国での記者の質問に私は答える義務があると伝えておくべきだった。もしインタビューに答えたら、スウェーデンの著名な研究者がキューバの食糧事情の粗悪さが原因で人々が病気になったのだと言ったというニュースをロイター通信がたちまち世界に報じてしまうだろう。キューバ政権は私の発言に怒って、私たちの協力関係にヒビが入るだろう。その後、私は調査結果について沈黙を貫いた。

数年後、私はキューバの保健省から、地球規模の見地からこの島国の健康について講演するよう招かれた。私はこの国の所得水準が低い割に、子どもの死亡率がアメリカと同じぐらいである理由を説いた。拍手喝采だ。私の講演の後、感激した保健省大臣が舞台に飛び上がり、熱を込めて私に感謝の言葉を送ってきた。

「私たちキューバ人は貧しい国の中では一番健康だ！」と彼は言った。

私がコーヒー・マシーンの方に歩き出すと、若い男が近づいてきて、私の腕をそっと引っ張り、脇に連れて行くと、ささやいた。

「あなたのデータは正しい。ですが大臣の出した結論は誤りです。私たちは貧しい国の中で一番健康なわけではありません――健康な国の中で一番貧しいんです」

そう言って彼は立ち去った。私は口元に笑みをうかべ、しばらくそこに立っていた。その男の言う通りだ。キューバの注目に値するところは、健康面での進歩ではなく、政権が経済成長と言論の自由の確立に恐ろしい程に失敗したところだった。

この日まで私はキューバの疫病についての研究結果をまだ公表していなかった。キューバ人の同僚たちに迷惑をかけたくなかったのだ。世界中で、キューバで得たその同僚たち程、親しく強固な絆を築けたことはなかった。

キューバで私が仰せつかった任務もまた尋常でないドラマチックなものだった。研究は通常、退屈なものだった。研究者に一番必要な資質は忍耐力だ。研究者は何年ものインターバルを経て、発見という大きな達成感を得られるのだ。だんだんと、このような認識が時折訪れるようになった。

＊＊＊

一九九六年、私はウプサラ大学を辞め、カロリンスカ研究所に着任した。グローバル・ヘルスの五週間コースを行った。コースは後半が海外実習であったため人気で、毎学期、一〇〇人強の医学生のうち三〇人が参加してくれた。

学生たちは皆、世界の成長に強い関心があり、大半は例えば国境なき医師団といった団体で、国際的な仕事をしたがっていた。ところが年々、これら学生の熱意に対し、私は懸念を抱くようになっていった。グローバル・ヘルスについてすでにたくさん知っているような学生ばかりにこれらの講座が受講されたらどうなるのだろう？

ある考えが頭の中に浮かんだ。グローバル・ヘルスの講座を全学生、必修にする必要があるのではないか。この私のアイデアを裏付けるため、私はほかの学生と比べ、受講生が講座をはじめる前にグローバル・ヘルスについてどの程度知っているかを証明することにした。学生の一人、ロビン・ブリッタン・ロンが、この研究を論文で扱うと申し出てくれた。目的は、学生たちのグローバル・ヘルスの基礎知識を測ることだった。

集中治療についての講座を選んだ学生と、私の講座を選んだ学生の知識を比較することになった。ロビンから初めて結果を見せられたとき、私はがっかりしてしまった。グローバル・ヘルスに強い関心を抱いた学生の知識量は、集中治療に力を入れるようという選択をした学生と、変わらないことが判明したのだ。

何てことだ、私の思い違いだったか。グローバル・ヘルスに関心があるからといって、自然と世界についての知識が増すわけではなかった。

ところが後に彼の結果をよく見た際、鳥肌が立った。背骨に震えが走り、鼓動は速まり、半ば息が止まりそうになった。なんと散々な結果だろう。グローバル・ヘルスの学生の知識がどれ程乏しいのかという発見へとつながった質問はこんなものだった。

「以下に五組の国がある。各ペアのうち一方の国の子どもの死亡率はもう一方の国の倍だ。二倍なのはどちらの国だろう?」

どのペアも、ヨーロッパの国とヨーロッパ以外の国という組み合わせだった。子どもの死亡率は、その国の全般的な社会経済成長を測る最良の方法の一つだ。そのため、正しい答えを選ぶために、学生たちはそれぞれのペアでどちらの国の方が発展しているか大体のイメージがつかめている必要がある。

各問いに選択肢が二つしかないのを考慮に入れると、答えを無作為に選んだ時の正解率は五〇%のはずだ。しかし学生たちの正解率は、運にまかせて選んだ場合よりも低いわずか三六%だった。「回答A」と書いたバナナと、「回答B」と書いたバナナをチンパンジーに渡したら、正答率は五〇%になるはずだ。

私に鳥肌を立たせたのは、まさにそのことだった。当てずっぽうで答えた時よりも正答率が低くなる原因は、先入観にあると言えるのかもしれない。学生たちは皆、ヨーロッパの国はアジアの発展途上国に比べ、子どもの死亡率が低いと考えた。ところが一九九九年にすでに、韓国の子どもの死亡率はポーランドの半分以下であったし、スリランカはトルコの半分以下、マレーシアの子どもの死亡率はロシアの半分以下だった。

冷静になってみて分かったことは、グローバル・ヘルスの授業は、知識をただつけることを目的とはしていないということだった。私の授業は、西洋社会が常にそれ以外の国々よりも進んでいるという先入観を拭い去るためのものだった。世界に強い関心のある学生が世界についてより知っているわけではないというこの発見を、他の驚くべき発見に加えるべきだ。

または学術的に慎重になって、グローバル・ヘルスの五週間コースを受講するという選択をした学生たちが、世界についてより多くの知識を持っているようには見受けられなかったとしようか。集中治療コースを選んだ、より普通に見える学生たちが、世界について知らないわけではなかった。そして恐らく最も注目に値するのは、スウェーデンの教育制度で最高の成績を収めた学生グループでさえも、グループ全体としては、無作為に選んだ場合より正解率が低かったということだ。

東南アジアの進歩にアグネータと私がショックを受けてから二十五年たった今も、スウェーデンの学生たちは世界のこれらの地域がヨーロッパにどのように追いついたのかや、アジアのより多くの国がより多くの点で、ヨーロッパの特定地域を追い越したのか知らないのだ。学生たちはいまだに「西洋が一番」と思い込んでいて、その思い込みが原因で、世界に関する知識で、チンパンジーに負けたのだ。

私はカロリンスカ研究所に入る前の一〇年近く、ウプサラ大学で健康と人口についての地球のトレンドについて教鞭をとっていた。世界で何が起きているのか、強い先入観に基づく意見を持つ賢く、やる気のある学生と私は何人も出会ってきた。スウェーデンの学校で受けた彼らの教育は、世界について最も基礎的な知識すら提供しなかったことは明らかだった。

学生たちは、私は世界の人々の健康は着実に改善されていると言うが、環境汚染により健康状態が悪化しているのだから、私のデータは誤りだと言う。私は世界人口の増加率はここ二五年で着実に下がってきていると言い、彼らはかつてない程に上昇してきていると言う。彼らは人口爆発により環境が悪化したと習った。学生たちの中には貧しい国で毎年亡くなっていく何百万人もの子どもたちよりも、亡くなっていく動物たちの方を気にかける人もいた。ゴリラの暮らす地域で生きる人たちの暮らしが劇的によくならない限りは、ゴリラの未来はないと説明しようとした。

講義の後、学生たちの一団が私の元にやってきた。その会話には、私が近年、耳にするようになっていた様々な言論が、集約されていた。

「世界の人口爆発が環境悪化の原因のはずです。でも、あなたはそうじゃないと言う！　ですが人口は毎年、増えてきている。あなたの数字は間違っているに違いない」

彼らは取り乱しているように見えた。高校で世の中はそういう仕組みだと習ってきたのに。一人の女性がグループを代表して、人間が子どもをたくさん産みすぎたことで生まれた「人口爆発」が原因で、サイと同じくチンパンジーがどのように脅かされているのか発言した。その女性が発言を続ける周りで、ほかの子たちが立ち、その意見に同意を示した。避妊具を使うことで発展がはじまるのだろうか？　ひょっとしたらそれにお金を払ってもらえればいいのだろうか？　それとも不妊手術でもしろというのか？


「避妊具の使用は世界的に増加傾向にある」と私は言った。

「だけど、さらに啓蒙が必要です。不妊手術はできませんか？」と学生が言った。

「最貧国での子どもの死亡率は、彼らが避妊具を受け入れる程には低くないんだよ」と私。

「ですが避妊具を受け入れれば、ほかの子どもたちが生き延びられる可能性が高まりませんか」と学生。

「だが一人一人は、そうは考えないんだ！　動物たちの保護を最優先にはできない。しかし人間が十分に満ち足りれば、危機にさらされている動物たちを守る助けになる。まず優先すべきは人間だ」

するとと学生らは目を丸くした。

「人間？　でも害になっているのは、人間でしょう！」

彼らは一体何を勉強してきたんだろう？　思い違いも甚だしいと私は思ったが、学生たちに「無知」という言葉を放たないようぐっとこらえた。心を無にした。学生たちが今どこでつまずいているのかを把握し、説明するのはとんでもなく難しいことだった。ボーヒュース地方の海岸にやって来る石油をたくさん積んだタンカーに例えようとした。埠頭に雷が直撃しないようにするために、岸に着くずっと前の海上で、エンジンを切らなくてはならなかった。陸に着くまでにまだまだ時間はある上、速度はまだ速いけれど、エンジンはすでに切られている――それと同じことが人口のピラミッドにも言えた。

「私が言っているのは、子どもの出生率をどうしたら下げられるかってことだ。人を殺すことはできないだろう！」

「そんなことは一言も言っていません！」と学生が声を荒らげた。

その辺りで議論が中断した。私も言いすぎてしまった。その後、授業の中で私は再度、説明を試みた。ほんの数人は納得してくれたようだが、それでは十分ではなかった。学生皆にアハ体験をさせてやりたかった。しかしそれは無理そうだった。

＊＊＊

毎学期、毎学期、学生たちは同じことを同じ調子で言うのだった。狂信的で感情的な少数の学生も、より客観的で落ち着いた学生も。しかし大衆というのは社会運動家に傾倒するものだ。

時は九〇年代で、当時は動物のことがよく取り沙汰され、気候変動への言及は少なかった。「レッドリスト」が発表され、動物たちは危機に瀕し、国際自然保護連合は、同じ地域に暮らす人間がつつましい暮らしを送らないと、チンパンジーを救うことはできないと考えた。しかし社会運動家の方向性は違っていた。

学期最初の授業の後、私は取り乱して家に戻り、学生たちの考えの多くをののしった。彼らの最も強い先入観に冒された考えは、世界が二種類の国と人々で成るというものだった。私がカフェを歩き回り、授業について話しているのに耳をすますと、大半の学生たちが「自分たち」と「あの人たち」というテーマでしか世界を語っていなかった。彼らにとってごく当然の主張が何度も繰り返された。

「あの人たちが自分たちのような暮らしを送れるようには、天と地がひっくり返ってもならない。中国人が皆車を持つようにはなりえない」。世界で最も豊かな人たちが今のように資源を消費し続けることはできないというのは、私も同意見だった。一番貧しい人は、より多くを消費し、大多数である中央値の人たちは、持続可能な消費について、一番豊かな人たちに従わなくてはならなかった。学生たちで同意したのはほんの少ししかいなかった。大半の人たちは、貧しい人たちはインドやアフリカの農村や熱帯雨林で、幸福な人生を生きていると強く信じていた。私たちは彼らの人生を変えるべきでなく、そのように生きさせるべきではなかったと。

これらの主張は、私にとってひどくショックなことだった。私は私が出会った人々がどのように電気や水道や道路や病院へのアクセスを望んでいたのかを覚えている。

学期ごとに新たな講座を受け持ち、様々な経済レベルでの生活について学生たちに教えるのはやりがいがあった。何よりも、「自分たち」と「あの人たち」という区別はもう通用せず、様々な幅広いレベルの生活水準の人々がスウェーデンから熱帯雨林の国まで、分散していると説明しようとした。

私は授業の初めに、全生徒にA3サイズの資料を配ることにした。そこには世界の子どもの状況について国連児童基金（ユニセフ）の年次報告書の表1から表5が載せられていて、前年と二〇年前のすべての国の人口、経済、健康に関わるデータが示されていた。私は大きな進歩を遂げた国々について知るために、学生たちにその資料を使わせた。データにより、子どもの生存率や女性の出生率には、もはや二つのグループに分かれやしないということがはっきり示された。

大半の学生は大いなるアンチ・ファクト主義者で、発展途上国のデータは多分誤りだと言っていた。

休憩時間と質疑応答の時に私は、世界の人口が爆発しているのはアフリカやムスリムやほかの貧しい人たちがたくさん子どもをもうけすぎていて、地球の人口をおさえているのは高い子どもの死亡率のせいだと言われた。私は自分が持つ中で最も信頼のおける国連を出処としたデータを参照して言った。

「子どもの死亡率の高さが人口爆発を抑止していたのは、もう何十年も昔の話だ。最貧国でも子ども五人のうち四人が生き延びることもあるんだ！　人口増加が一番急激なのは、子どもの死亡率が最も高い国だ。残された唯一の道は、子どもの死亡率と貧困を減らし、子どもが生き延びられるようになったら、人々に避妊具を供給することだ」

私は説明するのがいかに難しいのかに驚きながらも話を続けた。

大勢の学生は、子どもたちの生存率が増えると動物は死んでしまうという議論にしか反応していなかった。私は子どもたちの生存率が上がるなら、母親一人につき産む子どもの数を減らさないと、人口が安定せず、動物によい影響を及ぼせないと再び説明した。私は質疑応答の際に、グローバル・ヘルスについての私の主な任務は、最貧国の子どもの死亡率を減らすことだと言った。講堂の一番うしろの列に座っていた一人の生徒が、大声で叫んだ。

「あなたは動物にとってはヒトラーみたいなものだ！」

その晩、夜一〇時に自宅に戻った私は、私が事実を生徒たちに教えるこの方法はうまく機能しないと認めざるを得なかった。今起きている変化が学生たちに分かるように、世の中の進歩を示すには、どうしたらいいんだろう？　学生たちに世界の国は単純に二種類には分けられないと示すために、私はどうしたらいいんだろう？　私はそれをヴィジュアルで示す必要があった。私に十分な力がなく、熟達の必要があるのは、私に任された任務だと分かった。誰かがやれるとしたら、それは君だという、心の声に突き動かされていた。

でも植民地時代の東と西という古い概念も、世界を南北で分けるという新たな分け方もどちらも世界の本当のあり様を映し出さないということを、どうしたら私は示せるんだろう？　私は講義室のコート掛けに上着を掛け、リュックを床に置いている間に、このことについて考えた。背筋を伸ばすと、あることが思い浮かんだ。それぞれの国の人口をバブルチャートで示してはどうだろう？　私は横列が一人あたりの収入、縦列が寿命と子どもの成人までの生存数という形で、健康を示すグラフにそれらのバブルを配置した。その晩、最初のプロトタイプを作るのに、数時間かかった。私は国連児童基金の年間報告書のデータを使い、それを統計プログラム〝StatView〟に流し込んだ。プロトタイプをプリントアウトしてリュックサックに入れてから私は横になった。いずれ、私はそれを学生たちに試してみようと思った。

見込みはありそうだった。学生たちは、北と南が健康と病気とでくっきり分かれ、東と西が富と貧困でくっきり分かる新しいタイプの世界の見方を気に入ったようだった。私はこの時点で、これらのバブルが私の人生をどう変えるかや、自分が教授になることなど、予想もしていなかった。

カロリンスカ研究所へ行く途中、ノールマルムの半溶けの雪の上を走り抜けた一九九六年のストックホルムのある冬の日が人生の分岐点だった。私は手に数枚、書類を持っていた。私はカロリンスカ研究所の国際健康課で教授職に就くための申請をして面談に呼ばれた六人の中の一人だった。教授になれるだなんて思ってもなかった。ほかの多くの申請者が自分より有能だと分かってはいたが、私は雇用委員会と面談することになった。ぎりぎりになって私はチャートをカラー・コピーをしようと思い、それらを持っていった。

ドアが開き、委員会の委員長から上がって、向かいの机につくように命じられるまで、私はそこに佇んでいた。楕円形のテーブルの周りには、八人の教授が座っていた。全員私よりも年上のようだった。彼らの背後の壁には、冬の日の光が窓から強く差し込んでいて、教授たちの顔ははっきりと見えなかった。

「ハンス・ロスリングさんですね。あなたが最後の面接者です。グローバル・ヘルスという学問分野の核は何だと思いますか？　これから二〇分でカロリンスカ研究所のこの分野の教授に、なぜあなたが一番ふさわしいのか理由を説明してください」とアーリング・ノルビが言った。

私は自分だったらこの分野でどうすれば最も貧しい人たちの健康を促進し、再構築できるかに焦点を当て、健康と世界の医療について包括的に研究できると答えた。その後、私は続けた。

「ほかの申請者に私より有能な人が何人もいますので、私は自分が教授職に就くべき理由について話すつもりはありません。代わりに私はこの二〇分間で、先生方が、教授にふさわしい人を選べるよう、グローバル・ヘルスの分野の多様性についての基本をお教えしましょう。私はこのテーブルについているあなた方の著書をチェックしたので、この中にこの分野に秀でた人がいないと知っています。私はそれぞれに色つきのバブルチャートをご用意しました」と私は言った。

それぞれのバブルには、その国がどの大陸にあるのかを示す色がつけられていた。縦軸には平均寿命が、横軸には一人当たりの収入が示されていた。

「ご覧ください、寿命が短く、低収入のコンゴから、寿命が長く、高収入の日本までが載っています」

大半の国が中間値にあったので、世界を発展途上国と先進国に分けることに意味はないのだと、私は続けて説明した。

その後、感染症や栄養失調によって引き起こされる病気から感染しない病気――高齢になってからかかりやすい長期的病気に至るまで、発展段階でかかりやすさが異なると説明し続けた。秀でた人がいないと言ったことに先生方が怒り出す隙を与えないように、テンポを上げた。実際、楽しかった。注意を惹きつけられた上、時にはいくつかポジティブなコメントまでもらえた。

その後さらに質問が続いた後、お礼の言葉を述べられ、家に戻った。その晩、私は友人のステファン・ベルグストロームが期待通り、教授のポストに就けたと知らされた。しかし、真のサプライズは翌日、電話が鳴った時に訪れたのだった。

「おはようございます。雇用協会の会長アーリングです。あなたは教授職には就けませんでした。しかし私たちはあなたの授業に感銘を受けたので、六年間の上級講師の職を用意したいと思います。オファーを受けてくれますか?」

私はそれを受けることにした。この数年後、私はカロリンスカ研究所の教授になった。私が面接までこぎつけられたのは、研究のおかげだったが、教授になれたのは、色とりどりのバブルチャートでいっぱいの、私の授業のおかげだった。

第六章　教室からダボスへ

私がその後の道を決めたのは、ほかの教授や学生からのバブルチャートへの反応を受けてではなかった。私を決意させてくれたのは、一九九八年の九月の晩、夕飯のテーブルでの息子のオーラとおそらくは何よりも彼の妻のアンナのリアクションだった。

二人は週末にウプサラを訪ねて来て、ヨーテボリでの生活について話してくれた。二人とも二三歳だった。アンナは以前、文化社会学を学んだことがあり、当時はヨーテボリの写真学校に通っていた。オーラは経済史を学んでいたが、それも主に学生ローンを借りて、そのお金で絵の具を買うためだった。オーラは二年連続、美大入試で補欠の一人目だったが、同じ美大に再び願書を出していた。

デザートの途中で、私は彼らに色のついた新しくてきれいなバブルチャートを見せた。二人は明らかに関心を持っていた。世界の国は貧しい国から豊かな国まで、様々なレベルに分散しているということを認めたがらなかった学生に対し、私が事実を疑え（ファクト・レジスタンス）と話したと言うと、二人の関心はさらに高まった。アンナはコピーを一組持ってくるよう頼んできた。それをヨーテボリの自宅の壁に貼りたいのだと言う。二人の友人たちはやがてそれを見て、すぐに私が説明した事実への抵抗を裏付けた。その時、私の数へのこだわりがアンナとオーラの芸術的才能と融合する、生涯に及ぶコラボレーションのはじまりになる予感がかすかにしていた。家族とのディナーがどんな未来をうみ出すかは蓋を開けてみないと決して分からない。

二週間後の一九九八年九月一六日、私はオーラから「オーラの新たなチャレンジ」という件名のメールを受け取った。彼はヨーテボリの文化広報誌のワークショップで彼がアニメの新たなコンピュータ・プログラムをどう習ったか熱心に話した。メールはこんな文章で終わっていた。「おめでたいニュースがあります。二カ月以内に僕はアニメーションソフトのDirector 6.0をマスターするから、お父さんの子どもの生存率とGDPチャートをアニメーション化することができるよ。お父さんがそうしてほしいなら。返事を待っています」

私はすぐ様、返信した。

「おお。それは面白そうだ」

とは言ったものの、私はオーラが何を作ろうとしているのか、ほとんど分かっていなかった。

数週間後、オーラが電話をしてきて、バブルを動かすことはできたが、家に品質のよいコンピュータがあれば、もっと改良できるのにと言った。彼は各国のバブルが一年一年、変化していき、世界がどう進歩してきたかが分かるプログラムを完成させる必要があった。

オーラは私に買ってもらった古いコンピュータは一二年前のもので、メモリの量が十分でないので、新しいコンピュータを買う金を貸してくれないかと礼儀正しく申し出てきた。

さて、この先オーラとアンナが作り出すコンピュータ・プログラムのおかげで数年後に称賛を受けることになる私は何と答えただろう？　私はオーラが実のところは、美大に入学申請をするためのアニメーション映画を作りたいのではないかと疑っていた。オーラは大学入学前の短期講座で学び、ストックホルムの劇場へ参加し続け、様々なフォルケ・ホイスコーレに通っていたことがあった。芸術家として生きていきたいなら、お金がなくても何とかやっていけるようにならないといけないと考えた私は、保守的な親に変わった。だめだ。私は諫めるように言った。お前は私の古いコンピュータをもらったんだろう。それで事足りるはずだ。オーラは動画を作るのにどんなことが技術的に必要なのか、少し説明しようとした。

翌日の午後、オーラが再び電話をしてきて、彼が銀行からコンピュータ代金を借りようとしたが、保証人が必要だと言われたと言った。今度も私は彼の話を聞いていなかった。私は彼の熱意と頑固さが、彼が世界の進歩を示すプログラムを本気で作りたいという思いに下支えされていると分からなかった。私は再び、ノーと答えた。

今、これを認めるのは、恥ずかしいことだ。その額が、家計を圧迫するからではなかった。オーラが言うことに耳を傾けるのは、私にはまったく無理だった。ところが彼は自分を止められなかった。彼は中古のコンピュータを友だちから買い取り文化広報誌の作業場を自由に使ってよいと鍵をもらい、そこで一九九八年の秋の夜な夜なプログラミングを学んだ。彼は当時、「世界の歴史的な健康チャート」と呼んでいたものの最初のバージョンのプログラム・コードを書いた。アンナはユーザー・インターフェースのデザインをした。私はクリスマス休暇にそれを見せてもらった。今でもその時、バブルがゆっくりと、美しく、病気と貧困の左下の角から、繁栄と長寿の右上の角へと動いた時に自分が息を呑み、背すじが伸びたのを覚えている。

「ほら、こうしてスウェーデンにカーソルを合わせると線でつながっただろ」オーラはそう言って、笑った。一八二〇年から一九九七年までのすべての国のバブルが再び動き出したが、改良によりスウェーデンの五年ごとの発展の推移が見られるようになった。これら小さな改良により、ここ二世紀のスウェーデンのたどってきた道を可視化し、それを他のすべての国の同時期の成長率と比較することがいきなり、可能になった。マウスポインターでバブルを選択すると、国の名前が見えた。そしてスウェーデンの推移を見れば、この国がどの年に、どのレベルにあったか、つまりはスウェーデンがどの健康レベル、どの収入レベルだったかを見ることができる。何と、まあ。

私は自分から言った。

「この開発をさらに続けるために、お金を申請せねば！」

研究プロジェクトに私が申請した資金源から、このプロジェクトに何かしらの助成をもらうのは極めて難しかった。お金がもらえるのを待つ間、アグネータはアンナとオーラが自宅で作業できるよう、それぞれのコンピュータを買うのに十分なお金を貸すことにした。私は自分の授業で動くバブルチャートを使いはじめた。

過去にはコペンハーゲンといった遠い地にも、授業をしてくれと招致されたこともあった。ところがこの新しいツールを使いだした私は突然、ジュネーブに招かれ、WHOの統計の責任者からこう言われた。

「こんなものは見たことがない」

スウェーデンの援助団体、「シーダ」（Sida）はこの奇妙なプロジェクトを支持する選択をした。アンナとオーラは自らの研究を途中でやめ、プログラマーを雇い、アンナが関わっていた《Dollar Street》

のような新たなコンピュータ・ヴィジュアリゼーション・シリーズを共同開発した。

これらの新しいツールは私の授業を新たな次元に押し上げ、私が今自分の任務とみなしている物事を達成するのを容易にした。その任務とは、大学生と開発支援セクターの地球の発展について理解を促すことだった。私はこれとは別のいくつかのグループの前で授業したことはなかった。そのため私は、外務省が数年後に、私にヨーテボリのブックフェアに来て、「国際広場」という舞台で講演をするよう頼まれた時には、気乗りしなかった。

私は舞台に立って、全般的な開発について広く話すべきか？　私は大学外で講義したことは一度もなかった。しかも私はビジネスの世界には懐疑的だった。ブックフェアというのも私の手に余るビジネスだった。最終的に私は行った。

舞台は半分の大きさで、援助団体に関係する人々がすべて集まっていた。私が講演で使うスクリーンが見えるよう椅子も二〇脚程用意されていたが、国際広場の前を歩いている人たちからはスクリーンは見えなかった。好ましくはないが、私は画面を外に向け、座席の方は気にせず、代わりに聴衆に立って聴いてもらった。それはブックフェアの出口に続く通路という人の目につきやすい場所で、私の講演が行われていたためもあってか、二〇人どころか百人近い訪問者が来た。ボー・エクマンが私の話を聞こうとその通路で立ち止まったのは、その二〇〇三年の九月のある日のことだった。

多くの人たちが私の講演の後、私と話そうとつめかけたが、一番前にエクマンが陣取っていた。

「産業大臣と話をしてくれませんか。今うかがった話はとてつもなく素晴らしかった」

彼は私を驚かせた。可もなく不可もないスーツを着、髪の整えられた年配男性、ボー・エクマンは、スウェーデンのビジネス界で有力な重要人物で、私に耳を傾けてくれた百人近い人の中では変わり種だった。見た目は平々凡々だったが、彼の発言はすべて興味深かった。

この大問題について議論するため、スウェーデンの政治家、学者、ビジネス・パーソンの一種の集会であるテルベリ会議で私に翌年話をしてほしいようだった。

興味を抱いた私は、その誘いを受けた。

新聞でしか目にしたことがなかったスウェーデン最大の会社の取締役らは私にとって、まったくもって新しいオーディエンスだった。彼らは私の世界についての講演の後で、私の前に現れ、非常に洞察力に満ちた問いを投げかけた。

テルベリ会議はまた、素晴らしい旅のはじまりでもあった。当時の私は講演を頼まれることなどそうそうなかった。ところが、人々は私の世界の描き方に対して関心があるようだった。

***

驚いたことに、非常に大きな企業のトップらは、世界をどのように変えることができるかということに、学生や援助団体の支援者よりも、熱心に取り組んでいるということが分かってきた。トップらは事実を重んじていた。そうしないと倒産しかねないので、彼らは事実を追っていなくてはならなかった。

今や私は世界のすべてのＩＫＥＡの店長に事実を教えてきた。きっかけはＩＫＥＡの創設者トップからのオファーだった。彼は私が職員たちに本当の世界像を見せることを期待していた。彼はまずオランダの事務所で会いたいと言った。設立は商業的な関心とは別のもので、困っている人を助けることを目的としていた。

私はすぐに住所を書いてもらった。訪問時には大きな看板が見えることを期待していたが、そんなものはなかった。

「ＩＫＥＡ　四階」という文字の書かれた小さな表示を私が目にしたのは、私がちょうどその前に来た時だった。家具を買いに来てほしくないのだろうか。

道中で私が考えたことは、「その大勢」のことだった。「大勢の人のためによりよい日常生活を作るために」というのはＩＫＥＡが使っていた表現だった。

「大勢」というのは、誰なのだろう？

彼の簡素なオフィスの小さなコーヒーテーブルの前に私と創設者は座り、ＩＫＥＡのシェアは世界全体で見ればそう多くはないと言った。アメリカでもＩＫＥＡのシェアはそう多くないとも。私はこの会社の各国でのセールス・チャートを見せてほしいと頼んだ。この情報があれば、私はＩＫＥＡのグラフを作れるだろうと思ったのだ。

創設者はＩＫＥＡ財団はインドの国際連合児童基金に寄付をしており、インドの産科を訪問したことがあると話した。その体験から彼はＩＫＥＡをインドまで進出させたいと思ったそうだ。インドの女性たちの出産の助けができたのは彼にとって一番の素晴らしい体験だったそうだ。

これが私たちの出会いだった。携わっていることが全く違っても、こういう打ち合わせで、ビジネス・パートナーになれるのだ。

講演は、ＩＫＥＡのソファ工場があるポーランドで行われるはずだった。倉庫は通常はソファで満杯だったが、今はそのソファは外に出し、そこにＩＫＥＡの椅子が入れてあった。その空間程「ＩＫＥＡらしい」空間はないだろう。私がＩＫＥＡの社員から受けていた印象通り、その空間はかわいらしかった。

会話に加わるために、私は自分たちのサマーハウスの台所をリフォームしたことを話した。

「私たちはＩＫＥＡの製品を使っていますよ」と私は言った。

「どの棚を選んだのですか？」と誰かがすぐさま尋ねた。その後、世間話と家具の話の間を行ったり来たりした。

「台所が安いにも拘わらず、私たちのところで皆が台所を買ってくれないのは、かわいそうだと思わないかい。彼らは自身の夫婦円満のために、必要以上に高いものを買おうとしている」

ポーランドでの講演中、私は企業にとって重要な四つのカテゴリーに世界を分けられると示すことができた。一つ目はＩＫＥＡがほぼ売るばかりで、生産は行っていない西ヨーロッパ諸国のような豊かな国々。ふたつ目は、売ろうとはしているけれど、実際のところ生産量の方が販売量を上回るハンガリーのような国。その次に、ベトナムのような年収が中の下の国がくる。ベトナムではカーペットや陶器が作られている。最貧国ではＩＫＥＡが製品を作ることすらできない。ＩＫＥＡ財団がそれらの国にはいのだ。

彼らはこれら四つのカテゴリーが気に入ったようだった。私は講演で見せた写真について質問をされた。

「ですがあなたは作った人たちが、買うことができないと言うのですか？」

「ええ、ベトナムのような国では、壺やソファを作る人たちには、それらを買う金銭的余裕がない。ですが彼らはその仕事の機会をありがたく思っています。なぜならＩＫＥＡのサービスは大都市でなく、製造に使う泥土や竹のある農村部で行われているからです。ＩＫＥＡは雇用を生んでいるのです。ＩＫＥＡの事業の一番のポイントは恐らく、学校に通い、貧困から抜け出したい人たちに仕事を与えているところです。「事実を一層拡大して、さらに貧困層に製造の仕事を回せば、ＩＫＥＡはますますありがたがられるでしょう」

「ですが私たちは批判にさらされていますよ！　搾取していると」と誰かが言った。

「そういう人たちは価値を理解できていないんです。ですが、あなた方は児童労働には反対なのですよね」と私は言った。

ＩＫＥＡは児童労働を望んでいなかった。活発な議論が交わされた。場合によってはベトナムよりも貧しい国にも事業を広げてはという私の忠告に皆が皆、不安を覚えていた。

休憩時間に大勢の人たちが話をしにやって来た。従業員のうちの一人は自ら竹を切る工場を選んでいた。

「どうやって選んだのですか？」と私は尋ねた。

「信頼のおけそうな工場を選んだんです」と彼は言った。

「それをどうやって確認できるのですか？」

「簡単ですよ。歩き回って、従業員にいくつ指がついているか見るんです。きちんとした工場では、労働者が指を切り落とすなんてことは起きません。起きたとしたら安全や労働者の保護について指導します」

彼らが、愚かな雇用者にならないという理想を持っていることが印象的だった。しかし私は企業の腰が引けすぎているのが分かった。

コーヒーテーブルを囲み、社会運動家たちと話す時、その議論が企業のテーブルで耳にする議論と混ぜこぜになって、うやむやになってしまう。工場について、ＩＫＥＡもまた労働者に対し責任を感じていた。私が話をするように招かれた企業は、長期的なビジョンをもって熱心に活動していて、私をよい意味で驚かせた。

公衆衛生の専門家の多くは、ビジネス界に批判的だ。企業はやみくもにタバコや酒や、スピードの出過ぎる車を生産しているという意見だった。しかし企業向けの講義をすることで、私はこれまでの経験で欠いていたビジネスの世界への敬意を抱くようになった。このことはまた私の意識を高め、ＮＧＯから金融業まであらゆる社会運動から一定の距離を置くことを教えてくれた。

そこから三年間、私たちの新たな事実に基づく（ファクト・ベースの）世界像をその目で見たいという人が増えてきた。私たちは世界中の会議に招かれたが、ほかの統計を見せてほしいという要望も非常に多かった。

もしも私たちが事業と見なされていたなら、これらすべてと多くの契約書を交わすチャンスを得たに違いないが、アンナはそれどころか、これらの数字をすべて公開するという私たちのビジョンがあまりに大それているのではないかと、愚鈍にも結論づけた。一番いいのは、Googleにサービスを無料で使わせてもらう代わりに、私たちのアイデアをGoogleに盗んでもらうことではないかと。

企業のトップたちと話してから約三年後の二〇〇六年、私はＴＥＤに招かれた。アンナとオーラは一年前にすでにＴＥＤから招かれていた。当時のＴＥＤは厳選された招待制の秘密の会議であり、インターネット上での無料動画などまだなかった。主催者は、原則的に航空券代は払えないと言い、アンナとオーラに招待されることは非常に名誉なことなんだと理解させようとした。残念ながら二人はこう答えた。「航空券を買うお金がありません」

私は初めてのＴＥＤでの講演を前に、アンナとオーラに電話して、話す内容を相談した。

「剣呑みをやろうか?」と私は尋ねた。

「いやいや、チンパンジー・テストをした後に、ヴィジュアリゼーションを見せて」とオーラが言った。

講演は例を見ない成功に終わった。私はサンフランシスコ・クロニクル新聞の一面を飾った。

一年後に再びＴＥＤに招待された私は、アンナとオーラにいつも通り電話をし、尋ねた。

「今度はどうしよう?」

「新しい情報は一つもないから、次は剣呑みをしたら」とオーラが言った。女優のメグ・ライアンが最前列に座っていた。私が剣を取り出し、お辞儀すると、彼女は歓声を上げ、飛びはねたりした。メグ・ライアンのジャンプする姿は今でも自分の大きな成功体験として目に焼き付いている。

後で私と話したがった人の中に、長髪で物静かでシャイな人物がいた。それはGoogleの創設者のラリー・ペイジだった。ほかの大半の人たちと違って、彼は私が自分の使っているコンピュータ・プログラムを自分ではほとんどプログラムしたわけではないということを難なく理解してくれた。アンナとオーラはGoogleに招かれ、ギャップマインダー財団のプログラマーを連れてきていいと言われ、アンナはお返しに、Googleで公的な統計を無料で使ってもらい民主主義的なアクセスというビジョンを実現することを提案された。ギャップマインダー財団は動くバブルのソースとなっているコードを売り、アンナとオーラは、現在私たちが非常に簡単に統計を見つけられるようになったGoogle Public Dataを構築するために、シリコンバレーにあるGoogleの本拠地で三年間、働いた。

　これが売れたことで、私は大学の職を離れ、二〇〇七年、研究とのほぼすべての接点がなくなった。私はカロリンスカ研究所での自分の労働時間の一〇%を当て、残りの九〇%をギャップマインダー財団での仕事に「edutainer（教育エンターテイナー）」の名の下、注力した。私は新たなチームを雇い入れ、YouTubeに短い動画をアップしはじめた。翌年、世界中からの講義の要請が殺到し、私はアシスタントを雇った。私は会議に招待され続けた。通常の講義をすることもあれば、特別講義をすることもあった。中でもワシントンDCでのアメリカ外務省で行った「私のデータであなたのものの見方（マインドセット）を変えさせて」という題目での講義に私は非常に満足した。

　ある日、私は、メリンダ・ゲイツからメールをもらい、国連の開発目標についての、とりわけ子どもの生存にフォーカスしたニューヨークでの会議に参加するよう言われた。講演をするには、まず何について話すのか知らなくてはならない。その後、講演で何をどのように見せるかを決める。私は何を聴衆の記憶に残したいのだろう？　私はニューヨークに到着した時点でも、そのことは完全には分かっていなかった。

Google財団

＊＊＊

私は自分の仲間とニューヨークに事前に赴いた。私は最後の一分まで余念なく準備できるように、余裕をもって会場入りするのが好きだ。こうすることで、すべてを頭に叩き込める。

私はいつも下見のため会場に入れるようにしてもらえる必要がある。コンピュータが正しい位置にあり、コードが間違ってないか確かめたいのだ。講演では技術が重要だ。しばしば人々は技術をあまり気にせず、自分の責任を他人に押し付ける。だが私は絶対にそれをしなかった。なぜなら、ボタンを押すのは、自分でベスト・タイミングだと思う時だからだ。そうでないとやる気が出ないだろう。

ニューヨークでの講演の前の晩、私はディナーに招かれた。ディナーの場所は国連本部からそう遠くないマンハッタンにあった。

私は何を着ていけばいいのか、若干不安になった。グラサ・マシェルが来ると聞いていた。グラサ・マシェルは、私とアグネータの赴任中、モザンビークの教育文化大臣で、在任中に当時の大統領と結婚した。そして今はネルソン・マンデラと婚姻関係にあった。メリンダ・ゲイツもディナーに来るらしい。

私はノー・ネクタイでジャケットを羽織ることにした。かばんには大切なものを忍ばせていた。それは娘のアンナの学校の古いノートだ。そのノートにはモザンビークの教育文化大臣についてのデータが載っていた。私は期待で胸が一杯で、グラサ・マシェルにそのノートを見せたかった。

ディナーにやって来た私は、ひどく驚いた。私がホストで、グラサ・マシェルをもてなす方だと分かった。メリンダ・ゲイツは私の向かいに座っていた。

ディナーはメリンダとグラサのトーンの低い、深い、落ち着いた会話が中心だった。二人は国際的な開発という大きな問題について議論していた。私は時折、会話に参加したが、主にこの大物二人が、学校で女の子たちが学ぶ権利や、避妊具を手に入れやすくすることや、農村部にまでどうやってワクチンを行き渡らせるか、それに現在の社会の発展が政治にどんな影響を及ぼすのか、国連に何ができるか、ビル&メリンダ=ゲイツ財団に何ができるのかについて議論するのに耳を傾けた。二人の会話の仕方は素晴らしかったし、魅力的だった。二人は姉妹みたいに親しい友人だった。二人は前にも何度も会ったことがあり、同じ価値観を共有し、互いのプロジェクトについても知っていた。

両者とも、避妊具の入手の問題に強い関心を持っていた。メリンダ・ゲイツはその問題を人権問題としてでなく、家族の幸せ――家族は子どもが多すぎない方が幸せな生活を送れる――のために扱うべきという考えだった。こうすれば民衆に啓蒙が可能になる。

グラサ・マシェルは、貧困の深刻なモザンビークよりも、南アフリカの方が避妊具を受け入れてもらうのは容易だろうという見解を示した。

私にとっては、権力者や世界を変えようとしている人たちが、心静かに落ち着いて、次に何をするか議論するのに耳を傾けるのは心地よいことだった。

時々、二人のご婦人方は私に質問を投げかけた。私は、例えば二人があまり知らないであろう子どもの死亡率の割り出し方について話した。私はまず調査対象の国の女性を何人か選び、有能なインタビュアーと面談してもらうと言った。インタビュアーは女性らの人生について、彼女たちがここ数年、どんな生活を送ってきたのか、子どもを亡くしてはいないか、亡くしたとしたら、どうしてか、などを掘り下げていく。このインタビュー・テクニックによって、私たちは子どもの死亡率について知ることができるのだと。

二人とも注意深く聴き、批判的な質問もしてきたが、アフリカの大半の国の状況はよい方向に進んできているということは、子どもの死亡率の低下から考えて、間違いはないと言った。

グラサ・マシェルとメリンダ・ゲイツとの夜は長くもあり、あっという間でもあった。ディナーが終わりに近づき、打ち解けてきたと思ったところで、私は勇気を振り絞った。

「見せたいものがあります。そして私は御礼を言わなくてはなりません」と私は言うと、グラサ・マシェルの方を向いた。

メリンダ・ゲイツは私が何を手に持っているのか見ようと、椅子から立ち上がった。私はアンナの小さなノートを見せた。

私は一九七九年から八一年にかけての私たちのモザンビークでの日々についてと、娘がそこで学校に通っていたことを話した。グラサ・マシェルは目を大きく見開いた。

「じゃあその頃、私の夫に会ったってこと?」

「いいえ、ナンプラで演説をしているのは見ましたがね」と私は言った。

小さなノートはテーブルの周りを沸かせた。皆が見たがったのだ。

「私の娘が学校に行けるようにしてくれたのは教育大臣でした」

テーブルの周りの人たちにノートを回しながら、私は言った。

その晩、マンハッタンを通り、歩いて家に帰る時、私はうきうきして思わずスキップをした。彼女たちと話をするのは、私にとっては心浮き立つことだった。夜中に私は講演の仕上げをしたが、翌日の講演はあまりうまくいかなかったが、二人の会話を聞けたのは私にとって大きな財産となった。その経験により私は身の程をわきまえることを知った。私は高い地位を得た人たちは上っ面だけで、自己中心的なものとばかり想像していた。私はちょっぴり彼らを疎ましくも思っていた。私は意志のある人が好きだった。しかし実際は賢くて思慮深く、親切な人たちと私は出会った。一方はアメリカで一番の富豪、もう一方はかつてモザンビークの大統領の妻で、今はマンデラの妻だった。二人は互いを大いに尊敬していた。

その晩のディナーは私に、彼女たちのような地位の人にとっても個人と個人の出会いがいかに重要かを教えてくれた。この見方は、世界の有力者が将来の大きな問題について議論するために年に一度集う、世界経済フォーラムの年次総会であるダボス会議への訪問により一層強固なものとなった。この会議はビジネス界、金融界、政治家、国のトップ、国際機関の代表、国連、メディアのトップ、アムネスティのようなほかの組織や、地球規模の問題に取り組む学者といった権力者が集う最大の会議となった。

この村は鉄道駅に近い非常にありふれた山村だった。私とアグネータはキャリーつきのかばんを引いていたが、朝、雪が降っていて、私は氷の張った丘で滑ってしまった。私たちは安いのにも拘わらず素敵なホテルにチェックインした。そしてその後、私は小さな会議室で、EU諸国の環境省からの告発に耳を傾けていた。

「中国やインドなどの経済が発展している国々の二酸化炭素排出量が増加しており、このままいけば非常に危機的な気候変動の原因となりえる、という予測が出ています。実際問題、中国はアメリカを、インドはドイツを上回る量の二酸化炭素をすでに排出しています」

彼は二〇〇七年一月の世界金融フォーラム（WEF）で気候変動について議論した政治家や企業の一人だった。中国やインドの二酸化炭素の排出量についての非常に中立的に、まるで彼の見方が明らかな事実であるかのように完全に感情を表に出さず主張した。

彼は、ヨーロッパ人とアメリカ人がテーブルの片側に、反対側にインドや中国のような急激な経済成長を遂げている国を含むそのほかの国々が座っている比較的小さな会議室を見やった。

中国の代表者は、視線はまっすぐ前を向いていたが、その肩は上がり、EUの理事の言葉に釘づけで微動だにしなかった。一方、インドの代表者は、モデレーターとコンタクトをとろうと前のめりになり、手を振っていた。

インドが発言権を得ると、彼はそっと立ち上がった。エレガントな紺のターバンにダークグレーのスーツ姿のその男性は黙って、ほかの国の代表者を一人一人、見回した。彼は世界最大の石油会社の一つの取締役をとりわけ長く見つめていた。インドの代表者は世界銀行や国際通貨基金（IMF）との専門家として長年の経験を持つその国のトップ官僚の一人だった。

効果的な短い沈黙ののち彼はテーブルの富裕国側が座っている側を、しっしっと振り払うような仕草をした。

「こういう大変な状況に私たちを陥れたのは、あなたたち富裕国ではないか！　あなたたちは何世紀にもわたり石炭を燃やし、石油を使ってきた。深刻な気候変動に私たちを追いやったのは、他でもないあんた方だ」と外交儀礼を破って責め立てるような大きな声で彼は言った。

突然彼はボディーランゲージを替え、インド式の挨拶でよくするように、胸の前で手と手を合わせ、ショックを受ける西洋からの代表者の前でお辞儀した。

「だがあなたたちのことを私たちは許す。自分たちでしでかしたことが分かっていなかったんだから」

半ばささやくような言葉だった。部屋は静まり返っていた。後ろの列から笑い声が聞こえた。人々が曖昧な笑みを交わしている。

インド人らが背筋を伸ばし、敵を見やると、人差し指を立てた。

「ですから今日からは、私たちは一人当たりの炭素排出量を計算しようではありませんか」

室内の人々の反応を私は覚えていないが、個人的にはそのインド人男性の議論中の知的な鋭さに感服していた。私は長年、中国とインドは両方とも豊かな西洋諸国のどの国よりも人口が多いのに、一国ごとの排出量の合計に基づいて、中国とインドが気候変動のつけを総じて負わされていることをおぞましいと感じてきた。そして愚かな議論だとも、常々思ってきた。中国人の合計体重がアメリカ人の合計体重よりも重いから、アメリカよりも中国の方が肥満の問題が深刻だと言ってみせるようなものではないか。人口は国によってまちまちなのに、国ごとの合計排出量について話しても意味はない。その論理だと、人口九百万のスウェーデンのような国が、人口が少ないからどれだけ大量の炭素を排出してもよいという話になってしまう。

彼の発言は、私が何年も考えてきたことだった。権力者たちが議論しているのは、このことなのだろうか？　そのインド人の男性の言葉は私にこう思わせた——今こそ変わる時だ。

＊＊＊

企業の前で講演をし、企業にとって正しいこととは何かに焦点をしぼって話すのは楽しかった。そうすることで時にたらいで洗濯し、洗濯機を夢みていた祖母のことなど私自身の話と結びつけることもできた。

私は掃除機や食洗機などのメーカーであるエレクトロラックス社の社内研修のための講演に招致された。社長は私に人口の変化や、経済の発展と、世界における冷蔵庫、ヒーター、洗濯機などの白物家電の需要について示すよう私に期待していた。

私はまず世界における所得配分と健康、人々の健康がどのように実現し、その後で経済が発展していったのかを簡単に示した。これによって、私たちは現在、十分によい経済政策がとられれば、その国は発展していくであろうという適切な推測ができる。

「とりわけアジアは巨大な市場になるでしょう。ラテンアメリカや中東も。アフリカもそれに続くでしょう。貴社の市場を大きく拡大させるには、アジアに進出するとよいでしょう」

「アジアでは何が必要とされているのでしょう？」と社員の誰かが質問をした。

「電気ストーブです。しかし電気よりもガスの方が安い地域も多いです。初めに求められるのは恐らく冷蔵庫で、暑い地域で冷蔵庫は重宝されるでしょう。しかしあなた方は値段も質も非常に高い製品を作ろうとする。アジアの人たちが必要としているのは安価なものです。彼らの考え方が私には分かるのです。しかし洗濯機については解決策がありません――安い洗濯機などないのですから」

ここで私は祖母と洗濯機の話を差し挟んだ。その話は毎度、聴き手を惹きつけた。

「あなた方はご自身の親族と話をしたことがありますか？　親戚で最年長の女性に、洗濯機が来た時の様子を尋ねたことはありますか？」と私は問いかけた。

数人が手を挙げ、洗濯機が来たのがいかに素晴らしい事件だったのか話した。スウェーデンで手洗いから機械による洗濯へ移行した期間に話は及んだ。初めの頃はシーツやタオルを洗濯屋に出していたのだ。

「あなた方の祖父や祖母のような人たちが、世界中にいるのです」と私は言い、彼らに一方の軸にお金、もう一方の軸に健康と書かれたグラフを見せた。

「御覧ください。洗濯機が登場したのは一九五二年。当時のスウェーデンは現在の中国と同じ水準です。想像してみてください。人口一三億の中国市場を」

私は洗濯機の線を指差した。

「携帯電話のようにあなた方の製品が中国市場に広まっていく様子を思い浮かべてください。それでもまだここです」

世界の多くの人たちに買ってもらえる可能性を秘めた製品。

「新たな技術革新が求められます。それだけではありません。古い洗濯機は大量の水を使うため、人口が密集したアジアの国々ではうまくいきません。なのであなた方は厳しい環境規制に直面することになるでしょう。おまけにアジアの人々が使うであろう電力は言うまでもなく、化学物質の排出も問題になるでしょう」

彼らは耳をすませた。

「その問題をどう解決すればよいでしょう？　携帯電話と同じぐらいに見事に解釈できれば、十億人規模の市場に参入できるかもしれないのです」

すると職員たちの心に火がついた。私の講演が終わった瞬間に、社長が壇上にかけ上がり、私に代わって講演を続けた。

「ハンスが言っていた家電を作ろう。本気で開発が必要だ。これは企業の社会的責任とか何とかいうのの問題じゃない。私たちの将来の利益がかかっているんだ！　開発できなかったら、市場での地位を明け渡すことになるだろう。私たちは世界一節水できる世界一省エネの洗濯機を作らなくては。それに今以上に環境に優しい洗剤が使えるように、繊維産業と連携するんだ。洗濯機市場に私たちは大いなる挑戦を仕掛けるんだ」

私はそれを聴きながら、非常に大きな企業が未来を見据えているのを目にし、何てすごいことなんだろうと考えていた。

しかし間もなく議論の口火が切られた。

「だが私たちの収益はすべて、ヨーロッパと北アメリカ市場から得たものだ。それらの地域では、プログラム可能な非常に高度な洗濯機が求められている。例えばポルトガルでは、夜中の方が電気代が安いために、洗濯機を夜間にかけたがる」

この議論により、古きよき西洋市場でのシェアを守るため、進んだ技術を用いた洗濯機に力点を置くべきだという側と、より多くの人たちが使える簡素な洗濯機に舵を切ろうという両者の間で同じ企業内でも意見が分かれていることが明らかになった。

ファクトがここまでの違いを明らかにするのは珍しかった。

私は国連や慈善団体に提示するのと同じファクトを提示した。私が示す事実に何ら差はない。違いがあったとすれば、語り方の違い、つまり発展のどの側面に焦点を当てたかだけだろう。私は彼らの抱く時代錯誤な世界像に単に風穴を開けただけだ。ファクトは毎回同じだった。

＊＊＊

モザンビークに暮らしていた頃から三〇年がたち子どもたちが家を出た二〇一一年、私たちはかの地を再訪しようと決意した。レンタカーを借り、かつて働き、暮らしていたナカラの町に向かった。途中、車の事故で私が死にかけた例の場所を通った。私たちが車を止めて、見てみると、その場所はかつてと変わらぬ様子だった。草と泥しかない。

しかし私たちはナカラに向かう途中ですでに変化の兆しに気づいた。きれいに色を塗られた壁に囲まれた巨大産業を持つ町が、かつてよりもすぐに窓の外に現れはじめたのだった。数分すると、目の前に荷台を揺らしたトラックがあらわれはじめた。色鮮やかで模様の入ったマットレスが溢れんばかりに積まれ、その上に透明なプラスチックがかぶせられていた。やっとか、と私は考えた。踏みつけられた泥の床でなく、柔らかいものがやっと人々に愛されるようになったのかと。そしてやっと近代化の波がこの町にも訪れたのか。私にとってそのトラックは近代化の象徴だった。港町ナカラは私たちが望んできた産業の町に変貌を遂げていた。

しかし私たちにとって一番大事なのは、病院を再び訪れることだった。町に向かう途中の丘にある病院にたどり着いた私たちが車を止めたところの、小さな売店のような建物には見覚えがあった。横に扉がついていて、女性を殴る男性の上にばってんが描かれたポスターが複数枚、貼られていた。扉は開いていて、私たちは隙間から中をのぞいた。木製のクラシックな暗い色の書物机の後ろの売店には、医療従事者用の服を来た男性が腰掛け、書類仕事をしていた。その男性の向かいには二五歳ぐらいの細い女性が座っていた。その目つきは怯えていて、身に付けていた服は簡素だった。足元を見ると、ビーチ・サンダルを履いていた。

「お邪魔して申し訳ない」と私はこわごわ口を開いた。

「いいや、問題ありませんよ」とその医療従事者は言うと、女性の方を向き、少し相手をしても構わないか確認した。

私たちは三〇年前、この病院で働いていた者だと自己紹介した。三〇年前にはまだ生まれてもいなさそうなその男性は、外国人医師がこの病院で働いていたと話には聞いていた、彼は女性の権利のために力を尽くしているのだと教えてくれた。

「私は犯罪の被害女性が加害者を訴える手助けをしています。相続法の問題にも取り組んでいまして、警察に訴状を出す準備を一緒にしてやっています」とのことだった。

私たちはあっけにとられた。私たちがナカラで働いていた時、特に極度の貧困状態にある家庭での、女性への暴力はすさまじかったのだが、当時私の周りではその対策は見受けられなかった。しかし基本医療を提供できるようになった今では、性別に基づく暴力に反対し、人権保護に手が回るようになったのだ。その男性は自身の役目に強い信念を持ち、プロフェッショナリティも持ち合わせていた。手には小さなパンフレットを持っていた。私は胸が高鳴り、頬が熱くなった。何て真っ当なのだろう。アグネータと私は何も言わず、互いの手を握り締めた。嬉しいことだ。希望の光を感じた。

外来診療は、三メートル幅の拱廊［アーチ状の側面の廊下］を備えた建物内にあった。正面に柱があるのは日よけになるので、実に好ましい。建物の反対側には、規模の拡大された歯科の受付があった。一九八〇年には医師が私一人しかいなかったこの地域に今は一六人もの医師がいた。一番のベテランは、高い技術を持つ、有能なモザンビーク人産婦人科医だった。

受付に向かう途中で、頭の中で壮大なバッハの音楽が流れた。それは私の人生の晴れ舞台で、この場所に舞い戻ってこられたことは、言葉で表現できないほど、幸福な体験だった。受付で看護師に自分たちはここで働いていたのだと話した。そして七〇年代当時の職員の集合写真を見せると、写真を見たい人々がわらわらと集まってきた。彼らは喜び、笑い声を上げた。職員を知っているらしく、どの人が亡くなったのか、若い頃の誰々はきれいだった、格好良かったね、などと話した。

一人の看護師が私たちに産科と小児科の様子を見せてくれた。待合室にいた二〇人の女性たちは、きちんとした身なりをしていた。アフリカというのはこういう国だ――子どもを授かったことを誇りに思い、産婦人科医が社交の場である国。

かつては救急処置室だった場所は今ではＨＩＶ感染者やエイズ患者の受付になっている。今では職員は三人、そのうち医師は一人、残りの二人は看護師だった。医師はガラス・トップの書物机のそばに座り、きれいな白衣を着ていた。私が三〇年前にやっていたのと同じ仕事をしている彼を見て、私とアグネータはハグをした。彼は今、この町の基本医療を手伝っているそうで、この町でどんな病気が流行しているかについて話してくれた。私はそれに耳を傾けながら、彼が私の講演のひとつを代わりにしているかのような錯覚を覚えた。私は完全に黙っていた。その後、アグネータが私が三〇分も静かにしていたのは、久方ぶりのことじゃないかと言った。医師はこの地域に蔓延する病気についての完全な全体像を把握していた。彼は網戸があっても、マラリア、肺炎や下痢が、交通事故や中小規模の怪我と変わらないぐらいあって、子どもの感染症の問題がいまだにあると話してくれた。

「あなたがここで働いていた時も、同じような状況だったのではありませんか」と彼は言った。

アグネータは子どもの精神医療のことや、ＡＤＨＤ（注意欠陥多動性障害）はどうなっているか質問した。

「ええ、悲惨な状況です。ここでは精神病患者を外科の患者と同じように見なしているのです」

医師はため息をつきながら言った。

ＡＤＨＤの新しい治療薬を買う財源がないため、心理療法士は子どもを助けられず、それゆえＡＤＨＤの診断を受けた子どもたちは家の中に閉じこもりっぱなしになり、倒れたり、自傷行為に走ったり、他の人から叩かれて針で縫う羽目になったりと、困難な状況に陥りがちだと言った。

そして、洞察力に富んだその医師は、私の頃のようにオンコールの日はなく、別の医師は七〇年代の私の仕事の一部だった地域医療の管轄をしていると言った。彼の現在の仕事量は私の当時の仕事量の三分の一だが、それでも膨大な仕事量だという。彼はまた海岸沿いの家を買おうと考えていたが、もう遅いのだと話した。土地の値段が高騰し、海が見渡せる家は買えなかったそうだ。

この手の発展は数字からはなかなか読み取りにくいものだ。私たちは部屋を出る時に、彼らに深い尊敬と称賛の念を覚えた。

少し離れたところには新しい病院があった。その病院は、いざという時に増床できるように、土地の余った高地にあった。病院には拡大の余地があるべきだ。土地選びの際にそれは最重要事項だった。こちらの病院もレベルが高かった。入り口には救急車の進入口があった。朝の通常業務はレントゲン撮影とU字型の机のあるホールでの会議といったところで、スウェーデンの病院と変わらなかった。感染症のリスクがあるため、リュックサックを椅子の上でなく、床に直接置くのは許されなかった。産科の床は石でできていて、きちんと掃除されていた。職員はルーム・シューズを履いていたので、泥が入ることもなかった。

友人の小児科医が選択したように、今ではナカラでも子どもに点滴をきちんとしていた。私たちが暮らしていた頃とはまったく別のモザンビークがここにはあった。何もかも最高というのではない。最高とは程遠かった。それでも万事が一歩前進していた。ナカラのすぐ北方には、いまだに大勢の患者に研修医がたった二人で対応しなくてはならない極度の貧困地域があるという。十三歳の少女の子宮が破裂したという話を聞いた時、その事実の重みを感じた。少女は私がいた頃は患者などまったく来なかったような北の地域から搬送されてきた。その若い女の子は出産中に具合が悪くなった。彼女はナカラに搬送されたが、骨盤が狭過ぎたため、道中で子宮が破裂してしまった。子どもは亡くなり、子宮を切除することになり、二度と子どもは持てなくなった。十三歳の子どもが自宅で出産し、子宮が破裂してしまったということが何を意味するのか、私とアグネータにはわからなかった。しかしこの国には、私たちがいた時代と変わらず貧しい地域があるが、このあたりの地域についてはよくなってきていることは明白だった。

職員たちは私と話をしようと躍起になっていた。できることなら、私にそこに留まり、専門性の欠如により、さらなる発展の障害、妨げになっていることを意識させてほしいと思っているようだった。私は自分が必要とされていると感じた。私が三〇歳の医師だった頃なら看護師を支援できれば十分だったかもしれないが、六〇歳になった今では、専門家を養成する役目を担うべき立場にあった。彼らは首都で医学教育を受けていたが、研修医としてきちんと研修を受けていたら身に付けられていたであろうスキルを欠いていた。

七〇年代のナカラでの二年間で、私は1型糖尿病の診断を下したことはなかった。皆、治療を受けにやって来る前に亡くなってしまうのだ。今、私たちはかつて科を医師と歩き回った時に出会った二一歳の女性を通して目にした新たな病気を今、克服しようとしているのだ。

その女性は深刻な糖尿病の患者にしては、痩せ過ぎていた。彼女は、恐怖に満ちた表情をしていた。医師が集まってやって来て、目の前で何やら話し合っているということは、私たちから死を言い渡されるのではないかと覚悟しているようだった。彼女の瞳に表情はなく、私たちの動きを目で追ってはいるが、何も言わず、会話に割って入ろうとしてくることは決してなかった。しかし意識は会話に完全に集中していた。彼女がベッドから立ち上がった際、私は彼女の細さに気づいた。糖尿病になると、尿がたくさん出るようになり、深い息をするようになり、意識不明になる。その後、インシュリンを注射されないと、命を落とす。一週間から三週間のうちにあっという間に死は訪れる。

その女性は礼儀正しく穏やかだったが、とてつもなく怯えていた。病床のその患者の心をできるだけ軽くできるよう私は何か言葉をかけようとした。

私が糖尿病について学んでいた一九七五年のフディクスヴァルの病院でより経験のある医師から教えを受けたのと同じように、私は左右に立っていたモザンビーク人の医師たちに教えた。

その週、私たちはナカラやその周辺の地域で過ごした。私たちの人生で最も強烈な二年間で、かつてともに日々働いてきた人々と再会を果たせたのは感動的だった。私たちの経済が改善されると同時に、いまだに大きな課題が残っているのを目の当たりにした。

私たちの古い同僚のうち、生き残っていたうちの一人は、ドナ・ローサ、あの賢い助産師だった。海を眺めながら長いテーブルにランチを用意してくれた。私が予備のメガネをあげたパパ・エンリーケは今はほぼまったく目が見えず、食事も自力ではできなかった。移動する時は孫のオートバイの後部座席に乗せられていた。彼が自らの人生についてどの程度覚えているかは不明瞭で、話をするのは難しかった。私たちが何者か説明するのは一苦労だった。

同僚たちとの再会には心を揺さぶられた。涙が出そうになった。そしてようやくアーメドに謝罪するチャンスを得られた。

アーメドは病院の清掃員だった。当時、私は病院内のすべての部屋、時にはトイレの個室まで見てまわったものだった。掃除がされていないと、私は叱責した。病院中、清潔にしておく必要があった。

ある朝、トイレが汚れていた。排泄物がきちんと流されていなくて、私は激怒した。

昔の机

昔の診療所

今の机

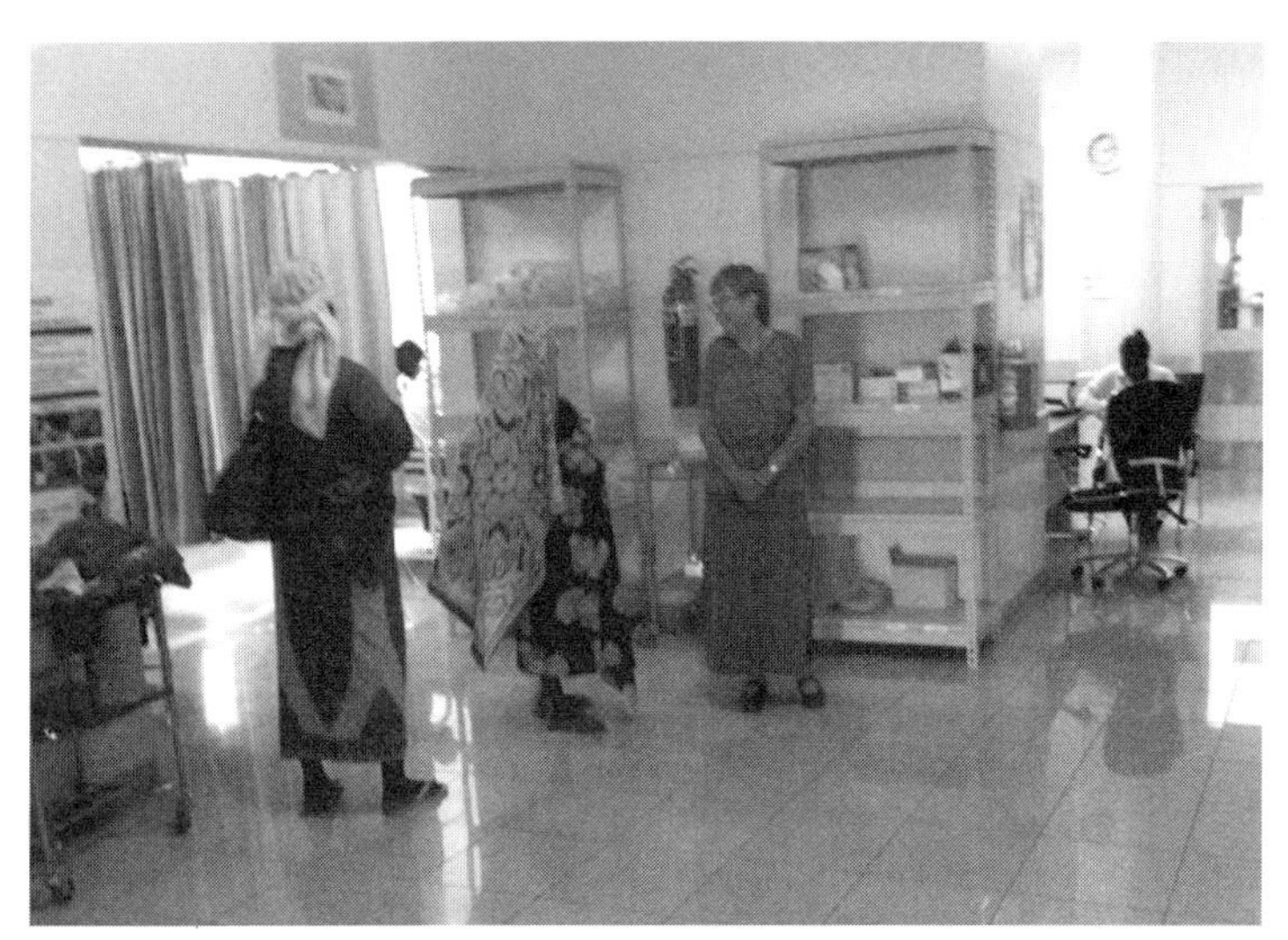

今の診療所

「アーメドはどこだ？」と私は叫んだ。

「まだ出勤してきていませんよ」と誰かが答えた。

「何があったのかは知りませんが、今朝、現れなかったんですよ」

「誰か家に行って、連れてこられないか？　今八時四五分だぞ！」

「ですが、待てませんか……」

私は言葉を遮り、声を大きくした。

「誰か家に行って、連れてこられないか？」

一時間後、私が廊下に出ると、アーメドが震えながら立っていた。

「お医者様。遅れて申し訳ありません」

「どうして遅れたんだ？」

「昨晩、息子が死んだんです」

私は表情を変えなかった。

「ふうむ。死因は？」

「麻疹です」

「どうして予防接種を受けなかったんだ？」

アーメドの長男が亡くなっていたのだ。アーメドは自宅で死体のそばでずっと寝られずにいたのに、
私は彼が遅刻したこと、さらに子どもに予防接種を受けさせなかったことをなじったのだ。それはひど

い話だったが、その年の私と病院の他の職員がどれだけ切羽詰まっていたかも示していた。

アーメドはその後、息子の死について話したがらず、日常のささいなことや他の昔話でお茶を濁した。その年の私はアーメドのことを思い出す度、迷惑をかけられたことばかり浮かんだ。ナカラの病院のような環境では、清潔なトイレなしで働くなんてできないということしか、私の頭にはなかった。そして規律と医療を維持しようとしたしわ寄せは職員に向かった。私は何とか生産性を上げようと血眼になっていた。

また、その頃、診療所の薬局の責任者をしていたルチャーノが、刑務所に入れられたと知った。彼は病院の職員で、皆に高利貸しをしていた。しかし彼がムショ暮らしになったことで、一年間、借金の返済を免れることができるため、皆が大喜びだった。この類の話は、ナカラにいた頃、私の耳には入らなかった。私が見過ごしてきた貧困のまがまがしい現実がここには多くあったのだろう。

私たちはかつての家を訪れた。玄関のドアにまだあるものを目にした時に、私たちの胸は熱くなった。そこに暮らしている間、私たちは空き巣にあい、台所のドアの窓を割られたことがあった。私はスウェーデンから親族が送ってくれた食材の木箱で穴を塞いでいた。その蓋に「ハンス・ロスリング先生へナカラ」と書かれていて、三〇年たってもその勝手口にはその文が残されていたのだ。

今はその家に、年金生活者になった元医療関係者が住んでいて、私とアグネータはその人たちに挨拶した。

「なるほど、あなたはここでかつて医師として勤めていたのですね！　そうだ、思い出した。オートバイでこのあたりを走っていましたよね」とその男性は言った。

「いいえ、それは他の人ではありませんか」と私は言った。

多くの外国人医師が、ここナカラで働いてきた。一緒に働いていた職員以外、私たちの記憶には残っていないようだった。私が今世界的に有名になっていたのは、半ば滑稽に思える。私はこの波乱万丈で変わりやすい社会生活の一部だった。あの時間は私たちの人生においては、大きな出来事だったが、ナカラの長い歴史から見ると、瞬きみたいなものだった。ほとんど、またはまったく変わっていない辺境の村の絶望的な停滞状況にショックを受けながら、私たちはナカラを後にした。同時に、そこで出会った若きモザンビーク人の専門性の高さに、感銘を受けた。

モザンビーク再訪の最終日の午後、七六歳の女性の家でお茶をご馳走になった。彼女はアメリカで生まれたが、育ちも国籍もモザンビーク人だ。彼女は自国の発展について非常に現実的な見方をしていた。その視点は、モザンビークの国家の成り立ちに対する深い理解から来ていた。彼女の名はジャネット・モンドレーン。

彼女が一九六八年の秋に私たちのホームタウンである。ウプサラを訪ねてきたのが、彼女との出会いだった。彼女は一カ月前に事実婚のカップルとして私たちが学生寮に移り住んでから、初めてディナーに招いたゲストだった。

ジャネットは一九三〇年代にイリノイ州で生まれた。一七歳の時にアメリカ中北部のウィスコンシン州ジェニーバの教会に行き、そこでモザンビークのエドゥアルト・モンドラーネがアフリカの未来について話しているのを聞いた。モンドラーネはモザンビークの農村で生まれ育ち、ジャネットと出会った時は、アメリカの大学に入学したばかりだった。それから二年後、二人は籍を入れ、三人の子宝に恵まれると、タンザニアのダルエスサラームに移り住んだ。モンドラーネはモザンビーク解放戦線（FRELIMO）の指導者となり、タンザニアの隣国に本拠地を構えた。他のヨーロッパの植民地保有国とは違って、ファシストたちはアフリカでの自らの植民地を手放すつもりはなかった。

タンザニアではジャネット・モンドラーネが、亡命者向けのモザンビーク教育センターの責任者の職に就いた。そこで彼女はスウェーデンへ行くための助成を得ることができた。私は一九六八年のその晩の非公式なディナーで、ジャネットに私たち夫婦が驚かされたのを覚えている。彼女はその時はモザンビークに住んだこともなかったのに、まるで自分はモザンビーク人であるかのような口ぶりだった。私たちが感嘆したのは、数年前に私が出会った彼女の夫とまったく同じように、彼女が独立のその先の未来を見据えていることだった。彼女はいつかモザンビークが独立した時、その国で教えられる未来の教師の養成教育機関を組織した。彼女は次の世代のことを念頭に置いていた。

そのわずか一年後、彼女の夫は亡くなった。一九七五年、モザンビーク独立の際、ジャネット・モンドラーネはその国の初の指導者の未亡人として、モザンビークに移住した。私たちがその国に暮らしていた頃、彼女に会うことはなかったが、三〇年後にこの地を再び訪れた際、首都マプトの彼女の家でお茶を振る舞われた。共通の友人のマプトの疫学教授、ジュリー・クリフが、四三年ぶりの再会をお膳立てしてくれた。

ジャネットは中心地の丘の上という、首都マプト一番の風光明媚な地域に居を構えていた。彼女の家の窓からは港門が見えた。ところが一階の彼女のアパートは質素だった。そしてジャネットは相変わらずだった。半世紀近く前の記憶と寸分違わぬ魅力的な微笑みだった。

「いらっしゃい。ようやくまたあなた方を家に招けましたね」と彼女は言った。

彼女は家を手短に案内してくれた。私はアグネータとソファに座ると、尋ねずにはおれなかった。

「あなたは本当に一九六八年に、ウプサラの私たちの小さな学生寮で夕飯を食べたのを覚えているのですか?」

彼女は暖かく笑うと、手の平で自分の脚を叩いた。

「ええ! あなた方が台所で夕飯を振る舞ってくれたのを覚えてる。でも何を食べたかは覚えていない」と彼女は言った。

アグネータと私は顔を見合わせた。私たちの頭に浮かんでいたのは同じことだった。お客さんをもてなすのに多少ましなダイニング・テーブルがリビングにあったのだが、当時私たちは決まって台所で食事をしていた。この奇妙な習慣がゲストに気付かれ、その記憶に刻まれたのだ。ところがジャネットは私たちが何を考えているのか素早く察し、手を握った。

「他にも覚えていることがあるわ。私はあなたたちと一緒にいて、若さともてなしの心を感じた。あなた方は独立に向けた私たちの闘いに強い関心を示してくれたわよね」と彼女は言った。「でも話してちょうだい。三〇年前、あなた方が私たちのところで働いていた頃から、モザンビークがどれだけ変わったと思うか」

私がナカラで医師の数が随分増えていたと話すと、彼女はうんうんとうなずいた。アグネータが郊外の地域と村に今では小学校があり、以前は小・中学校しか以前はなかった場所に、三〇年たった今では高校まであると言うと、さらに熱がこもった。私たちは一〇代の男の子や女の子が新設のきれいに色の塗られた学校に通うのを見ると、幸福な気持ちで胸が熱くなると話した。しかし発展が止まっているらしき村にいまだに極度の貧困がはびこっているのを目にした時の絶望感について私たちの話が及ぶと、会話の風向きが変わった。私たちはジャネットに政治、政府、財政について質問をした。援助金や経済の発展による利益は、適正に使われているのか？　指導者は実際のところどれだけ腐敗していたのか？その後、ジャネットがしょっちゅうされているであろう質問を私たちもした。あなたの夫が今も生きていたら、政治の腐敗は今ほど広がっていなかったのでしょうか、と。

彼女は友人と大切なことを共有するかのように、しごく穏やかに、かつ真剣に答えた。

「アフリカの最貧国のトップでいると苦労が絶えない。それは世界で一番大変で、一番やりがいのある仕事よ。あなたたち家族のような人たちから、極度の貧困にある人たちまで、幅広いニーズを満たすよう期待されるわ。故郷や、人生でこれまで関わってきた人たち、たくさんの人からの期待を一手に引き受けなくてはならない。これまで助けられてきたのが、今後は助ける立場になる」

「私は正直言って、夫がどんな書記長だったか知らないの。これまでの他の大統領に比べて、彼の方が優れているということも、悪いということもないんじゃないかしら。現在の大統領、アルマンド・ゲブサがちゃんとやってくれるでしょうよ」

ジャネットがモザンビークの国の成り立ちについてどう見てきたのか、そしてどう見続けているのか説明を続けた。彼女と亡き夫が半世紀前にアフリカに戻ってきた時、描いていたビジョンが現実のものとなったのだ。かつての植民地は、今では法律にのっとって選ばれる大統領のいる、非常に安定した独立国だ。信じられないぐらい劣悪な教育環境にいた国民たちがゆっくりと立ち上がり、ジャネットの名前にちなんでつくられた首都の大学では、教師や研究者の教育を受けられるだけでなく、自分たちだけで研究ができるようになった。

「変化には時間がかかるものです。外から見た時には、欠点ばかりが目につくでしょう。しかも依然と残るたくさんの大きな欠点のために、私たちのこれまでの前進が霞んでしまうのです」彼女はさらに言葉を続けた。

「あなたたちのナカラでの話は、私の観察と一致しています――よくなったことはたくさんあるけれど、まだまだやるべきことはある」

その後、彼女は非常に真剣な様子に変わった。ティーカップを置き、手を空けるためにペストリーを置いて空いた手を、上げ下げして自身の主張を強調した。

「モザンピークの成り立ちとこの国の将来を思えば、三〇年は大した年数じゃないわ」

発展にはそれなりの年月がかかるに違いない。海洋に広がる致死率の高いウイルスとの闘いのようなことにはそれほど時間はかからないのに。西アフリカでエボラ出血熱が蔓延した二〇一四年、私の人生で最も恐ろしく、最も過酷な仕事がはじまったのだ。

第七章　エボラ出血熱

　エボラ出血熱の恐怖は二〇一四年九月の夜、私に激しく襲いかかった。ところがその恐怖はリベリアの首都の道端で亡くなった人々をメディアが映した悲劇的な写真とは、まったく別のものを通して入ってきた。

　同じ日の午後、アメリカの医学研究を主導する『ニューイングランド・ジャーナル・オブ・メディスン』でWHOのクリス・ダイと、彼の研究チームがエボラ出血熱についての記事を発表したことをツイッターで知った。

　私の体をこわばらせたのは、エボラ出血熱についての研究報告書にあったあるグラフだった。そのグラフは直近の一カ月で一週間ごとの新たなエボラ出血熱発症数が急激に上昇したことや、突然の発症に対し、数週間、火急の対策が何ら打たれないまま上昇した目も当てられない発症数を示していた。その文章の一部は今でも記憶に残っている。

　前の晩、私はポルトガルでの講演から戻ってきて、翌朝にはスイスに別の講演に行かなくてはならなかった。それにも拘わらず、私は根底を覆すその研究のことで頭が完全にいっぱいになってしまい、遅くまで眠れずにいた。私は同じ年の二月、最初のニュースが舞い込んで以来、エボラ出血熱の発生についてメモをとっていた。私は八月以来、西アフリカでの疫病にすっかり心をかき乱されていた。ところがそれは常時つきまとう職業上の不安に過ぎず、恐怖と呼ぶべきものではないはずだった。

クリス・ダイの研究チームは、一一月上旬の連日の発症数の見積もりを算出するために、九月の初め疫病の発生が確認されはじめてから九月一四日までに取られたあらゆるエボラ出血熱にまつわるデータを活用した。非常に恐ろしかったのは、疫病の時間軸が進めば進むほど、発症数が急勾配になっていくことだった。新たな発症数は、九月の中旬まで三週間ごとに二倍ずつに増えていき、疫病の感染経路を一刻も早く究明することができなければ、この状況が続くだろうということが分析により分かった。九月の初めにすでに首都モンロビアの路上で人々が亡くなりはじめていたが、これは戦争や自然災害以外では現在、起こらないことだった。実に大勢の人がたちまち病気になった。彼らは歩くか支えられて前に進もうとしたが、途中で崩れ落ち、取り残された。患者を処置するため、建てられた仮設診療所に、ベッドが足りないという理由で、入れない人が大勢いた。

三週間で発症数が二倍になり続けているということが何を意味するのかをグラフは示していた。九週間後の一一月の終わりには、一日の新たな発症数は、二倍、三倍どころか、八倍になっているはずだ。たったの三週間で、死に至るほどの感染症の新たな件数が相変わらず二倍に増え続けるということは、二カ月後には一六倍絶望的な状況になっているということだ。それは爆発的増加で、いわゆる指数関数的な成長というものだ。この背景には患者一人が平均二人に疫病を移し、数週間以内にそのうちの一人が病気になり、他の人に病気を感染させるということだ。

エボラ出血熱の増加による感染者数を明らかにするのは、いかに恐ろしいことか容易に想像がついた。私の恐怖を大いに掻き立てたのは数字自体ではなく、三週間で数字が二倍になり続けるのであれば、モザンビークの状況は一一月にどうなるかすら想像できないということだった。この数字は、リベリアが最近終焉を迎えた内戦よりも、さらに最悪な混沌状態に陥ったというイメージを私に抱かせた。大勢が国を追われ、散り散りにならざるをえなかった。このような混沌とした状況では、まったく予期せぬ方法で国境の先の先へと病気が広がる。

数週間でエボラ出血熱が終息することは明らかだった。

私の恐怖はギャップマインダー財団の優先度を変えた。私たちがどんなふうに寄与できたかって？　私たちはエボラ出血熱の驚異について説明する啓発ビデオを制作した。そこで三週間ごとに新たな発症数が倍増するということが、何を意味するかに力点を置いて説明した。その短いビデオは数日で数百万人に閲覧された。

エボラ出血熱の発生は西アフリカのガーナ、シエラレオネ、リベリアの三つの小国にほぼ完全に限られていた。なぜエボラ出血熱への恐怖が、二〇一四年のヨーロッパと北アメリカでこんなにも拡大してたのだろう？　エボラ出血熱は海洋を渡り、人々の体から体へと感染し、飛行機の搭乗客が富裕国に着いてから時間差で病気が発症すれば、その国の他の人たちに感染しかねない。エボラ出血熱への恐怖は、効果的な治療薬がないことでも、当然増した。

二〇一四年の三月末、WHOがエボラ出血熱はガーナからリベリアへと広がっていったと発表した。私は自分が急いでその一報を書き留めたのを覚えている。その時には、半年後、自分がこの国の首都で「エボラ出血熱監視の副責任者」として健康省で働き、そこで自身のデスクを構えるようになるとは夢にも思っていなかった。また二〇一四年の秋の初めの時点で、エボラ出血熱が原因でクリスマスもお正月も五〇年間で初めて妻と祝わないことになると誰かから言われていたら、そんな馬鹿な、と笑っていたことだろう。最終的には、私はリベリアでの私のルームメート兼上司のルーク・バオと忘れられないクリスマスを祝うことになるのだ。

リベニアを離れる際、私はリベリアから、昔ながらの首長に任命されるという名誉を授かった。しかし他の全ての任務を辞退してでも、エボラ出血熱との闘いに手を尽くさざるをえない状況にあると私が理解したのは二〇一四年の秋の終わりになってからだった。

私を含む大半の専門家はそれ以前に分かっているべきことだった。しかし私たちはその時には気付いておらず、それゆえ世界の人たちの認識にも遅れが生じてしまったのだ。分かっていたのはWHOの片手で足りるぐらいしかいない職員よりもさらに少ない、必要な予算に恵まれぬほんの二〜三人の専門家だけだった。

どうして私たちの認識に遅れが生じたのか？　私たちはアフリカの辺境でここ数年、エボラ出血熱の蔓延を複数目撃してきたが、それが首都まで届くことは決してなかった。言い換えるなら、政府の建物や国際空港の近くまでエボラ出血熱が到達することが一度もなかったということだ。

二〇一三年後半と二〇一四年の春、ウイルスはギニアの辺境の田舎の高地から、国境の先のリベリアやシエラレオネの辺境の地域へと広がった。しかしその時点で世界は静観の構えだった。ところが間もなく、ギニアの首都コナクリやリベリアの首都モンロビアでエボラ出血熱の発症が確認された。

スラムの広がる大きな都市でエボラ出血熱が発見された時の方が、世界がより騒ぐのは自然なことだ。いや、私個人について書こう。私はもっと強く反応するべきだった。私はただの公衆衛生の教授ではない。私は貧しいアフリカ諸国の辺境地域で疫病について、数十年にわたり研究してきたというのに。大半の研究者と同じように、私は貧しいスラムと国際空港を備えた人口の多い首都にこの疫病、エボラ出血熱が到達した場合にのみ、大きな危機をもたらすという考えだった。そして今その危機が、現実に訪れたのだ。

二〇一四年八月八日、WHOはエボラ出血熱の流行が世界全体に健康リスクを生じさせるという緊急宣言を出した。すると世界は恐怖に包まれ、まずは飛行機の発着を停止するとか、エボラ出血熱の発症が見られる国々を孤立させようとする非生産的な試みを通じ、海外からの投資も打ち切られた。西アフリカでの蔓延を抑制するために、その後は資源が段々と利用できるようになった。当時のエボラに対する世界の人々の恐怖は、行き過ぎたものではなく、その逆で認識が遅すぎるぐらいだった。そこからとれる手立ては、遅れを取り戻すことのみだった。

＊＊＊

ユジーン・ブシェージャが私の目を見た。表情は不安そうだった。

「モンロビアでの恐ろしいエボラ出血熱の発生について、一体何が起きているのか、分かる人などいやしない」と彼は言った。

国境なき医師団で活動していた私とユジーンは、エボラ出血熱の蔓延を食い止めるため、スウェーデンから何ができるか、重要な知見を持つ学者や国の役人と非公式の会談を終えたところだった。今、会議室に残されているのは、私たち二人のみで、西アフリカで何が起きているのか正確に把握している人は誰もいなさそうということで、完全に意見を一つにしていた。

ユージンは言葉を続けた。

「国境なき医師団の仮設診療所では、いまだに日々、大勢の病人を治療室で受け入れていて、その大半から陽性反応が出た。つまり、エボラ出血熱への感染が確認されたということだ。しかし治療室は今ではたくさんあり、私たちの組織は政府と連携していないためエボラ出血熱の感染状況を把握しきれていない。モンロビアの私たちの治療室だけでも、WHOの週次報告で報じられたことよりもずっと多くの症例が確認されている」

仮設診療所で防護服での過酷な仕事は、私のような老齢の職員がするようなことではないということは、私も重々承知の上だった。それでも私は自分でも何か助けになれるのではないかという望みを抱いていた。

「ユジーン。私は何が起きたのか解明する手助けができるのではないだろうか。主にアフリカの貧しい国々の疫病についての研究で私が二〇年間、やってきたことだ。問題はどうやったら、役立たせてもらえるかだ」

ユジーンが笑った。

「いつ来られる?」

ストックホルムでの会議の一〇日後、私は必要な衣類を詰めたあと、コンピュータやプリンター、プロジェクターや記憶デバイスなど役に立ちそうなものをできるだけ詰めこんだ旅行かばんを準備した。

旅の手続を大急ぎで進めた。国連が私のビザやその他の手続きをしてくれた。カロリンスカ研究所が私を再雇用してくれた。私は年金生活者になっていたが、学術機関に属している必要があったのだ。ヴァレンベリ財団から助成金を出すという知らせも入った。

アグネータは初め、私の旅を躊躇していた。本当に行く必要はあるのか、と。自分自身や他の人たちに自分の勇敢さをただ示したいだけなのではないか？　しかし私たちは話し合い、アグネータはよく考えた末、向こうで私が何か成し遂げられるのではないかという結論に至った。こうして私はアグネータのサポートを得られることになったのだ。

行きの機内の時間は、エボラについての情報収集で消えた。着陸の前に私はエボラにすぐに感染してしまわないように準備をした。空港はどう機能するんだろう？　旅行かばんを拭くために、滅菌シートを持ってくるべきだったと思った。どうしたら感染しないかですむかで頭の中は一杯だった。

私は飛行機から降りる前に、かき集められるだけ新聞を集めた。飛行場から車で移動できたらいいと考えた。他の乗客も、ゆっくりと、しかしきっちりと入管審査を受け、荷物を受け取り、非の打ち所のない仕事ぶりの、礼儀正しいリベリア人職員に税関書類を出したが、重たい空気から判断するに、他の乗客も私と同じく、心中穏やかではなかっただろう。

スウェーデン大使館の親切な女性が、飛行場まで迎えに来てくれて、大使館が部屋をとってくれていたグランド・ホテルまで車で送ってくれた。ホテルに入る前、私はドアの外にあった、小さな蛇口が下の方についたバケツの中の塩素水で手を洗わなくてはならなかった。バケツは椅子の上に置かれ、その隣には、塩素水の入ったプラスチックの桶があった。私は靴を履いたままその桶の中に足を踏み入れてから、天井の高い豪華な玄関に上がるよう言われた。ホテルは明らかに新しく、ロビーには背の高い赤褐色と明るい黄色の新しい壁があった。右手にはATMと二軒の小さなお店が見え、私はにこやかな受付の人のところに歩み寄り、三階の部屋の鍵を受け取った。

この時程ホテルの部屋のクオリティの高さに満足したことはなかった。シャワーつきのタイル貼りのトイレと、隅々まできれいに掃除された広いワードローブ。私は部屋を見回した。世界のどのホテルにも劣らない素晴らしいホテルだ。しかし私は以前の私ではなかった。スウェーデンなら、細菌恐怖症とと言われることだろう。私はシャワーを浴び、いつも通り注意深く体を洗い、クロルヘキシジン液に浸したシートで棚をきれいに拭き、壁すれすれまで高く服を積み重ねた。私は机と私のかばんの外側をきれいに拭いた。ようやく寝床についた私は、熱が出る不吉な夢を見て、あまりよく眠れなかった。感染症の恐怖は私がモンロビアに暮らしていたその数ヵ月、消えることはなかったが、その作業は数週間後にはすでに日々の日課と化し、もはやほとんど恐怖を感じなくなっていた。

モンロビアでの初日、私はこの状況についてイメージをつかむため、様々なエボラ出血熱対策機関診療所に仕事仲間に連れていってもらったが、私がどこで働くかは分からずじまいだった。

人々があちらこちらで解熱のために奔走していた。専門家は壁にリベリアの地図が貼られた狭いオフィスに留まった。私は入り口の前で塩素水で手足を義務的に洗い、ビルを出たり入ったりした。アメリカの感染予防機関で、私は自己紹介を手短に済ませた。アメリカ人たちはTEDのスピーチで私のことを既に知っていたからだ。彼らは私がリベリアで何をするのかに多大な関心を持っていて、私のような組織に属さない教授が何ヵ月も働きに来ることに驚いていた。

リベリアの健康省のトップ、トルバート・ニエンスワも、その日、廊下で出くわした際、私のことを知っているようだった。

私は彼の方へと歩み寄ると、咳払いをして言った。

「ロルバート・ニスワ博士」

私は残念ながら、彼の苗字を誤って発音していたが、彼は間違われるのには慣れっこなのか、笑い飛ばしてくれた。胸に手を当て、自分の名前とここに赴いた理由を私が言っている間、彼の口元がさらににっと大きく広がった。

「あなたのことは存じていますよ。あなたの講演を何度も拝見しました。五月にワシントンでの新しい健康開発目標についての会議で話をしていた時も、私は聴いていました。ところでここリベリアで何をするおつもりですか?」

彼は四階の小さなバルコニーのドアを開け、そこで静かに落ち着いて話をした。煌々と燃える日の光の下に私たちは歩み出た。幸い、バルコニーは日陰側にあったが、それでも太陽はまだ高く昇っていて、私たちは日差しが当たらないよう、壁に身を寄せなくてはならなかった。

「疫病を止めるのにお役に立ちたいと思いましてね」と私は笑った。

ところがトルバートは私の答えを聞くと、真剣になった。

「いつまでですか?」と彼がすぐに切り替えした。

「疫病が止むまでです」

私は大風呂敷を広げてそう返したが、すぐにこう言い直した。

「これから三カ月の予定はすでに入っています」

私はカロリンスカ研究所での自分の名刺を彼に見せ、直近の二〇年で貧しいアフリカ諸国で私がどうやって疫病について研究し、モザンビークの公衆衛生の地方医療責任者としてどう活動してきたのか話した。

「だから人材不足なのは分かっています」と私は言った。

彼は驚きと好意の両方の表情を浮かべ、うなずいた。講演者として有名になる前に私が何をしてきたのかは、全く知らなかったようだ。私はかばんから手紙を取り出した。

「王立科学アカデミーからエレン・ジョンソン・サリーフ大統領への手紙がここにあります。これを渡していただけませんか?」

それはアカデミーの分厚い便箋にきれいに印刷されていた。アカデミーの常勤秘書であるスタファン・ノルマルクが、エボラ出血熱について十分な研究結果が出ていないことを、世界の科学業界を代表して大統領に謝罪をしていた。私もそのことに心を痛めていた。私たち世界の公衆衛生の専門家は、研究を強化するべき一七の疾病のリストを医薬品企業向けにかつてまとめていた。エボラ出血熱はそのリストで取りこぼされていたのだ。そのため研究が十分にされず、簡易検査やワクチン、特効薬が足りなくなってしまったのだ。

トルバートは真剣な表情で短い手紙を読むと、軽くため息をつき、目線を上げ、私を横目でじろりと見て、少しの沈黙の後、言った。

「ありがとうございます。そんなことを言われたのはこれが初めてです。大統領もこの謝罪に感謝するでしょう」

その後、彼はすぐにできる上司に戻った。

「水曜の朝九時、この下の階でやる連絡会議に出席して下さい。そうしたらあなたに国内、国外両方のリーダーを紹介できますから」

それから彼はまた大きく笑った。

「ここに来てくれて恩に着ます。心から歓迎します」

トルバート・ニエンスワの卓越したリーダーシップと落ち着き、また、聡明にも、断固とした様子でエボラ出血熱に全力を注ぐ彼への称賛と敬意は、私がここで働いた数ヵ月の間に膨らんでいくこととなった。

＊＊＊

部屋はエアコンが効いていて涼しく、私はホテルに戻った際、少し汗ばんだ自分の服のせいで、感染したような気分になった。私は手指消毒剤で湿らせたペーパーナプキンで、自分のかばんを拭いた。服を脱ぎ、裸になり、風呂場の洗濯かごにすべての服を入れた。

私は手指消毒剤でベルトまで拭き、その後二〇の爪の中に入り込んだ汚れを特に丁寧に、およそ三〇分をかけて洗った。清潔なパンツとベッドのカバーやシーツ、ブランケットも消毒した。私は清潔なシーツの上に横になると、天井を見上げた。そうして一日目は終わった。何もかもが期待以上にうまくいった。しかし私には迷いもあった。自分が着手しはじめたことを全うできるのだろうか？　私は自分が過度に洗いすぎてしまうことを恥ずかしく思っていたが、同時に、モンロビアで自分の気を休めるにはそれしかなかった。しばしの休息の後、私は携帯電話をとり、アグネータのいる家に電話をし、スウェーデンを発つ前に彼女がしてくれたすべての助けに感謝し、想像していたよりずっとモンロビアは平穏で、整然としていると伝えた。

「どういう暮らしをしているの?」と彼女に聞かれ、私は彼女の安心材料になりそうなできる限りのことを伝えた。

しかし私はどれだけの時間をかけて手を洗っているかは話せなかった。精神医学者でもあるアグネータの不安を掻き立てることになるからだ。

さらにしばらく休んだ後で、私は最上階のレストランへ行き、美味しいビュッフェの夕飯を食べ、星のきらめく暗い空の下、締めにコカコーラをぐいっと飲んだ。レストランの隣の屋根付きのテラスで過ごす晩は、温暖でトロピカルな雰囲気だった。ワレンバーグ財団からの助成で私はモンロビアで最良の暮らしを送ることができた。私は浮かんできた罪悪感をすぐに押し戻し、静かにこう自分にささやきかけた。快適な暮らしも過酷な作業で、帳消しさ。

その後、私は自室に行き、すぐに眠りについた。しかし高熱と下痢にかかる悪夢で目を覚ました。

***

「WHOはなぜモンロビアで新たに確認されたエボラの発症数がほぼゼロだと、事実と明らかに異なる報告をしたのですか?」

私はアメリカ疾病予防センターの朝の会合で、早速本題に入った。世界で最も有能で経験豊かな感染疫学者の一人で、この事実に一番怒り心頭だったフランク・マホーニーは、彼が何を原因と見込んでいるのかを体系的に話しはじめた。フランクは背が低く、ややぽっちゃりしていて、短髪で、髭を剃らず、ネクタイをゆるく締め、体格に合わない暗い色の背広を着ていた。同僚のジョエル・モンゴメリーは、負けないぐらい経験豊かな感染疫学者で、フランクに比べてやや白いシャツを着、少し長めの髪で、穏やかな話し方をする人だった。

両者ともに、エボラ出血熱の発症の流行を監視する責任を持つ健康省に、今回の問題の原因があるという説明だった。その責任者はルーク・バオという名前のリベリア人だった。彼らはルーク・バオご執心のデータベースへの移行を思いとどまるように私に説得してほしいと考えていた。しかし私にはルーク・バオがどんな種類の過ちを冒したのか全く分からなかった。

そのことについての私の疑問と考察は、それまで黙って座っていたアメリカ人疫学者のテリー・ローにより遮られた。

「ルーク・バオのところにまず行って、直接話をしてくるといい。彼はとても話しやすい男で、私は健康省の彼のプロジェクト・チームと仕事をしていて、この会議の後に彼のところに行かなくてはならないから、一緒に来るといい」

午前の日の光がモンロビアの空に降り注いでいた。一五分間のドライブの後で、私たちは健康省の黄色い三階建てのコンクリートの建物にたどり着いた。建物の周りには、同じくらい黄色い塀と、省のマークが入った白いジープでほぼ満車になっている駐車場があった。

入り口の警備員は、塩素水で私たちが手を洗うのをじっと観察していた。それが済むと、ようやく私たちは建物に入り、長い廊下を進むことができた。

テリー・ロスの部屋は、四台の机がぎゅうぎゅうに並べられ、従業員がひしめいていた。

「私はＨＩＳＰデータベースを監視しています」とＷＨＯの中年のアイルランド人が言った。

「ＨＩＳＰって何ですか?」と私は聞き返した。

私がＨＩＳＰが何の頭文字をとったものか知らないと分かると、皆が不思議そうに私を見てきた。

「Health Information Systems Program（健康情報システムプログラム）」とアイルランド人は答えた。

ドアが開けられた時に、私は丁度、そのコンピュータ・システムについて質問をしはじめたところだった。一人の短髪でメガネの黒人男性が、部屋に突然入ってきた。足に障害があり、前進するのに腕を支えてもらわなくてはならないにも拘わらず、素早く動けることに私は驚いていた。ところが誰もそのことに重要性を見出していないようだった。動きに淀みがなかったので、障害者になって、もう随分たつのだろう。テリーはその男性に手を伸ばすと、言った。

「ロスリング教授、私たちのボス、ルーク・バオを紹介させてください」

ルークは息をぜいぜい言わせていた。私が来ると聞いて、同じ建物の別の部屋から急いで駆けつけてくれたのだろう。彼はリベリア語なまりの強い英語を話すので、すべて理解するには神経を集中させる必要があった。しかし彼は言いたいことのポイントをついて話してくれた上、私がやって来た理由を知ろうという意欲に溢れていたので、会話はスムーズに進んだ。私は疫病を止める役に立ちたいということと、教授としてどこからの出資も受けていないということを伝えた。

「しかしここには、これ以上の人員を入れられるだけのスペースはなさそうですが」と私はそう言って話を結んだ。

ところが彼らはやってのけたのだ。ルークは私をすぐ様、隣の部屋に案内し、エアコンと小さな冷蔵庫、茶色の斑点の入ったプラスチックの板が上に貼られ、灰色に塗られた板で作られた二台の机の方に来るよう私を手招きした。そして空いている小さい方の机をルークは指差した。

「これが君のデスクだ」と彼は言った。

「それはどうも」と私は喜びと驚き混じりに答えた。

「ですが、向こうには誰が座るのですか?」と私は言うと、大きな机を指差した。

「私さ。あなたには私の部屋を一緒に使ってもらう。今日からあなたはエボラ出血熱疫学監視の副責任者だ。同じ部屋にいた方が任務を一緒にやりやすいだろう。私はこの部屋の鍵を二つ持っているから、スペアをあなたに渡そう。ここにかばんを置いて」と彼は言うと、私の机の向こう側を指差した。

意固地な感じはなかった。自分が言っていることが当然のことのごとく、ひたすら穏やかに優しく説いていた。ところが次第に彼の声と表情は真剣に変わっていった。

「私たちにはあなたのことが切実に必要なんだ。ここにいてくれないか?」と彼は言った。

私は目をじっと覗き込まれ、否みようがないほど、頭がくらくらした。私は彼の率直ではっきりとしたところに好感を抱いた。健康省の玄関の扉をくぐったその二〇分後には、具体的な仕事と素敵な机を与えられたのだ。私は、国連のコーディネーターから答えをもらい、スウェーデンで何とか準備を終え、最良のホテルに泊まり、リベリアのエボラとの闘いの責任者から最高の印象を得たジェットコースターのような二十四時間が走馬灯のように頭を駆け巡った。

後に改めて考えてみると、私は実際、一秒以内に決断を下したのではないか。

「ええ、分かりました。しかしそんなに単純な話なのですか？ 合意書を交わしてサインをする必要は？」と私は言った。

ルークはその必要はないという考えだった。

「エボラ出血熱が蔓延する中で何ですが、こうしてはどうでしょう？ 握手している様子を、写真に撮るんです」と私は言うと、扉の前に立つテリーに私の携帯電話を渡した。

私はルークの右手をとり、強く握りながら、テリーが構えるカメラに目線を向けた。それから大声で笑うと、ルークが置いておいてくれた手指消毒剤で手を消毒した。さらに私はポケットにあったティッシュ・ペーパーで携帯電話を拭いた。これで大丈夫。

ルークはよい上司に期待されることすべてを満たしていて、私たちは彼とその家族と一緒にクリスマスを祝うほど親しい友人となった。

数日のうちに、私はリベリアの国章の入った健康省の名刺を受け取り、さらに数日後に、美しい西アフリカ諸国のカラフルなシャツを複数枚もらった。

「あの水色のシャツはもう着てこないでくれよ。あなたも私たちの一員だと見た目で分からないといけないからね」とルークは言った。

その理由はエボラ出血熱に取り組んでいる外国人職員の大半は、組織の略称またはマークの入ったTシャツやベストや帽子を身に着けていたからだ。今の私はリベリア政府に公式に雇用されていて、そのことが一目で分からなくてはならず、私はその役割を立派に全うしなくてはならなかった。またさらに重要なことに、この苦難の時に、称賛に値する真剣さを示し、この災難を乗り越えたリベリアの専門家の指導者チーム全体にも納得してもらわなくてはならなかったのだ。私は毎日の報告書のまとめを直接手掛けた。ルークのチームとしての一〇〇ページの報告書をまとめ、それを彼が承認し、公表した。

しかしその報告書の問題点は、すぐに恥ずかしいことに、それからすぐに明らかになった。利用したデータベースはアメリカの感染病対策機関CDCのものだった。前回のエボラ出血熱の時のルーチンはうまくいった。ところが、今回は一日ごとの疾病者の数は、極めて多かった。

初日にして私は、この国では一三のうちすべての県の報告が毎日上がってくるわけではないということに気が付いた。メールや電話が時折、不通になることが原因のようだった。それにより、WHOにこれまで送られてきたデイリー・レポートに古典的なミスが発見された。新たな発症数が実際ゼロである場合も、報告がその日上がってきていない場合も、区別をつけずにどちらもゼロとされていたのだ。私の第一のミッションは、表中、報告のない日のセルにゼロと入力する代わりに、■を入れることだった。

健康省のプロジェクト・チームが自身の電話とテレフォン・カードを国内の同僚との会話にのみ使うようにと決められていたために、県のエボラ出血熱報告担当部署と連絡をとることは、さらに困難だった。省のテレフォン・カードの予算に余裕はなく、恐らく「不正防止」のため、莫大な経済資源を持つ国際機関は、主要な職員に無料のテレフォン・カードを持たせるのをやめてしまっていた。

無料のテレフォン・カードを皆が必要とするだろうと予想した健康省とギャップマインダー財団の間で合意を取り交わし、すぐさま特別な基金を創設した。職員は同僚との業務上の連絡だけでなく、エボラ出血熱の新たな発症について証言を集めるために国内の友人や知人に、勤務時間外の夜、連絡をとるのにも、テレフォン・カードを使ってよいというルールを定めた。他方で、テレフォン・カードの未使用分を転売したことが発覚した者は、実に恥ずべき不名誉な行為と見なすと真剣かつ強く通達した。この基金は、スウェーデンの一握りの慈善団体がエボラ出血熱を止める助けとなるようギャップマインダー財団にした少額の寄付を財源としていた。そのため、健康省内で私たちの理想の世界財団やジタルクニック財団からの寄付が、素早く、費用対効率のよい措置をとれるような立場に私を立たせてくれたのだ。

＊＊＊

二〇一四年八月と九月、エボラ出血熱がモンロビアのスラムに広がったが、これは人口過密地域で世界最大級のエボラ出血熱の蔓延だった。アメリカの感染予防局のデータ・ベース・システムには、まず家での自己診断による個々のデータから、患者が診療機関を訪れた時、研究所での検査結果が最終的に出るまでのデータが集められているのだが、このシステムは九月後半に使い物にならなくなってしまった。

ＩＤ一つで患者を特定するために三つのステップが必要なこのデータ・ベース・システムは、クラッシュしてしまった。患者はまず家で自己診断した結果を入力し、その後、患者を受け入れた診療所が検査結果を報告する。そして最後に最も大事なことに、研究所で血液テストが分析されたその結果がデータ・ベースに加えられる。

この国では誰も個人番号を持たないため、名前のスペルや、年齢、住居地の情報がちょっと合わないだけで、データ管理がうまく機能しなくなってしまう。そのため検査を受けているのは一人なのに、三人分の結果としてカウントされてしまうなんてことも起こりうる。しかもこれらの数字を誰も信用してやいない。そのため、どの研究所も、データ・ベースに入力する代わりに、それぞれのエクセル・ファイルに血液テストの検査結果を入力してしまい、それらばらばらのファイルを誰も一つにまとめようとはしない。

関係者は、大なり小なり、この問題を意識しているが、監督または決断を下す立場にいる人の誰も、疫病の流行の全体像を組織が把握する上で、この劇的に簡素化された報告を受け付けはしなかった。その代わりに、九月の中旬から、（二ヵ月しないと実用開始できない）新しいデータ・ベースの導入を強く推進し出していた。

二日後、私は数日以内に報告内容を把握できるようにするため、以下、四つの簡素化を提案した。

一．地方社会や医療機関、研究所からの情報と私たちの情報の一致を求められるWHOの報告用フォーマットは完全に無視する。

二．しばらくはデータ・ベースは無視して、数字はすべてエクセルに入力する。

三．研究所のテスト結果をまとめる作業に集中することで、二四時間以内の報告が可能になる。

四．研究所の大量のエクセル・データを素早く統合できる人は、モンロビアにいなそうなので、その年、過去の研究所のデータをまとめるよう、外国に助けを求めてはどうか。健康省の私たちのチームは、日々起きていることを把握できるようにルーチン・ワークを固めていくのに集中してはどうか。

ルークは改善点に目を通すために、私の机についた。

「しかし私たちがフォーマットに従わなかったらWHOは何て言うだろうか？」と彼は不安そうな表情で言った。

「向こうに合わせてもらわないと。クリス・ダイに電話して、心構えをしておいてもらいますよ。さて、ところで」私は少し不安になって続けた。「私が国外にネットワークを広げていっても構いませんか？　それとも窓口はあなたに一本化しますか？」

するとルークが珍しく、大声を上げた。

「ハンス、君は好きに連絡をとっていいよ。それで結果を後で私に報告してくれればいい。あなたが電話した方が話を聞いてもらえるよ。私が電話したところで、あれこれ指図されるのが落ちさ」

私たちは二人とも吹き出した。

「分かりました。そうしたら私はこのチームの副リーダー兼外務大臣ということでいいですね」と私は言った。

ルークは上機嫌でうなずくと、私のリストにさらに目を走らせた。

私は数日以内に数字を整理しないといけない、私たちは危機的状況にあるのだと念を押した。

ルーク・バオはエクセルについての私のアイディアと、研究所のテスト結果をまとめる作業に集中するという考えを気に入っていた。だが、外国の一体誰に、研究所の結果をすべてまとめるよう頼めばいいんだろう？　と彼は頭をひねっていた。

「ストックホルムの私のボス兼息子、オーラ・ロスリングに頼もうか。エクセルのデータをまとめるのはすごく速いんだ」

この提案にルークの瞳が輝いた。数時間以内に、オーラはすべての研究所からのエクセル・ファイルを手に入れていた。彼は朝早くまで寝ずに、六五八二件の血液検査のデータをまとめてくれた。エボラの疑いがあるという予想ではなく、実際の血液検査に基づく、確認がとれたエボラ発症数を示す初めての信憑性の高い折線グラフが翌朝早く、メールの受信箱に届く音で目が覚めた、目覚まし代わりになった。一日の新たな発症数を示すカーブはすでに下降しはじめていた。

＊＊＊

「私はよい解決策に行き着いたようです」とモーセス・マサーコイが言った。

彼は短い髪で、感じのよいユーモアと非常に鋭い知性を備えた人物だった。モーセスはエボラ出血熱と闘う中心的な六人のリベリア人リーダーのうちの一人であり、すべての診療所の統括担当でもあった。予期しない、非常に当惑させられる問題の解決策に彼が行き着いたのは、一二月の初めのことだった。数人のリベリア人と私は朝の調整会議の後、テーブルを囲んでいた。モンロビアでのエボラ出血熱の新たな発症数は減り続けており、今では日に一〇件以下にまで落ち着いていた。モーセスは首都の主要な五軒の医療機関はほぼ空っぽであると示した。空きベッド数は六〇〇。戸惑うのは、複数の国際団体が、さらにこれから医療機関を建てようとしていたことだった。しかしもうすでにその必要はなくなっていた。

「現実を受け止めて、建設を取りやめてくれたらいいいんだが」とモーセスは深いため息をついた。彼はトルバートの方を向き、打ち合わせでの私たちの進言にも関わらず、私たちに無断で大使たちが大統領のところに行って、各国の医療機関を設立するよう求めたと話した。オープニング・セレモニーの映像をテレビで放送してもらうことが彼らにとっては非常に大事であるようだった。

「ああ。大統領はプレッシャーを感じていたよ。あなたはどんなよい解決策を思いついたんだい?」とトルバートは尋ねた。

「私は軍隊の音楽隊や私たちが、防護具をつけた職員が立つ入り口の前で大使が御礼を言う厳粛な式典を彼らに開かせてあげようと思うんだ。よい番組になるだろう。エボラ出血熱以外の患者にもより広く使ってもらうと合意するまでは、式典を開かせることはできない」とモーセスは言うと、顔をほころばせた。

モーセスの素晴らしい提案に、非常に豪快な笑い声が続いた。

「いいでしょう。私が彼らと話しましょう」とトルバートが笑った。

説明させてもらおう。大半の国際機関は価値ある活動をしていたが、国民に自分たちの活動について話すとなると、その大半が、ひどく卑劣な違反行為に出るのだった。それは彼らが利己的にも自身の利益を守る必要があるからか、あるいはそれが政府からの補助金または一般の人たちから集めたお金であるためか、はたまた上司たち一人ひとりのキャリアを守るためかもしれない。リベリア人の視点から見れば、何をどうしたって美談になりえなかった。

一一月の間、リベリアの新たなエボラ出血熱発症数は急激に減少した。農村部での発生を何とか抑えることに成功し、一二月の初めの首都モンロビアではほぼ一件しか新たな症例は見られなかった。一一月の末頃の流行を見れば、クリスマス前にはすべてが収束するかのように思えた。

あっという間に収束するという幻想を抱かせないように、私は目盛りがついているグラフの数字の推移を示した。するとエボラ出血熱にもはじめがあれば終わりもあり、ゆっくり、次第に発症件数が少なくなっていったかと思いきや、また突然増化するのが分かった。エボラ出血熱との闘いに概ね勝利したことで、リベリアの人たちは、何が起きているのか状況を理解してくれていた。例えば小さなお店も少しずつではあるがちょっとした手洗い場を備えるようになっていった。子どもたちは学校に行かなくなった。

一二月、対策をしている人たちの心に、明らかに疲労が見られるようになり、大半の人たちにとって作業は義務化していた。思考の切り替えは非常に重要だ。患者らはほぼ空っぽの医療機関で手厚い扱いをもちろん受けたが、追跡調査はいまだ完璧とは程遠かった。数を示すだけでは十分でなかった。局面の移り変わりというコンセプトにより、優先順位が明確になった。発症件数を見るに、救急隊が出動する段階は過ぎ、今度は刑事の出番だった。私たちは数ではなく、名前を記録する段階にきたのだ。終わりが訪れれば追跡調査は完璧になるだろう。

そのため私は一二月の中旬、省の疾病監督の中心グループからの仕事の半分を、首都の追跡調査グループに変更した。そこで私は追跡調査のコーディネーターへの毎朝の報告の場であると同時に、異なる部門で働いていたすべての国際組織の疫学者の仕事場でもある「作戦会議室」を発見した。重要なのは、町中の詳細な地図にエボラ出血熱が発症した場所をすべて記録すると同時に、接触したと報告した人全員がどこに暮らしているかを示すことだ。そうすることで私たちは疾病の全体像を掴める。

誰かがエボラ出血熱で亡くなったと分かると、その人物が物理的に接触した全員のリストを私たちは手に入れようとした。初めの数日はウィルスは発症しない。そのため症状が出はじめてから、患者を隔離することになる。こうすることで、ウィルスの拡散を防ぐ。

私たちはリストに従って、エボラ出血熱の患者と接触した人たちの家を日々訪問した。そんなある日、突然、ある一家の男の子がいなくなってしまった。母親は何が起きたのか分からないと口では言っていたが、実際は知っているのに、言いたくないようだった。モソカ・ファラーがやって来たのはその時だった。心が広く、切れ者のリベリア人疫学者だ。

彼女は夫に出ていかれ、一人住まいになった女性の下を訪れた。その女性は夫が息子を連れていってしまったと話した。時々彼女に有無を言わせず、連れていってしまうことがあるのだという。それが電話をかけられる警察も緊急電話もない貧しい社会の女性の運命だった。

モソカ・ファラーは男の子を取り返しに行くように、慎重に彼女を説得しようとした。ところが彼女には町の向こうまで行く金銭的余裕はなかった。そのためモソカが金を用立ててやった。そこで彼女は翌日、行くことに同意した。ところがお札を受け取った彼女は、それをひっくり返し、くしゃくしゃとまるめはじめた。

「これは新しくて軽いお金だ。これをそのまま渡すことはできないよ。新札だってばれてしまう。古い紙幣が必要なんだ」

スラムではお札はどれも何百回と持ち歩かれ、ぼろぼろになっていたので、金持ちに恵んでもらったのだと男にばれてしまうというのだ。このことは絶対にばれたくないのだそうだ。

そこでモソカ・ファラーは古いお札を用意した。そうして女性は翌日、男の子と戻ってきた。彼女はモソカ・ファラーの信頼を得たことで、彼が誰と接触したかを調べる代理人になった。彼は自分の仕事を理解したようだった。このような疫病と闘うには、片手にエクセルを、もう一方の手に人間愛を持たなくてはならないものだ。

数値処理と人々のニーズの把握が両方とも重要であることは、珍しいことだった。私たちの最も難しい仕事の一つは、エボラ出血熱の発症数が増加した場所と減少した場所を特定することだった。ここで葬儀が問題となった。この極限状況で遺体を輸送し、埋葬することが、なぜそれほどまでに必要なことなのかが、私たちには分からなかった。

おばあさんのエボラ出血熱が重篤で、死に至ったある一家のことが特に記憶に残っている。彼女の最期の願いは、すでに亡くなった彼女の夫の隣に埋葬してくれるよう家族に約束してもらうことだった。

一家はおばあさんとの約束を守った。おばあさんの体を洗い、きれいな衣装を着せ、古びたタクシーに乗せ、彼女の隣に乗り、遺体を町まで運んだ。これらすべての行程にタクシー運転手は帯同し、リスクをとる分、代金を少し余計にもらった。

そうしておばあさんは埋葬され、エボラ出血熱は広がっていった。気をつけていても、どうにもならないこともあるし、理解に苦しむ。どうしたらこんなに愚かになりうるのだろうと思う人もいるだろう。しかし実際は、愚かとかそういう問題ではなかった。これは子どもから母親、もしくは孫からおばあさんへの愛と、人生、また内戦中に助けてくれたヒロインへの愛の問題だった。おばあさんとの約束とお役所との約束、どちらが大事か？　人として決断するのは容易なことではない。

私たちにとって、それは埋葬を手伝うことだった。そしてそれは、疫病の終わりに私たちが成功したことだった。人々は家族をどこで埋葬するか決められたが、いわゆる死装束は、赤十字の助けを借り、顔以外はすべて布で隠さなくてはならなかった。葬式は、遺体を地面に埋める際、防護服に身を包んだ一種の埋葬事業者により行われた。技術面だけでなく、人の心にも配慮していてくれていれば、なおよいのだ。

＊＊＊

「お邪魔していいですか?」

優しいノックの直後、私とルークの部屋に女性が一人、顔を覗かせた。美しい黒くて細い三つ編みが顔の左右を縁取り、肩にかかっていた。私はすぐに彼女だとわかった。ミアッタ・グバニアはエボラ対策すべての統括副責任者であると同時に、健康省の経理責任者でもあった。私は彼女を招き入れ、いつでも大歓迎さと言った。

「今日はルークに用事があって来たんです。どこにいるか知ってますか?」

私は知らなかったけれど、間もなく今日の報告書に目を通す時間なので、姿を現すに違いなかった。それは一一月の終わりのことで、新たなエボラ出血熱発症数は明らかに減ってきて、仕事も少し落ち着いてきていた。

「座って。数分待っていれば戻ってきますよ」と私は言って、椅子を用意した。

私たちには具体的に話し合わなくてはならない議題がたくさんあったが、エボラ出血熱との闘いの第一線にいる人物と数分間話せるのは、特権だった。私はミアッタ・グバニアが内戦中に育ち、看護師の教育を受けた後に、コンゴと南スーダンの人道支援団体で働くと同時に、バングラデシュのトップの大学で保健学の修士号をとったと知っていた。私は彼女のことを非常に買っていたので、これまで聞いてこなかったことを尋ねたいと思った。

彼女は明らかに上機嫌で、自分の好奇心を満たすベスト・チャンスに思えた。

「あなた方にとって最悪だった時期は、私がやって来る前の月だったんじゃありませんか？　当時はどうだったのでしょう？　あなたが味わった最悪の瞬間は？」

彼女は眉をひそめ、考え込んだ。困難な出来事がたくさんあったからだ。

「最悪だったのは、十月の初めでした。誤った方策に支援金を投じようとしていたアメリカに、エボラ出血熱にもっと多くの資金を割いてほしいと説得した時でした。私は左手に仕事用の携帯を持ち……」

彼女は左耳に手を当て、その時の様子を示そうとした。

「その時、私の私用電話に着信が入りました。いとこからの電話だと分かると私はアメリカの交渉相手に、電話に出たいので三十秒だけ時間をくれないかと頼んだんです。次にかかってきたら出てもいいと言われたけど、あと数分後に、彼らが決断を下すことに変わりありませんでした。いくら頼んでも、彼の意志は変えられなかった」

彼女は右手をもう一方の耳に当てた。

「いとこは泣きながら、彼女の母親が突然の熱と下痢でエボラ出血熱の診療所に運ばれたところだと言いました。ところが列ができていて、受け入れてもらえない。助けてくれないかと。片方の耳に国家の運命がかかった交渉が、もう一方の耳に、愛するおばの命がかかった相談が同時に飛び込んできたんです」とミアッタは言った。

それから彼女は静かになり、その視線は私の横を通り過ぎた。彼女は両耳に両手を当てていた。

しばらくの沈黙の後、私はささやいた。

「国家と家族、どちらを選んだのですか？」

ミアッタは再び、私の方に視線を向けた。

「秋の間、当局の人間が皆してきたように、私も国家を選びました。ここ健康省は毎日稼働していました。私たちは一日だってその役目を果たさない日はなかった。毎日、ここにいたのです。私たちは日中は働き、夜は命を落とした友人や同僚や親戚を思い、枕を濡らしました。そうしてゆっくりと私たちは必要な支援を得て、エボラ出血熱を克服し出したのです」

私は最後の質問をした。

「あなたのおばさんはどうなったのですか？」

「エボラ出血熱で亡くなりましたよ」

まるで当然のことのように、ミアッタは答えた。

しばらく沈黙が続いた。そうしてようやく私は口を開いた。

「私はあなた方の働きぶりに非常に感銘を受けています。あなた方リベリアの指導者たちが疫病を沈静化するためにどれだけ辛い決断に迫られてきたのか、私はこれっぽっちも分かっていませんでした。

私がやって来る前、ヨーロッパのテレビでも新聞でも、国際的な疫病学者がやって来るまでは、この混沌状態はどうにもならないかのように報じられていました」

「ええ、確かにマスコミはヨーロッパ人が救世主であるかのようなイメージを作り上げようとしていました。彼らは自分たちの組織の宣伝に躍起だった。いい人もいました。とてもいい人たちが支援にやって来ました。ですが同時にできる限りたくさんの称賛をも求めました」

彼女が非常にシニカルに笑い出したその時、ドアが開き、ルークが入ってきた。

「他人が席を外している間に、笑い者にしていたんじゃないか?」とルークは冗談めかして言った。

「まさか、私たちは、エサに群がるサメのことを笑っていただけですよ」とミアッタが陽気に言った。

リベリアの国際機関のリーダーたちが、支援者に苛立ったりしたり、うんざりしたりした時に、こっそり彼らをサメと呼んでいることに、私は以前から気付いていた。

＊＊＊

二〇一五年の初め、前年の六月以来初めてリベリアとギネアとシエラレオネで一週間の新たなエボラ出血熱の発症数が一〇〇を下回ったと報告された。

この頃の私はエボラ対策をしている間に休止していた仕事に再び取り組みはじめていた。そして二〇一五年の一月には、ダボス会議にアグネータとともに遠征した。

私が持っていた一まわり大きな黒の旅行かばんは、列車の荷物棚に置くのも一苦労だった。私は広い議事堂で千人ほどの人の前で講演をしなくてはならなかった。私とゲイツ夫妻の講演は、金曜の夜のメイン・セッション中に行われることになっていた。演題は「持続可能な開発」で、構成は単純だった。

ビルとメリンダ・ゲイツが三〇分間、ＣＮＮのニュース・アンカー、ファリード・ザカリアと「未来へのビジョン」について対談する。だがその対談の前に私は、「ファクトの謎を解く」という演題で、単独で一五分話さなくてはならなかった。

黒の旅行かばんの出番はその時だ。

かばんには聴衆者応答システム・ボタン——各参加者の反応を知るための電動式回答ボタンが詰め込まれていた。私たちの計画は、世界のエリートに、今日の世界の基本的情報を確認してもらうことだった。主催者は私たちのこの計画に大喜びで、開始時間のうんと前に、私たちは椅子の上にボタンを置いて回った。ギャップマインダー財団は世界に対して様々なグループが何をすることができるのか調べるため、このボタンを使ったことがあった。複数の異なるセクター——金融業界、政治家、メディア、様々な国際組織の社会運動家——の間で、結果は驚く程振るわなかった。聴衆の大半は、三〇年前に時計が止まったかのような世界観の持ち主だった。

しかし今回はまったく違っていた。今回のオーディエンスは、それぞれの分野で世界を牽引するリーダーなのだから。

私が壇上に立つと、コフィー・アナン国連事務総長夫妻が、最前列から私を見ていた。

私は初め、ひどく緊張していた。

「まず問題を三つ、出したいと思います」

スクリーンに一つ目の問題が映し出された。「過去、二十年間で、極度の貧困にある人の割合は……」

三つの回答の選択肢も映し出された。

A. およそ倍になった。
B. 概ね変わっていない。
C. 半分程度になった。

コフィー・アナンが素早くボタンを押すのが視界に入った。

次の質問を出すタイミングだ。

「世界の一歳児の中で、麻疹ワクチンを接種している子どもの割合は?」

A. 十人に二人。
B. 十人に五人。
C. 十人に八人。

客席には額に皺を寄せる人々の姿が見えた。スクリーンにすぐに答えが映し出された。技術上の問題はなさそうだ。

私は最後三つ目の質問に移った。この質問に私は、一九五〇年、世界に子どもが一〇億人もいなかったが、今世紀の初めには、二〇億人にまで増えたことを示すグラフを用意していた。さて、世界の子どもの数は二一〇〇年までにどうなるだろう? この質問に対する答えの選択肢は三つだ。点線Aは、二一〇〇年、世界の子どもの人口は四〇億人にまで増えることを示していた。点線Bは二一〇〇年、子どもの数は三〇億人にまでゆるやかに増加することを、点線Cは、子どもの数は今世紀の終わりになっても変わらず二〇億人で、今世紀のはじまりから変わらないことを示していた。

これらの問いは地球の人口統計について、最も基本的な知識を提示している。オーディエンスはいよいよ自信なさ気な表情に変わった。コフィー・アナンがアドバイスを求めて婦人の方にもたれかかるのが見えた。他の回答に比べ、反応は鈍かったが、最終的には回答が出揃った。

やがて結果が出た。極度の貧困の中で暮らす人々の割合についての一つ目の問いには、ダボス会議の参加者の六十一%が正解「C．半分程度になった。」を選んだ。私たちが分析・調査会社ノヴスとともにウェブ上でスウェーデンの一般の人たち向けに行った調査での正答率二三%に比べ、ずっとよかった。

その後、私はこの会議に最も関連性の高い二つ目の麻疹についての質問に移った。ダボス会議には政治家のブレインである健康問題の専門家や医薬品会社がいたので、ワクチンに大きな比重が置かれていた。しかも私の次に、ビルとメリンダ・ゲイツが話すことになっていた。夫妻の財団は世界の貧しい子どもたちのワクチン費用を最も積極的に拠出する団体の一つだった。なので私は、世界で一歳になるまでに麻疹ワクチンを打つ子どもの割合は八〇%を超えていると、ここにいる大半が知っているに違いないと思う十分な理由があった。しかし蓋を開けると、正答率はわずか二六%だった。

最後は世界の人口統計についての基礎的な問題だ。正しい回答は、今世紀に入ってから子どもの数は増えず横ばい状態であるというものだった。これは一年の出生者数は一億三〇〇〇万人に落ち着いてきているという事実を根拠にしていた。世界のカップルの八〇%が今では避妊具を使っており、女性の大半が、堕胎をすることが許されていることがこのデータの背景となっていた。

さて、ダボス会議での正答率はどれぐらいだったのだろう？　正解は二六％だ。スウェーデンの一般人の正答率一一％、アメリカの一般人の正答率七％よりはよかった。それでも私はなお、オーディエンスを動物園のチンパンジーと比べて、からかわずにはおれなかった。A、B、Cと書かれたバナナを目の前に並べられたチンパンジーが、Aのバナナを選ぶ確率は三三％。BもCも同じく三三％だ。言い換えるなら、これらの問題についてまったく無知な人たちが、これらの質問にあてずっぽうで答えた場合の、正答率も同程度になるであろうということだ。

ところが社会経済や持続可能な開発についてのセミナーに列を作ってまで参加している世界のリーダーたちが、三問中二問で、チンパンジーに敗北したのだ。ダボス会議のステージの上から、世界のリーダーたちが世界情勢についての基礎的な三つのテストで目も当てられない結果を出す惨状を目にしたことは、私の長旅のクライマックスだった。グローバル・ヘルスについて鍵となる問いに、スウェーデンではトップと言われる医学生たちが、チンパンジーに負けたのが、この旅のはじまりだった。息子のオーラはこのできの悪さを、二〇〇六年のTEDの導入部で紹介するよう説得してきた。この動画は一〇〇〇万回以上再生され、テストはチンパンジー・テストとして知られるようになった。

ギャップマインダー財団の明快なデータにより、私たちは飛躍的に前進してきた。TEDの一〇の講演とBBCの二つのドキュメンタリーと無料の動画と視覚化ツールのおかげで、毎年世界でおよそ六〇〇万人の人々にデータを分かりやすく見てもらえるようになった。しかしこれらの波及は、一番よく知っているよう期待される人たちの世界像に信じられないほどわずかしか影響を及ぼさなかったようだ。これらの三つの問いは、単なるクイズではなく、多くの人たちが完全に見落としている世界の変化についての、最も基本的なパターンを示すものだった。

極度の貧困の中で生きる人々の割合は、急増したのか、それとも横ばい状態か、はたまた急激に落ち込んだのか？　これらはまったく異なる選択肢であり、運転免許の教習所の最初の講習で学ぶことに例えることができる。車が進んでいいのは、信号が青の時ですか、黄色の時ですか、赤の時ですか？

麻疹のワクチンを打った子どもの割合はどれぐらいか尋ねるのは、現在、基礎的な健康、医療サービスを受けられている子どもの割合を尋ねるのと同じだ。八〇％以外の回答を選んだ人は、三〇年かそれ以上、時代に取り残されているということだ。大半のカップルが避妊具を入手できる状況にあること、世界の子どもの総数は今や増えてはいないことを知らないのであれば、世界の人口統計についての基礎知識を欠いていることになる。

ストックホルムの自宅に戻った私は、オーラとアンナにダボス会議の世界のリーダーたちの世界観でさえも、ファクトにきちんと基づいていなかったと話した。私たちは考え込んだ。私が出した結論は、自分たちでよりよい教材を作らなくてはならないというものだった。オーラとアンナは反対した。アンナは私たちの教材はすでに良質だと指摘した。一般人、研究者、「古き西洋世界」のリーダーたちには、世界の実情を理解し、記憶にとどめておくのを妨げるような心理性バイアスが働いてしまっているに違いなかった。人々を世界について彼らを無知にさせるのが何なのか、皆に気付かせる必要があった。その後すぐにオーラとアンナが「ＦＡＣＴＦＵＬＮＥＳＳ」というコンセプトを思いついた。私たちはすぐに、それを冠した本の案を練りはじめた。

エピローグ　人生の講義

想像してみてほしい。六五歳にもなるヨーロッパ人のグローバル・ヘルスの男性教授が、アフリカの女性農業従事者という小集団の研究に、二〇年ものキャリアを投じるところを。この日、その教授は、かの大陸の五〇〇人ものリーダーらの前で、自身の二〇年間の研究の成果を発表しないかと招待を受けて来ていた。

それは私の人生の講義だった。私はエチオピアの首都、アジス・アベバにあるアフリカ連合の会議場で、アフリカ中から集まってきていた数百の女性リーダーの前で、講演をするよう招かれた。

正式な招待は数週間前に、ヌコサザナ・ドラミニ・ズマ博士からいただいていた。私などがこれほどの大役を任されるとは、またとない名誉だと、すぐさま、理解した。ヌコサザナ博士とは、一カ月前にストックホルムで一度会っていた。私たちは二人ともリリエバルク美術館で行われたイェンス・アスールの写真展『アフリカ・イズ・グレート・カントリー（Africa is a Great Country）』のオープニング・セレモニーで講演したのだった。アフリカはもちろん国じゃない。そのタイトルはわらわれがいかにこの地域について無知かを皮肉っているのだろう。イェンスの素晴らしい写真は、躍進する現代のアフリカを新たな思いがけない視点から浮かび上がらせていた。セレモニー後の夕食会で、ヌコサザナ博士が隣に座ってよいか聞いてきた。私たちは時間も忘れて話に没頭した。私は南アフリカの政府で大臣をするのと、アフリカ連合で委員長を務めることとの一番の違いは、何かと尋ねたのを覚えている。「南アフリカには資金があるが、連合にはほとんどない」という答えが返ってきた。

ヌコサザナ委員長は大半のアフリカ諸国の経済レベルは、いまだ極めて低いままだと説明した。外国からの莫大な投資が必要とも、繰り返し説いていた。その会話から学んだのは、間違いなく、彼女ではなく私の方だった。ところが翌週、彼女が議長を務めるアフリカの女性リーダー向けの大会議に、私が何らかの形で貢献してほしいと書かれた招待状が送られてきた。

会議のテーマは、「二〇六三年に向けたアフリカ開発アジェンダ」だった。アフリカ大陸で国家独立の気運が高まった時代から五〇周年を迎えるに当たり開かれた、連合の連続会議の一つだった。会議の目的はアフリカのリーダーたちが、さらに今後五〇年の間により高度に早く発展するために、何ができるか議論し、それを具体化することだった。

私は二つ返事で引き受けると、エチオピア行きの準備に取りかかった。しかし会議の前日に到着した私は緊張していて、午後と夜に自室で一人リハーサルをした。即興のように見られがちな私の講演は、実は入念なリハーサルを重ねて成り立っている。しかし今回のアジス・アベバでは何度リハーサルしても、緊張は抜け切らなかった。今回はこれまでまったく経験したことのないような種類のオーディエンスの前で話さなければならないからだ。そして講演の成功は、内容と形式をオーディエンスに合わせられるかにかかっている。その時の私はまだどういう人の前で話すか分かっていなかったが、次の日に知ることとなる。

翌朝、朝食を食べにホテルの階下に行くと、レストランには女性が、いや、女性だけが、いやいや、自信に満ち溢れ、美しい服を身にまとった女性だけがいた。どの女性たちも、テーブルを囲んでの会話に熱中していた。私の緊張は、気後れに変わった。

「はい。ここにいるのは全員、今日の会議の参加者です。でも他のホテルにも、参加者が大勢泊まっています」とウェイトレスが教えてくれた。

知り合い同士の参加者が互いに挨拶しようとテーブルとテーブルの間を通り過ぎる度に、テーブルの和やかな会話は中断された。他の人たちは皆、互いのことをよく知っているようだが、私には一人たりとて、見知った顔は見つからなかった。私が気後れしてしまっていたのは、参加者を誰も知らないことだけが理由ではなかった。私がシャイになってしまったのは、自分がレストランで唯一の男性だったからだ。様々なカラフルなドレスの中、私の退屈なグレーのスーツや水色のシャツや黒いネクタイは浮いていた。

私はドアの隣のだれもいないテーブルの椅子に腰を落とし、朝食を急いで平らげた。誰も私のことなど気にも留めていない。アフリカ連合の本拠地に参加者を運ぶバスの出発時間に余裕をもって私はレセプションに向かった。バスに行くと、中は美しい服を着て、嬉しそうに会話するアフリカ人の女性で一杯だった。その時には違っているというだけで怖じ気づいていた自分を恥じた。普通なら、私は自尊心を保てるのだが、この時ばかりは半ばパニックだった。私はどうにかこうにかバスに乗り込んだ。

バスの先頭に私が現れると、たちまち、会話が止み、皆グレーのスーツ姿の白人男性を一斉に見た。静まり返る中、心臓が高鳴るのが聞こえた。静寂の中、自分の心臓の鼓動が聞こえた。四〇組の瞳が驚きの色を浮かべ、私を見つめていた。私がバスを間違えたと思っているようだ。私はおほんと声の調子を整えると、おずおずと言葉を発した。

「私はヌコサザナ・クラリス・ドラミニ=ズマ委員長に、会議の講演者として招かれたのです」

これは効果てきめんだった。私に向けられる笑顔。バスに溢れる優しい笑い声。

「そう怯えなさんな。私たち、怖くないわよ」と女性の一人が言った。

するとバスに一層楽し気な笑い声が響いた。

「私の隣に座ったら。ここ、空いてるわよ」と誰かが言った。

バスの後方に歩いていく途中で、質問を次から次へと浴びせられた。どこから来たの? スウェーデンからと、私は答えた。スウェーデン人男性なら、まあ害はないでしょう、と誰かがコメントするのが聞こえた。笑い声は普通の会話となり、私の周りにいた人たちは、私に相変わらず関心があった。彼女たちはとても楽しい人たちで、すぐに仲間と感じさせてくれる何かがあった。バスがアフリカ連合へと出発する時には、すでに私は彼女たちのバックグラウンドを知っていて。彼女たちも私がアフリカのどこにいつ、何の仕事をしていたのか、興味津々で聞いてきた。私がシャイになっていたことに話が及ぶと、彼女たちは自分たちだって皆、同じ感情を何度も味わってきたと説明してくれた。

「あなたは初めてでしょう。でも私たちはここに何度も来て、ようやくこうして打ち解けられたのよ」

と私の隣の女性が説明してくれた。

その女性は自国で初めての女性国会議員だった。別の女性は別の大陸で初めて大学に入ったアフリカ人女性だった。三人目は、ある国際組織で唯一の黒人かつ唯一の女性だった。彼女たちの多くは、国際会議で唯一のアフリカ人女性となった経験を持っていた。彼女たちの言う通りだ。私にとって、肌の色の異なる女性の集団の中で自分が唯一の男性という状況は、その朝が初めてだった。広大な講堂の席は、女性で埋め尽くされていた。私の講演が最初だった。プログラムには二〇人以上の講演者とパネリストの名前が載っていて、そのうち男性は三人のみだった。その三人のうちヨーロッパ出身なのは一人――そう、私だった。

アフリカ連合の議長、ヌコサザナ・クラリス・ドラミニ＝ズマがすでに席についており、カラフルな模様の入ったドレスを着て、きらびやかな金のネックレスをし、エレガントに横に少しずらしたターバンを巻いていた。彼女の態度と身のこなしは、威厳あるリーダーシップと優しさの両方が醸し出されていた。

会議がはじまると、彼女の指導力、またとりわけアフリカの未来を大いに見据えたスピーチに深い感銘を受けた。

私の講演の間ずっとヌコサザナ・ドラミニ＝ズマは、会議室の演台の背の高い肘掛け椅子に座っていた。肘掛け椅子は巨大なスクリーンを向いていて、彼女が神経を研ぎ澄ませて私の話を聞いてくれているのが分かった。私は計画通りに――グラフィック・アニメーションを使い、この数十年の間に様々な大陸の国々がどう発展していったのかという真面目なトピックと少しのユーモアを混ぜ合わせた、いつもの私のスタイルで講演を進めた。ヌコサザナは、私とグラフィックを交互に見た。他の聴衆も、同じことをしていたので、関心を持ってもらえているのが伝わってきた。

講演で主に力説したのは、多方面からの努力が合わさることで、アフリカの農村地帯で、ここ一五年以内に、極度の貧困に歯止めをいかにかけられるかだった。私は自分の講演がうまくいったと思い、最後に敬意を込めて、私の孫がいつか旅行客としてこの地を訪れ、開会のスピーチでヌコサザヌが紹介していたアフリカ連合が建設を計画していると高速鉄道に乗る日がやって来るようにという願いを表明した。長い拍手が鳴り響く中、ヌコサザナは私に感謝の言葉を告げた。それに対し私は口元に笑みを浮かべ、自信満々で、講演はいかがでしたかと尋ねた。

「ええ、グラフィックはよかった」と彼女は答えた後、小さな柔らかなトーンでこう付け足した。「でもアフリカの未来について言えば、あなたにはビジョンが欠けている」

私はショックを受けた。唖然とした。屈辱を覚えるばかりだった。私は称賛を期待していたのかもしれない。彼女の柔らかな声のトーンが、その言葉をより一層強烈なものに変えた。

「何だって？　アフリカについてのビジョンを私が欠いている？　二〇年以内にアフリカは極度の貧困から抜け出すだろうと、私は説得力を込めて言ったじゃありませんか。それが未来への強烈なビジョンじゃなければ何だとおっしゃるのです？」と私は反論した。

ヌコサザナは感情的な表現や身振りを交えることなく、冷静にこう続けた。

「そうですね。あなたがそう言っていたのは聴こえました。でもあなたはそこで止まってしまっている。これがこの先五〇年についての会議とはいえ、その先のビジョンがあなたにはないではありませんか。あなたの口ぶりでは、今から二〇年後、アフリカ人の大半は、普通の貧困、またはいわゆる相対的貧困の中、幸せに暮らすことになるかのように聞こえる」

ヌコサザナは彼女の言葉に耳を傾ける私の表情をじっと見守っていた。彼女の鋭く、率直な発言は、私の心に染み入りはじめた。彼女は私が困惑し、心をかき乱されているのに気付いているのか、私の腕に慰めるように手を置いてきた。私を見つめる彼女の瞳に怒りは滲んでいなかった。しかし笑ってもいなかった。彼女の表情から、私に自分の盲点を理解させようという意志が感じ取れた。

「極度の貧困をなくさなくてはならないのは、私たちだって分かっている。しかもそれが急務であると同時に困難であることも。今後一五年間、前進するために豊かな国から開発支援をどれだけ必要かも」

ここで彼女は間を置き、私の瞳の奥をのぞきこみ、私の腕を一層強く掴んだ。

「でも極度の貧困を終わらせるのは、初めの一歩でしかない。たとえそれが、次のステップを踏む上で、どうしても欠かせないものであっても。今後五〇年間で私たちが立てたたくさんの目標のひとつでしかない。私たちは極度の貧困を終わらせることにただ集中するってことはできない。私たちは極度の貧困の終焉と並行して、またその域に留まらず起こるべき長期的変化を目指して今日から早速、動き出すべきです。私はアフリカの国々が、前進し、他の世界の国々と対等になることを望んでいる」

彼女は私に真に理解させようと、手紙を渡しにやって来た助手を待機させ、わざわざ繰り返し言ってくれた。

「他の国に追いつくには、様々なことを同時に進めなくてはならない。極度の貧困を終わらせると同時に、五〇年後、またその先の目標を果たすためには今から計画、投資しなくてはならない。私たちはインフラや鉄道、持続可能なエネルギー、町、産業、科学機関を築くには、海外資本を集める必要がある。一歩一歩、私たちは現代の世界と融合していくのです」

彼女は私の手を放すと、助手が持ってきた手紙を素早く読み、手書きで一番下にいくつか言葉を書き、助手にそれを渡し、短い指示を出していた。その時、私は三二年前、友人のニヘリーワとビーチに行った日のことが急に脳裏に浮かんだ。人が多すぎると私が文句を言うと、ニヘリーワは私の視野の狭さにショックを受けていた。彼は自分だったら週末、子どもたちが皆ビーチに来るのを見たいのに、と言っていた。

ヌコサザナは私の方に再び向き直り、さっきと変わらぬ穏やかな調子と、さっきと変わらぬ真剣な面持ちで言った。

「あなたは講演の終わりに、孫がいつか旅行客としてやって来て、私たちが建設予定の高速鉄道に乗る日が来ると言っていましたね。それじゃ古いありふれたヨーロッパの見方と変わりませんよ」

彼女は顔を私に近づけると、私の目をまっすぐに見た。まるで自分の言葉を私の心に永遠に刻みつけるかのように。

「私は私の孫たちが、ヨーロッパに旅行客として訪れ、あなたたちの高速鉄道に乗り、そこで歓迎される日が来てほしいと思っている。そこからスウェーデンの最北端に行き、そこにある素晴らしいアイスホテルとやらに泊まる。これが私が言うところのビジョンって奴です」

ここで彼女の真剣な表情が笑顔に変わり、声も朗らかになった。

「でもグラフィックは本当に素晴らしかった。ここに来てくれて本当にありがとう。たくさんのことを学ばせて頂きました」

彼女は私の手をとった。

「休憩が終わる前に他の皆のところへ行って、コーヒーを飲みましょう」

あとがき

ファニー・ヘルエスタム

「ハンス・ロスリングが本を書くことになったんだ。手伝ってくれないかい？」

二〇一六年一二月の夕刻のことだった。ナトゥール&クルトゥール社の社長、リカルド・ヘロルドから電話でそう尋ねられた時、私は地下鉄に乗っていた。

すでに進行中の『FACTFULNESS』のように、彼の講義をまとめるのでなく、この本は彼自身の個人的な人生の物語にするつもりだそうだ。

ただし、かなり急ぐようだった。リカルドはさらに、ロスリングが末期の癌に冒されていると、私に告げた。もう長くないかもしれないそうだ。執筆を急がなくてはならなかった。

ほどなくして、彼の人生についてすでに書き出した文章があると分かった。ここ数か月の間に書かれた彼の手記だった。ただ、それには構成、リライトの必要があった。

二、三週間後、私とリカルドは、ウプサラのロスリングとアグネータの自宅の前で、お土産のパンを提げ、立っていた。それがロスリングとの初顔合わせだった——最初で最後の。インターホンを鳴らす時、ひどく緊張した。何が私を待っているんだろう？　病床で出迎えられるのだろうか？　話はできるのだろうか？

アグネータがドアを開け、ロスリングが息をぜいぜい言わせながらも、精一杯の笑顔で出迎えてくれた。話をするぐらいなら問題ないとすぐに分かった。

私たちは玄関の広間に長いことといた。ロスリングが玄関から、あの熱のこもった語りで、色々な話をはじめたからだ。その部屋の大部分を占拠しているのは同じぐらい赤い二脚の木の椅子とこれもまた赤い木のゆりかごとその上にかけられた赤い巨大な木の時計などだ。その時計は、ハンスが授与された賞の記念品としてもらった芸術作品で、家の中にそこ以外、置き場がなかったのだ。

壁には、今はゴルフ場になっているアグネータの一族のヴァスンダの農場の地図が掛けられていた。

「君にはここがどこか分かるよね?」とハンスは尋ねると、私を見つめた。

まるでちょっとした試験みたいだ。しかもハンスはいたずらっ子みたいな目をしてる。私はウップランド地方の地図に特別詳しくないと認めたが、私がそう言った時に彼はすでにリビングの方に向かっていたので、耳に入らなかったようだ。リビングに向かう途中、アグネータと自分は、結婚五〇周年のお祝いをしたばかりだと話してくれた。

「互いを信じていれば、場所や思想に縛られずに済むものさ」と彼は言っていた。

アグネータとハンスは中学校の時から、同じクラスだった。ある日、先生が統計学的に見て、クラスメイト同士で結婚するカップルが一組は出るはずだと言った。アグネータは教室で周りを見渡し、こう思った。「私じゃないわよね」ところが数年後、ハンスとアグネータは、同じニューイヤー・パーティー――ウプサラの禁酒協会による禁酒パーティーに一緒に参加していた。その時以来、二人はカップルだ。

時計の前で

居間に入るとハンスがすでに用意していた、きれいに二枚に束ねられた履歴書を渡してくれ、アグネータはコーヒーを準備してくれた。

病気について、ハンスは余り話したがらなかった。彼が話したかったのは世界についてで、近くのソファの近くに食卓を出してきて、その上にパソコンを置いた。

「ケーブルに注意して」と言って、手にリモコンを持ち、ケーブルをいじりはじめた。

ウプサラに日が落ちる中、彼はスクリーンの前で細い腕で、子どもの死亡率についてのグラフを指差した。仕組みを私が理解する間もなく、グラフと数により物語が織りなされた。コーヒーが注がれるとすぐ、ハンスが七〇年代、モザンビークの病院で若い医師として下さなくてはならなかった難しい決断について話しだすのを私とリカルドは黙って聞いていた。彼は、母親を助けるために、胎児縮小術を施したこと、極度の貧困によるジレンマにいかに耐えてきたのか、収入の低い国での仕事が時にフラストレーションとなって狂気に駆り立てられたことを話した。アフリカでの研究がいかに過酷で、仕事での重圧と家庭生活における個人的な悲劇がいかに混じり合ったのかを。大勢の母親が子どもを失うさまをどのように彼が見たのかを。彼とアグネータが娘を失った時、子どもを失う痛みを知ったことも。

アグネータはその話を要所、要所で補ってくれた。外が暗くなりはじめて、ハンスの言葉がゆっくりとしか出てこなかったり、声が急に途切れたりしてきた。やがて彼の目から涙がこぼれ落ちはじめた。ソファでハンスの傍らにいたアグネータまで泣き出した。気づかれないように声を殺して。

「この話をするのは随分久しぶりだよ」とハンスは言った。

その日の晩、さっそくハンスからの一通目のメールが届いていた。彼は病気であるにもかかわらず、感じていた再起への希望を綴っていた。その時から私たちは、ほぼ毎日、メールか電話で連絡を取り合った。旅行中も私は、会話をいつも録音していたテープレコーダーを持っていった。

ある午後、彼は「はつらつとして見えるよう、格好いいポーズをとる」とコメントを添えた、道をクロスカントリースキーで進む自分自身の写真を送ってきた。そしてハンスは日課となった会話中にははつらつとしていた。会話は数時間にも及ぶこともしばしばだった。午前中に話をし、お昼に休憩を挟み、午後、また話すこともあった。彼は同じ熱っぽいトーンで毎回話をしてくれた。

私は彼の人生についての話を初めから聞こうと決めていて、彼もそう望んでいた。

「話を元に戻そう」

彼はトピックと関係のない話の流れに迷い込み、我に返った時は、しょっちゅうその言葉を繰り返した。

ロスリングが新たな一節を書いている間、私はすでにできている文章の確認をはじめた。リライトが必要な箇所や、掘り下げたい部分をピックアップし、それらについて質問した。

ロスリングは個人のこと、また自らの人生の歩みを私に聞かせると同時に、世界についても話そうとした。

「ファニー、今から君のために、世界の発展にまつわる短期講義をしよう」と彼はよく言っていた。ワクチンをどうやって手に入れたのかや、表現の自由と経済成長にどんな関連性があるのか、補足の質問をすると、彼が満足そうに笑う声が受話器の向こうから聞こえた。

私たちはこの本の方向性について、長い議論を何度も重ねた。彼はいつも教育者らしく、結論に重点を置き、理由を示した。それぞれの章から読者が何を学べるか？　それが彼のいつも気にかけていたことだった。一方、私は、彼が個人的にどんな体験をしたかや、様々な出来事から彼個人がどんな影響を受けたのかを、毎回聞き出そうとしてきた。それらについて彼の言葉を引き出すのは、必ずしも容易なことでなかった。けれど一度勢いに乗ると、放っておいても言葉が次から次へとあふれ出した。ウプサラの家のソファで泣いた日と同じく、自らの人生のエピソードや出会った人々について思い出すと、しばしば感傷的になるようだった。

ハンスは、自分の人生やキャリアが本にできるほど面白いだろうかと心配していた。それに時間が足りないじゃないか、とも。

「私には話したいことが、山ほどあるんだよ」といつも言っていた。

ひとつ目の不安は私が何とか取り除ければよかったのだけれど、それは叶わなかった。ふたつ目の不安は、実は私も抱いていたものだった。

私たちは実際、間に合わなかったのだ。

「また話せるようになったら、連絡するよ」

ロスリングからの最後のショートメッセージには、そう書かれていた。彼が亡くなったのは、その三日後のことだった。

この本は二〇一七年の一月と二月に行ったインタビューの録音資料をベースに書き上げたものだ。ロスリングの他、様々な手記やインタビュー、講演での言葉も借りた。彼自身が書いていた細かなエピソードをつなぎ合わせるため、私生活や仕事で彼の身近にいた人たちに、補足のインタビューもした。

とりわけアグネータとは何度も話した。彼女は彼の人生、旅行、仕事の写真だけでなく、日々の生活の写真も見せてくれた。父親、それに夫としてのロスリングの写真を。存命中、知ることのできなかった一面が、アグネータや子どもたちの話から、浮き彫りになったのだ。

＊＊＊

二〇一七年の夏、スコーネでの二日間、風が強く、砂の熱い海岸に、アグネータと私はいた。私たちはアグネータが父親から引き継いだ白い漆喰の家の廊下に掛けられていたのと同じストライプのタオル地のバスローブに身を包まれていた。一家は何世代にもわたり、夏の住まいとしてこの先祖代々の家を受け継いできた。

スコーネ地方は涼しい夏だった。ところがアグネータは、毎朝、泳ごうと、小道を行き、水辺に飛び込んだ。水温は一三度を超える程度だった。そしてクリスマス・イブと誕生日と学生が家に訪れてきた時には、彼の教え子であるアフリカ人の博士課程の学生がしばしば訪れた。祭事といえば、アフリカ人の学生というぐらい彼らはおなじみになっていた。スウェーデンの家庭の様子を覗けるのは、彼らにとっても楽しいだろうと、ハンスは考えていた。

その代わりに、それらのアフリカ人学生がヨーロッパの別の地に働きに行ってしまうことになると、ハンスは、時にはハンスとその家族は、夏休みの毎年恒例のキャンプ中であっても彼らに別れを告げに行こうとした。彼とアグネータは子どもを連れ、ルーフ・ボックスをつけた白いボルボ一杯に荷物を積み、ヨーロッパ大陸を旅して回った。ハンスは途中で読めるよう学術書を忍ばせた旅行かばんをいつも少なくともひとつは携えていたが、気付くとベストセラーの本に夢中になってしまっていた。旅行中、一家は毎日、場所を変えてテントを立てた。六人用のそのテントは緑色で、広告で見て買った、「今は誰も使っていないような東欧で一番醜い」テントだった。

ハンスは様々な国を旅したがった。大きな国を制覇すると、次はアンドラやモナコなど辺境の小さな国を巡った。一カ国を「制覇」する条件は、そこで何かを食することだった。車内にはトランギア社のキャンプ道具付きの簡易コンロがあったが、ロスリング家は食事をあまり重視していなかった。最悪パンでもお腹に入れておけば、立っていられると思っていた。アグネータは車の後ろのトランクに置いていた熱湯を、インスタントコーヒーを入れたコップに注いだ。

ある年、ハンスは簡易コンロと間違えてポータブルのファックスを持ってきてしまったことがあった。

「あの人はキャンプの荷物よりも、自分の論文のことばかり考えていた」とアグネータは言った。

＊＊＊

草に雨露が光っていたが、ソファ・セットは乾いたままだった。アグネータが「年金生活者保育器」と呼ぶ、草と木のサマーハウスに私たちは座っていた。アグネータはテーブルにカラフルなティーカップとダイジェスティブ・ビスケットを置いた。屋根からは様々な色のペーパー・ランプが吊られていた。角っこには歪んだランプがプラグにまかれていた。

彼女はメガネをかけると、旅行の写真がたくさん保存されたコンピュータを開いた。

「このナカラの写真、雨の中、火を熾そうとしているから、停電が起きてたんじゃないかしら」と彼女はそう言うと、一枚の白黒写真について思いを巡らせた。

二〇一六年の秋、講演でただでさえ忙しかったハンスは、息子のオーラとその妻、アンナとの共著『FACTFULNRSS』でもまた大わらわだった。彼の書いたものすべてを分類したり、古い写真に目を通したりしているうちに時間は消えていった。彼は体調がよい期間には、一日中執筆に取り組み、名前や場所を思い出そうとしていた。時折、彼はノスタルジックな気分になったが、すべてを台無しにしてしまう種の感傷に浸ることは決してなかった。彼は手紙やメモが入れられた古い箱の中に潜んでいた時に

スキー

心を奪われた。彼は何でもとっておいたが、人生で起こった出来事を時系列に並べることがいかに難しいか家族に訴えた。

そして彼はいつも癌についての書物を読み、アグネータに読んだ内容を話した。ハンスは常に読書に没頭した。彼は彼を診る医師よりも癌についてよく知っているケースが多かった。

ハンスとアグネータは絶対にあきらめないと決めていた。二人は解決策が存在しているかのように生き、アグネータはとにかく彼に食事をさせるようにし、たまの遊びも欠かさなかった。

ハンスは存命中、食事にあまりかまわなかったように、余暇もあまり重視していなかった。ソファでただ寝そべっているようなことは決してなかったのだが、晩年は横になることも覚えた。彼は亡くなる前の一年、携帯電話の歩数計をチェックしていた。

「少し歩かなくては」と彼は言い、廊下や台所を歩き回った。

その晩、私たちはアベコースという小さな漁村の港のそばのレストランに車を走らせた。スコーネ地方の田園風景を走りながら、海にはガチョウが浮かんでいて、雲は暗かった。

港のレストランはほぼ満席で、二人の男性がギターを弾き、歌を歌っていた。ここでアグネータとハンスは壁沿いにさりげなく置かれた小さなテーブルで、よく夕飯を食べたものだった。彼は他のお客さんたちに気付かれないように背を向けてはいたが、ウェイターに元気ですかと声をかけられると、きちんと答えていた。この場所にいる時だけはハンスは、好奇心を抑えることにしていた。

そうでもしない限りハンスは誰とでも議論をはじめてしまうのだ。それがスヴァルテの海岸に来ている人であろうと、ダボス会議に参加する世界の首脳たちであろうと、ナカラの病院の職員であろうと。

彼は人々のことや、物事がどう成り立っているのかを理解したがり、分かるまであきらめなかった。そして理解するやいなや、変えたいという意志が生まれた。彼はそれを自分の天命と受け止めるのだった。

アグネータは、ナカラの薬局の職員がピルの闇取引をはじめた頃、モザンビークに赴いた時の出来事を話してくれた。ある晩、近所の人がやって来て、玄関のドアをノックした。その人たちは通りの先の木の壁と木の床の簡素な小屋で暮らしていて、最近奥さんが子どもを産んだばかりだった。出産後、彼らはハンスとアグネータと話をした。その後も奥さんの方と交流を続け、その中で無料のピルを使うよう勧めたのだった。

でもある時、ピルはもう先生が言っていたように無料じゃなくなったので、貧しい自分たちには手が届かなくなったと夫妻が言いに来た。薬局がお金をとるようになったのだと。すぐにハンスはそのことを調べるため、聞いて回りはじめた。病院の複数の職員が同じ話を耳にしていた。薬局の職員がお金を着服していると。

その職員に好感を持っていたハンスはがっかりして、どうにかして罰せられないかと根気強く訴え続けた。皆の健康を誰かが妨げた時ほど、ハンスが怒り心頭になることはなかった。アグネータはハンスがある晩、家に帰ると、「野蛮な奴め」と悪態をついていたこと、男が裁かれるようハンスが手を尽くしたことを話してくれた。警察が協力してくれて、最終的にはその薬局の職員は一定期間、刑に服すこととなった。

しばらくしてからは、アグネータとハンスはその惨事を笑い話にできるようになった。ハンスは諦念のため息を漏らすこともあったが、心の奥底ではあきらめてはいなかった。

仕事が緊迫している時、彼はいつも周りの人に、こう叫ぶよう促した。

「夜通し進め！」

そして事態が絶望的と分かると、彼は笑って言うのだった。

「あきらめることはいつだってできる。だったら何も今あきらめなくてもいいじゃないか」

ハンス・ロスリングの研究者としての最大の業績は、麻痺をもたらす病気、コンゾを解明したことだろう。彼はこの病気は飢餓地域で発生し、下処理が不十分なキャッサバばかりの偏った食生活を送ることにより引き起こされることを明らかにした。ハンス・ロスリングの博士課程の学生のひとりだったリンリー・チォーナ＝カールタンは、この研究を理解する上で重要な穀物について、以下のように説明している。

付記　キャッサバ

キャッサバは枯れにくく、人々から信頼されてきた穀物で、サハラ以南のアフリカ地域の主な炭水化物供給源となっています。初め南米で栽培されてきましたが、一六世紀にポルトガルの探検家が西アフリカに持ち帰りました。二〇世紀に入ると、さらに広域に伝播されました。

キャッサバは一ヘクタール当たりの炭水化物の供給量が最も多い穀物で、養分は塊茎に蓄えられます。葉は茹でれば食べられ、タンパク質、ビタミン、ミネラルの重要な供給源です。キャッサバは毒のあるもの（苦い）と毒のないもの（甘く、冷たい）の二種類に分けられます。甘い方の種は、調理せず生のまま食べられますが、苦い方の種は、グルコシドを含みます。このグルコシドは体内でシアン化合物（青酸）に変化するため、下処理しないと苦い方の種は食べられません。

キャッサバ

シアン化合物の元であるグルコシドは、根を水につけたり、細かく裂いたり、発酵させたりすることで除去できます。その後、天日干しにするか、火であぶってから調理します。毒が抜けるまでには、三〜十四日かかります。モザンビークのナカラ周辺のような乾燥した地域は、水不足のため、天日干しさせるしかありませんが、これには何週間もかかります。

キャッサバが最も重要なエネルギー源となっている地域では、雨がほとんど降らない痩せた土地でも収穫量が多いため、農民は有毒種を好みます。この毒は、サルと人間の両方から盗まれないよう自己防衛するため、自然が自ら出しているものなのです。農民や通常、女性は、有毒なものとそうでないものを見分けることができます。甘い方の種のキャッサバが盗まれないよう、周りに苦い方の種を植えます。

マラウイの現地調査で、キャッサバの苦味と毒についての女性の知識調査で、ハンスと私は、それぞれの種にどれぐらい毒があると思うか聞いて回りました。女性たちは手で根を指し、どれぐらいまでの量なら、食べても病気にならないか示しました。彼女たちの言葉の正しさを、私たちは実験で立証したのです。

（リンリー・チョーナ＝カールタン）

私はこうして世界を理解できるようになった

2019 年 9 月 30 日　第一刷印刷
2019 年 10 月 10 日　第一刷発行

著　者　ハンス・ロスリング、ファニー・ヘルエスタム
訳　者　枇谷玲子

発行者　清水一人
発行所　青土社

〒 101-0051　東京都千代田区神田神保町 1-29　市瀬ビル
［電話］03-3291-9831（編集）　03-3294-7829（営業）
［振替］00190-7-192955

印刷・製本　ディグ
装丁　松田行正

ISBN978-4-7917-7217-9　Printed in Japan